锦 瑟 InlaidZither

J　　S

在人生的痛苦和不幸中，我们需要阅读和思考

尼采随笔

〔德〕弗里德里希·尼采 / 著

梵 君 / 译

图书在版编目（CIP）数据

尼采随笔/（德）弗里德里希·尼采著；梵君译. — 重庆：重庆出版社，2022.3
ISBN 978-7-229-16866-7

Ⅰ.①尼… Ⅱ.①弗…②梵… Ⅲ.①随笔-作品集-德国-近代 Ⅳ.①I516.64

中国版本图书馆CIP数据核字（2022）第089676号

尼采随笔
NICAI SUIBI
〔德〕弗里德里希·尼采 著　梵　君　译

策 划 人：刘太亨
责任编辑：苏　丰
特约编辑：王道应
责任校对：刘小燕
封面设计：日日新
版式设计：曲　丹
描　　图：潘墨馨

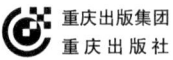重庆出版集团
　　　　　重庆出版社　出版

重庆市南岸区南滨路162号1幢　邮编：400061
重庆博优印务有限公司印刷
重庆出版集团图书发行有限公司发行
全国新华书店经销

开本：787mm×1092mm　1/32　印张：12　字数：260千
2022年7月第1版　2022年7月第1次印刷
ISBN 978-7-229-16866-7
定价：65.00元

如有印装质量问题，请向本集团图书发行有限公司调换：023-61520678

版权所有　侵权必究

正是尼采无尽的思索，使西方哲学持久战栗。

译者语

本书从弗里德里希·尼采的诸多重要著作中精选了36篇具有论战风格的随笔。本书开篇，收录了尼采讨论教育问题的三篇经典文章：《论我们教育机构的未来》《人文教育始于严格的语言训练》和《衡量大学教育的三个尺度》。在尼采生活的年代，德国的教育出现了两种相反的取向：一种是"扩大教育"，另一种是"缩小教育"。扩大教育，旨在通过教育的普及，培养尽可能多的"通用"人才，以满足国民经济发展的需要。"缩小教育"则是重视教育的专业化，着力于培养少数专家学者，但学科划分过细，使得受教育的人如若不潜心于某个专业领域，就不可能有所成就。尼采认为，这两种教育取向，是把人当作工具来加以训练，是对天才和伟人的扭曲与摧残。尼采主张，把严格的语言训练放在首位，引导学生阅读德语经典作品，养成对母语的良好趣味。尼采希望真正的教育是高贵的，是为培养少数天才而服务的。

本书其余收录的是选自《查拉图斯特拉如是说》《偶像的黄昏》以及《瞧，这个人》等重要著作的33篇精妙论述。

在批判基督教的过程中，尼采重点对"怜悯"展开了批判。尼采认为：伟大的善举不会使人感恩，反而会招来报复；如果这小小的恩惠尚未被忘记，它就会变成总在啃噬的蠕虫；爱邻人是病态的善，是弱者的道德；强者的善应当激发人自尊自强的独特个性，促使人产生"健康的自私"。而"健康的自私"，则是从强力灵魂中流溢出来的洁净的自私，它强纳万物于己，再使它们从个人的灵魂中退潮，以作为爱的赠礼。所以，尼采主张人类应该爱远人，爱未来人，爱初始，爱幽灵。

尼采的语言深邃、犀利，字里行间带着挖苦、讥嘲，而且不乏晦涩与难解。在我翻译过程中，前辈译家钱春绮、李超杰等人对尼采的相关翻译成果对我多有启发，在此表示真诚的感谢。鉴于我研学翻译不久，鲁鱼亥豕之误在所难免，祈请专家、学者和广大读者朋友不吝赐教。

梵君

2021年3月11日

目录

译者语 / 1

前言 / 1

论我们教育机构的未来 …………………… 1
人文教育始于严格的语言训练 ………… 29
衡量大学教育的三个尺度 ……………… 58
违反自然道德 …………………………… 84
人类的"改善者" ………………………… 93
我要感谢古人什么 ……………………… 101
我为什么如此智慧 ……………………… 113
我为什么如此聪明 ……………………… 135
生命是值得持续下去的 ………………… 167
自我舍弃 ………………………………… 186
关于孤立的争辩 ………………………… 202
白日的梦游者 …………………………… 213

征服男人的女人……………………225

第三性………………………………231

叔本华的信徒………………………238

道德讲座……………………………255

肉体的轻蔑者………………………260

快乐与热情…………………………263

阅读与写作…………………………266

山上的树……………………………269

论禁欲………………………………275

朋友…………………………………278

睦邻…………………………………282

创造者的道路………………………285

自愿的死亡…………………………290

赠予的美德…………………………294

持镜的小孩…………………………302

在幸福岛……………………………307

怜悯者………………………………312

有道德的人…………………………317

夜之歌………………………………322

舞之歌………………………………325

墓之歌………………………………330

自我超越……………………………335

崇高的人们……………………………… 342
醉歌…………………………………… 347

附　尼采年谱 / 361

前 言

1

不久之后,我要向人类提出前所未有的挑战。

因此,我有必要在这里阐明"我是谁"。想必很多人都已知道我是怎样的人,因为人们已经知道我和我思想的情况。然而,伟大使命与渺小时代的不相称,使得人们既不相信我的话,也不想了解我。人们说我依赖自己的荣誉活着。这么评价我不过是一种偏见,有失公允。我只需与某个在夏天访问恩加丁[1]的"学者"谈一谈,便足以让我确信,我不曾活着。在这种情形下,我有责任,违逆我高傲的天性和习惯,向世人疾呼——听着!因为我就是这样的一个人,请看在上帝的份上,不要把我和除我之外的任何人混为一谈!

---

[1] 恩加丁:瑞士名山。

2

在任何方面,我都不是一个怪物,尤其不是一个道德上的怪物。我的独特秉性,与那些一向被尊为有道德的人截然不同。坦率地说,这正是我为之感到骄傲的地方。我是哲学家狄奥尼索斯[1]的门徒,宁愿做萨蒂尔[2],也不愿做圣徒。但是,我恳请你们好好读一读这本书吧。在这本书中,我成功地阐释了上述的这种对立性,而且是以一种轻松而欢快的表达方式。除此之外,这本书也许没有任何价值。

我最不愿承诺的事就是"改善"人类。我没有设立新的偶像,但愿旧的偶像能够知道"泥塑的双腿"到底意味着什么。推翻偶像(我称之为"理想")似乎更接近于我的工作。当人们捏造一个理想世界时,也就剥夺了现实世界的价值、意义和真实性。"现实世界"与"表象世界"——在德语中恰恰相反,意味着虚假与虚妄。理想这个谎言,向来是诅咒现实性的;因为它,人类变得虚伪和虚假,以至于去推

---

[1] 狄奥尼索斯是古希腊神话中的酒神,他不仅握有葡萄酒醉人的力量,还以布施欢乐与慈爱在当时成为极富感召力的神。
[2] 萨蒂尔,又译作萨提儿、萨提洛斯。古希腊神话中半人半兽的森林之神,头有公羊的角、腿和尾巴。他耽于淫欲,性喜欢乐,常常是色情狂,或性欲无度的男子的标志,也是一个无赖式的神话形象。

崇那些有悖于用以确保人类繁荣、未来以及掌控未来至高权力的真正价值。

3

凡能吸取我著作气息的人，便会懂得，这是一种高处的气息，一种令人精神抖擞的气息。读者必须要适应这种气息，不然，当这种气息降临时就会有受寒的危险。极寒之下的孤独是可怕的。但是，万物在阳光的庇护下，是多么恬静啊！人们的呼吸是多么舒畅啊！在这种情形下，人们的感慨又是何其多呀！正如我一向了解和经历的那样，此时哲学自愿退隐到冰层和高山之上，探寻一切陌生和可疑的事物、一切被道德所禁锢的事物。拥有长期漫游在禁地的经验，使我对哲学家被道德化和理想化的秘史，以及其中的大名鼎鼎者的心理产生了一种与一般人所期待的截然不同的看法。一个灵魂，能够容纳多少真理，又敢于提出多少真理呢？在我看来，这已日益成为真正的价值准则。对"理想"的信仰，不是出于盲目，而是出于怯懦。

在认知方面，每种收获和每次进步，都是鼓起勇气、磨练自我和净化自我的结果。我并不是在反驳理想，我只是在面对它们时戴上了手套。我们追求被禁锢的东西：在以此为信号的战斗中，我的哲学必将取得胜利，因为，被禁锢的东西,都有其真理性。

4

在我所有的著作中,《查拉图斯特拉如是说》占有一席之地。我以这部不朽的著作回馈所有人。

这部著作发出的声音响彻时代,它不仅是世界上最崇高的书,还是真正散发着高原气息的大著。人类在遥远的未来的全部现象都囊括其中了。它还是最富有深度的书,来自真理的最深处,像一个取之不尽的源泉,任何容器放下去都会满载而归。

在这里,没有"先知"的预言,没有那种可怕(集病态人格与权力意志于一身的宗教创立者)的预言。人们若不想糟蹋自己的智慧,就得先认真倾听查拉图斯特拉的声音,这是一种平静的声音,应给予适当注意的声音。通常是这样的:"最平静的言语乃是暴风雨来临的先兆,悄悄而来的思想将引领这个世界。"通常也是这样的:"无花果从树上落下来,它们新鲜而美味。它们落下时,鲜红的外皮崩裂了。"对于成熟的无花果来说,我就是那北风。

因此,我的朋友们,就像这些落下的无花果,这些学说的果子是为你们而落下的;现在请吮吸它们的果汁,品尝这些鲜美的果实吧。此时正是晴明而空阔的秋日下午——这里没有狂热的信徒向你们说教。这不是"布道"，不需要任何信仰。我的话，一点一滴，从无尽的光芒和幸福的深处倾泻而下，语速是舒缓而愉快的。

这些言语只会流入智者的耳朵：能在这里做一个倾听者是一种无上的特权，并不是任何人都能有幸聆听查拉图斯特拉的言语。这难道还不能说明查拉图斯特拉是一个蛊惑者吗？但是，当查拉图斯特拉第一次回到他的孤寂中时，他究竟说了些什么呢？他所说的与那些所谓的"圣人""圣徒""救世主"，还有其他颓废者要说的恰好相反……不仅是他的言辞，他本人也与他们全然不同。

我现在要独自走了，我的门徒们！你们也各走各的吧，这是我所希望的。

是的，我奉劝你们：离我而去，防备查拉图斯特拉！最好是：以他为羞耻！也许他欺骗了你们。

智者不仅要爱他的敌人，而且要恨他的朋友。

如果一个人永远只做学生，那么他对老师的回报就会很少。你们为什么不扯下我的光环呢？

你们敬畏我；但如果你们的敬畏有一天崩塌了呢？小心，以免塑像掉下来砸死你们！

你们说，你们信奉查拉图斯特拉？可是查拉图斯特拉算什么呢？你们是我的信徒，可信徒又算得了什么呢？

你们还没有寻找过自己，于是你们就发现了我。所有信徒都是如此：这就是为什么所有的信仰都毫无价值。

现在我请求你们丢开我，去找回你们自己；只有当你们拒绝了我，我才会再度现身在你们跟前。

在这个完美的日子里，一切事物都正在臻于成熟。不单葡萄变成了褐色，我的生命也承蒙灿烂阳光的垂青：我瞻前又顾后，我从未一下子享受过如此丰盛美好的事物。今天，我并没有白白葬送我的第四十四个年头，虽然我有理由这么做——因为我生命中重要的部分已被保存下来，它们分别是不朽的《重估一切价值》《狄奥尼索斯》，还有《偶像的黄昏》（我用锤子著述哲学的尝试）。所有这一切，都是生命在这一年对我的恩赐，甚至是最后一个季度的恩赐。我怎能不感谢我的一生呢？因此，我要述说我的一生。

选自《敌基督者》

论我们教育机构的未来

女士们、先生们,我现在请你们和我一道思考的问题是如此严肃和重要,在某种意义上,这个问题又是如此令人不安,因此,与你们一样,我乐于向任何一个能够提供相关讯息的人求教。即使这个人很年轻,即使他的想法很荒唐,只要他能以自己的能力提供充分而令人满意的解释。对我们教育机构的未来,这一棘手的问题,他可能有幸听到过一些正确的见解,他可能愿意把这些看法复述给你们,他甚至可能有过杰出的导师,完全有资格预测未来的事情,并且像罗马的内脏占卜师[1]那样,每次预测,都一定是在对"现在的内脏"检视之后。事实上,你们也这样期待于我。

有一次,在一种怪异但又完全无关的情境下,我偶然听到了两个能言善辩的人就这个问题所作的交谈。他们对待这一问题的观点和处理这一问题的方式,都令我记忆深刻。

---

[1] 罗马的内脏占卜师:又名肠卜僧,属于祭司阶层,凭宰杀祭祀的牲畜,而后查看牲畜的内脏,以推断吉凶祸福为业。

以至于当我思考这一问题时，我发现自己会不知不觉陷入他们的思维模式中。然而，我不敢说我有他们那样的勇气和信心，但他们如此大胆讲述被禁锢的真理，并大胆构想他们的希望，也着实令我惊奇。

在我看来，把这次谈话记录下来是重要的，以便别人也能对其中的惊人观点和结论作出判断：为此，我有充分的理由相信，我应该充分利用这次公开演讲的机会，说一说我们教育机构的未来。我十分清楚这个社区的性质，我知道这是一个真正致力于教育和通过教育启发其成员的社区，它的规模远远超出了社区本身的规模，这令所有大城市都感到羞愧；对这个社区就教育问题的思考和尝试，我必须严肃地加以赞扬。我想我自己可以理所当然地认为，在一个为我所谈论的事情做了这么多工作的社区里，人们也一定会对这些事情倍加重视。我把刚才提及的那次谈话再复述一遍，唯有面对这样的听众，我才能被完全理解。他将补充我不得不省略的内容，简而言之，他只需要被提醒，而不是被教导。

因此，女士们、先生们，请听我讲一讲我这段无关紧要的经历，以及迄今为止，两位我还没有提及他们名字的绅士之间不那么无关紧要的谈话。

现在，让我们设身处地地想一想一个年轻大学生的状态——处于时代永不休止的骚动中，兴奋和狂热，简直到了令人难以置信的程度。我们必须经历过这一切，才能相信，这种漫不经心的自我催眠和对时间的漠然，竟是可能的。

在这种状态下，我和一个同龄的朋友在莱茵河畔的波恩大学[1]度过了一年的光阴。这一年，我们对未来完全没有计划和目标，现在想来，这几乎像一场梦——从前后两个方向装进了清醒的时间框架。我们保持着安静，虽然被一群想法完全不同的人包围着。有时候，面对这些同龄人过于紧迫的打扰，我们也疲于应付和抵制。然而，我发现这种违心的玩闹本身带有一种性质，很像我们在梦中有过的各种受阻体验，比如相信自己能飞起来，却又被某种不可思议的力量束缚。

在成长的早期，在我们的中学时代，我和我的朋友拥有许多共同的回忆。有一件事我必须马上跟你们说，因为它是前面提到的无关紧要经历的前奏。那年夏天，在沿莱茵河的一次旅行中，碰巧我的朋友和我在同一时间、同一地点不约而同地提出了相同的计划。我们被这个非同寻常的巧合震

---

[1] 波恩大学，位于德国北莱茵-威斯特法伦州波恩市。

惊，觉得必须继续执行这个计划。我们商议成立一个由少数同学组成的小俱乐部，目的是为我们在文学艺术方面提供一个稳定而有约束力的组织形式，以激发我们的创作热情。简而言之，也就是我们每个人将承诺每月交一次自己的作品，可以是一首诗，或一篇论文，一份建筑设计草图，或一部音乐作品。然后，由其他人充当评判者，坦率友好地对这些作品进行评价。我们希望通过这种互相纠正的方法，激发和约束我们的创作冲动。事实上，这个计划也确实奏效，对于它最初在我们的脑海里形成的那个瞬间和那个地点，我们始终心存敬畏和感激。

很快，我们便为这份情感作了周密的筹划和安顿，大家一致赞同，只要情况允许，每年都造访一次位于罗兰德赛克[1]附近那个僻静的地方。正是在那里，在那个夏末，我们坐在一起，各自冥想着，突然被同样的想法击中。

坦率地说，俱乐部刚成立时所制定的规则，从来没有得到严格遵守。然而，正是由于我们为这种疏忽感到良心不安，在波恩的那个学年，当我们俩再次回到莱茵河畔时，我

---

[1] 罗兰德赛克是莱茵河畔的一个小镇。

们这才下定决心，不仅要遵守我们制定的规则，而且要在约定的日子，到罗兰德赛克附近的那个地方去朝圣，以满足我们对它的感激之情。

不过，这对我们来说，并非易事，因为就在我们选定出游的那一天，那个妨碍我们飞翔的人数众多、颇有影响力的学生社团来找我们的麻烦了，它总是千方百计把我们往下拽。于是我们的社团决定，就在我和我的朋友约定的这一天，组织一次以罗兰德赛克为终点的假期旅行，目的是在夏季学期结束前最后一次确认我们的全体成员，让我们每个人都能带着最后几个小时的美好回忆回家。

那天天气很好。这样的天气，至少在我们现有的气候里，似乎只有在夏末时才会遇到：天地和谐地融为一体，阳光发出奇妙的光芒，清新的空气与碧蓝的天穹混在一起。我们穿着鲜艳又古怪的服装，贴合着现今盛行的阴郁气氛，排成只有大学生才会自觉赏心悦目的队伍，登上一艘装饰得五彩斑斓的汽船。我们引以为傲的三角旗，悬挂在桅杆上。莱茵河两岸，不时响起按我们的指令发射的信号弹的声音，目的是向我们在罗兰德赛克的主人和附近的居民通报我们的到来。我不会谈论从码头出发的令人兴奋新奇的喧闹旅程，也不会提及我们之间的那些并不是谁都听得懂的玩笑和那场活跃至粗野程度的宴会。一场非凡的音乐演出,无论是独奏还是合唱,我们最终都得参与进来,而我作为我们团体的音乐顾问,不仅要负责排练,还要担任指挥一职。这场音乐会的节奏,愈来愈快,愈来愈杂乱,就在最后一个和弦响起的时候,我向我的朋友做了一个手势,之后他和我就从大门口消失了,留下身后一片混乱。不一会儿,我们就进入了那令人神清气爽、屏息静气的大自然。

暮色降临,影子被拉长。夕阳西斜,它静静地燃烧着。在莱茵河的碧波上,泛着粼粼的光芒。一阵凉爽的微风,吹拂着我们灼热的脸蛋。我们的庄严仪式只限于一天中的最后几个小时,于是我们决定好好利用白天的最后时光,把自己交给我们众多的爱好之一。

那时我们非常喜爱射击,后来发现,我们这些业余爱好者所掌握的这门技术,在日后的军事生涯中大有用处。我们社团的仆役碰巧知道我们要去的那个有点偏远的射击场,而且事先把手枪带到了那里。罗兰德赛克后面的丘陵高地覆盖着一片森林,这个射击场就位于森林的上界,在一个小小的凹凸不平的小台地上,距我们设立的庄严之地很近。在我们射击场旁边一个长满树木的山坡上，有一小块林中空地，可以作为理想的宿营地。从那里，我们可以透过高矮不一的灌木丛看见莱茵河，还有美丽的七座峰的起伏线条，以及所有的德拉欣费尔山脉，在地平线上与成群的树木相连，而以莱茵河为中心的扇形辐射圈里，诺南沃思岛显得格外突出，仿佛悬在河的臂弯里。

这个地方因为我们共同的梦想和计划而变得神圣不可侵犯，我们打算，甚至决意在黄昏时刻回到这里，如果我们想按照我们强加给自己的律法结束这一天。

在凹凸不平的小台地的一端，不远处矗立着一棵粗壮的橡树桩，在光秃秃的树的衬托下，从远处只看得见一些低矮起伏的小山，它们显得格外醒目。在这棵树桩上，我们曾合力在树干的侧面雕刻了一颗五角星。经过多年风雨的侵蚀，凿痕开裂得更宽，为我们展示枪技提供了一个理想的靶子。当我们到达临时搭建的营地时，已是晌午时分，我们的橡树桩在贫瘠的荒地上投下了一道长长的、稀疏的阴影。万籁俱寂，多亏我们脚下的高大的树木，使我们无法瞥见下面的莱茵河谷。现场的宁静似乎只会让我们的枪声更响——我刚向五角星射出我的第二枪，就感到有人抓住了我的手臂，同时瞥见我的朋友也被他旁边的人打断了装填弹药的动作。

我猛地转身,发现自己正面对一位惊惶失措的老绅士,同时感受到一只凶猛强壮的狗正向我的后背扑来。我的同学被另一个较为年轻的人阻止,在我们还没来得及表达我们的惊讶时,两个闯入者中较年长的那位就用紧张而逼人的声调说:"不!不!"他对我们喊道:"这里不能决斗,至少你们这些年轻的学生不能决斗。把这些手枪扔下,冷静冷静。彼此和解,握手言和!什么?你们是世上的盐[1]吗?是未来的智慧吗?是我们希望的种子吗?——难道你们就不能把自己从疯狂的荣誉准则及其决斗条例中解放出来吗?我不是毁伤你们的自尊,但你们的头脑绝对不值得称赞。你们的青春是由希腊和罗马的智慧所守护的,而年轻的心灵以巨大的痛苦为代价,早早就被古代的圣贤和英雄的光芒所浸透——难道你们不能克制自己,不把骑士荣誉的准则——也就是说,愚蠢和残暴的准则——作为你们行为的指导原则吗?——理性地一劳永逸地检查它,揭穿它那可怜的狭隘性,不要用你

---

[1] 世上的盐:出自《马太福音》第5章第13节:"你们是世上的盐。盐若失了味,怎能叫它再咸呢?以后无用,不过丢在外面,被人践踏了。"

们的感觉，而要用你们的理智。让理智成为你们的试金石，如果你们不对此感到遗憾，那只能表明，你们的头脑不适合在这个领域工作，在这个领域里，你必须冲破偏见的束缚，必须具有伟大的辨识天赋，即使真相和谬误的差别隐藏得很深，不像现在这样显而易见，你们也能清楚地将它们分辨出来。在这种情况下，我的孩子们，试着以某种体面的方式度过一生吧，参军或学一门能赚钱的手艺。"对这番粗暴而又无法否认其公正性的滔滔雄辩，我们有些愤怒地相互打断，说："首先，你弄错了，因为我们到这里来，根本不是为了决斗，而是为了练习射击。其次，您似乎不知道决斗是怎么一回事，您以为我们会像两个强盗一样，在这个偏僻的地方面对面决斗吗？没有助手，也没有医生，等等。最后，关于决斗的问题，我们每个人都有自己的看法，没必要受您那套理论的阻碍和吓唬。"

这种颇为无礼的回答给老人留下了恶劣的印象。起初，当听说我们不打算决斗时，他很客气地把我们上下打量了一番。但当我们说到最后一段话时，他似乎非常恼怒，吼了起来。然而，当我们开始谈论自己的观点时，他立刻抓住他的同伴，猛地转身，朝我们厉声喝道："一个人不能只有立场，还得有思想！"他的同伴接着说："尊重，哪怕这是一场误会！"

然而，这时我的朋友已卧倒，喊着"小心"，重新开始朝五角星射击。背后突然响起的哒哒声使老人暴跳如雷。他再次转过身来，恶狠狠地盯着我的朋友，然后放低音调对较他年轻的同伴说："我们应该做一些什么呢？这两个年轻人会开枪打死我们的。"

"你们必须懂得，"这个较年轻的人对我们说，"你们的爆炸式娱乐已构成了对哲学的真正谋杀。请注意这位可敬的绅士——当这样的人善意地请求——"

"嗯，就这么办吧！"老人打断他，严厉地对我们说。事实上，我们根本不知道整件事情是怎么回事。我们无法理解我们这些喧闹的消遣活动与哲学究竟有何关系。我们也不明白，出于礼貌，我们为什么要放弃我们的射击场。这时，我们可能显得有些犹豫和不安。那位同伴注意到我们当时的窘态，便向我们解释了这件事的缘由。"我们不得不，"他说，"在这附近逗留一个小时左右；我们有一个约定，按照约定，这位杰出人物今晚将与他的另一位杰出朋友在这里会面。而且，实际上是我们选择了这个安静的场地，中间有几张长凳，就在靠近小丛林的地方。如若我们因你们的射击而受到惊扰，那实在是极为不愉快的事；如若你们听说，选择在这个幽静的与世隔绝的地方会见朋友的人是我们最杰出的哲学家之一，你们自己的感情肯定会告诉你们，不该在这里射击。"

这种解释只会使我们更加心烦意乱，因为我们看到了一种威胁着我们的危险，这种危险比失去我们的射击场还要严重，于是我们急切地问："这个安静的地方在哪里？肯定不是在树林的左边吧？"

"正是。"

"但是今晚那个场地属于我们！"我的朋友插了句话。"我们一定要得到它。"我们一起喊着。 当时，我们计划已久的庆祝活动似乎比世界上所有的哲学都重要，我们把自己的感情说得那么热烈、那么激动，以至于我们的主张令人难以理喻，我们一定显得有几分可笑。无论如何，那些闯入我们领地的哲学家带着有趣的询问表情看着我们，好像他们希望我们表达某种歉意。但我们沉默着，因为我们不想暴露自己。

我们就这样无声地面对面站着，夕阳把树梢染成了一片金黄。

哲学家注视着太阳，他的同伴注视着他，我们把目光转向树林中我们藏身的角落，今天我们似乎很有可能失去它。

一种悲愤的感觉占据着我们。我们扪心自问，哲学是什么？它是否妨碍了一个人的独处或以择友为伴的乐趣？说实在的，它是否妨碍了一个人成为哲学家？

因为我们把对过去日子的纪念看成是真正的哲学演习。为了庆祝这一节日，我们为未来制定好了目标和计划，我们希望通过安静的思考和反省，能有一个好的想法，这个想法将再次帮助我们塑造并满足我们在未来的精神需求。这是真正的神圣的行动，没有什么明确的事情要做，我们只需独处，静静地坐着沉思，就像五年前我们每个人都有相同的想法时所做的那样。

这将是一场无声的庄严仪式，拥有过去和未来；现在将作为连接两者的破折号。可是，命运现在并不友好，闯进了我们的魔法圈子——我们不知道怎样把它打发走——这种异乎寻常的境遇使我们感到神秘的兴奋。

我们就这样默默地站了一会儿，分成了两个敌对的团体。头顶的晚霞越涨越红，黄昏似乎也变得更加宁静和煦了。当大自然为其艺术作品做最后的润色时，我们几乎听到了它那有规律的呼吸声。

我们刚刚度过了愉快的一天,蓦地,从莱茵河上传来的一阵欢呼声和喧响打破了夜晚的宁静。远处人声鼎沸——那是我们同学的声音——那时,想必他们已经乘小船去了莱茵河。我们突然想到,我们可能甚至已经错过了一些东西。我和我的朋友几乎同时举起了手枪,我们的枪声在我们耳边回响,山谷里传来了他们的回声,那是一阵熟悉的呼喊,意在表明他们的身份。因为在我们的团体里,我们是出了名的手枪迷。

那时我们才意识到,我们对待两位沉默而睿智的哲学家的行为,实在有失绅士风度。他们已经悄悄注视了我们好一会儿,当我们开枪时,他们被吓得迅速向彼此靠拢。

我们急忙走向他们,依次大声喊道:"请原谅我们。这是我们的最后一次机会,是为莱茵河上的朋友准备的。他们已经明白我们的意思了,你们听见了吗?如若你们坚持要在树林里找一个地方,至少允许我们也躺在那儿。你们会发现现场有很多长椅,我们不会打扰你们;我们将安静地坐着,一句话也不说;但是现在已经七点多了,我们必须马上去那儿。"

"这听起来比实际要神秘得多。"我停了一下,接着说:"我们已经庄严宣誓,要在那里度过即将到来的一小时。我们的宣誓是有原因的。这地方对我们来说，因一些愉快的记忆而被神圣化了，它也一定会为我们开创一个美好的未来。因此，我们将尽力不让你们想起初见时那些不愉快的记忆——尽管我们多次打扰你们，做了一些使你们不安和害怕的事情。"

哲学家继续沉默，而他的同伴则说道："很遗憾，我们的约定和计划不幸迫使我们不仅得留下来，而且还得在你们选择的地点待上一小时。无论我们认为这是命运弄人还是神灵造成了这个非凡的巧合。"

"再说，我的朋友，"哲学家说，"我对这些好战的年轻人不像起初那么反感了，你发现没有，刚才我们凝望夕阳时，他们有多安静？他们不说话，不抽烟，一动不动地站着，我甚至相信他们是在冥想。"

他突然朝我们这个方向转过身来，说："你是在冥想吗？这个问题可以在我们去往目的地的路上跟我说说。"我们一起走了几步，顺着斜坡往下走，来到了温暖宜人的树林中，那里的天色已经暗了许多。在路上，我的朋友向哲学家坦率地透露了他的想法，他承认，他曾担心，生平头一回，今天会有一个哲学家妨碍他进行哲学思考。

智者笑了。"怎么？你害怕哲学家会妨碍你进行哲学思考？这种事很容易发生：你还没有经历过这种事吗？你在大学里没有经验吗？那么，你听过哲学讲座吧？"

这个问题使我们不安。因为，事实上，在那之前，我们的教育中还没有哲学的元素。而且，在那些日子里，我们天真地以为，凡是占有哲学教席并具有哲学家气质的人，必定是一个哲学家。而我们的课程设置很不如意，缺乏这方面的经历。坦率地说，我们还没有听过任何哲学课，但我们一定会把这一课补回来。

"可是，你们怎么说要进行哲学思考呢？"他问。我说道："我们不知道该怎么定义哲学。但实际上我们的意思是，我们希望认真努力地去思考成为一个有文化素养的人。"

"这或许够了又抑或不够，"哲学家咆哮道，"倘若你们只是想思考这个问题！这是我们的凳子，我们要继续讨论了，我不会打扰你们进行关于如何成为有素养的文化人的思考。我祝你们好运并且有自己的立场，就像你们在决斗问题上一样，有创造性的、新颖的、开明的立场。哲学家并不想妨碍你们进行哲学思考；但至少请你们也不要用你们的手枪使他感到不安。今天你们就试着模仿一下毕达哥拉斯学派[1]吧：他们作为真正的哲学的信徒，必须保持五年的沉默——你们如此关心你们自己的未来教育，也许你们也可以保持一刻钟沉默。"

我们如愿到达目的地，庄严的仪式开始了。与五年前一样，莱茵河在薄雾中流淌，天空明亮，树木也散发着同样的味道。我们在最远处的一条长凳的最远一端落座，几乎像是俘虏一样坐在那里。哲学家和他的助手，连我们的脸都看不见。

我们清静了，当哲学家的声音传到我们的耳边时，已同枝叶的摇曳声和栖息在树林高处的无数生物的嗡嗡声混合在一起，几近天籁。哲学家的谈话，像是一种遥远而单调的呻吟。我们确实没有受到干扰。

就这样过了一些时间，落日的余晖渐渐黯淡下来，我们对少年时努力受教的回忆却越来越清晰了。在我们看来，我们对自己建立的这个小社团似乎欠下了最大的感激。因为它

---

[1] 毕达哥拉斯学派：诞生于公元前6世纪末，是一个集政治、学术、宗教于一体的组织，由古希腊哲学家毕达拉斯所创立，在公元前5世纪被迫解散，其成员大多是数学家、天文学家、音乐家。

不仅对我们在公立学校所受的培训助益良多，而且它实际上是我们所拥有的唯一一个富有成果的交往，我们甚至把我们的公立学校生活放在它的框架内，作为一种完全孤立的因素来辅助我们实现自我教育的总体努力。

我们发现，多亏我们的小社团，否则，那时的我们压根没有想过要从事什么特殊的事业。国家为了自己的目的，也就是说，为了尽快培养出合格的公务员，通过严厉的考试保证他们无条件服从政府而频繁剥削年轻人，这在我们的教育中还是很少见的。我们很少被功利的思想或快速进步、迅疾成功的前景所激励，那天令我们感到欣慰的是，即使在那时，我们还没有决定我们应该做些什么——甚至在这个问题上，我们未曾有过丝毫困惑。我们这个小小的社团已在我们的灵魂中播下了快乐无忧的种子，因此，我们纪念它时内心充满由衷的感激。

我曾说过，对我们现今这个时代来说，这样漫无目的地享受时光，这样自欺欺人地逍遥度日，几乎是令人难以置信的，该受谴责的。我们是多么无所事事啊！而且我们为自己的无所事事感到多么自豪啊！我们甚至会为了我们中的哪一个更无所事事而互相争吵。我们不愿重视任何事情，没有主张、没有组织、没有目标、没有远虑,只想像个废物一样惬意地活在当下。我们做到了,上帝保佑我们!

女士们、先生们,这就是我们当时的状况。沉浸在这些思考之中,完成自我内省之后,我正要以同样自豪的口吻来回答关于我们教育机构未来的问题。

就在这时,我逐渐意识到,从远处哲学家的长凳方向传来的"自然音乐"已经失去了它原有的天籁属性,一种比以前更尖锐、更清晰的音调传进了我们的耳朵里。突然间,我意识到自己在倾听,在偷听,兴致盎然地偷听,竖着两只耳朵倾听,对每一个声音都很敏感。我用肘部碰了碰我的朋友,他显然有些疲倦,我低声说:"别睡着!在那里我们可有得学,它适用于我们,尽管它不是为我们准备的。"

我听到那个年轻的同伴非常激动地为自己辩护,而哲学家则越来越激烈地谴责他。"你没有变,"哲学家向他喊道,"很不幸你没有变,我真不明白你为什么还和七年前一样,那是我最后一次见到你,让你感到万分不安,我非常惭愧。虽然我不高兴这样干,但仍不得不剥去你给自己披上的那张现代教育的皮——在那张皮下,我发现了什么呢?仍是同样不变的"概念式"特性,就如同康德认为的那样,但也不例外——尤其是同样不变的"理智"能力式特性——这可能也是一种必然性,尽管不是令人欣慰的必然性。我问自己,作为一名哲学家,我生活的目的是什么,尽管你聪敏过人,求知欲极强,如若你在与我交往的那些年里,竟然对我不厌其烦地反复强调过的整个教育方面的原理,仍未留下更深刻的印象,那我的哲学家生涯还有何意义?你现在的举止,就好像你压根什么也没有听说过一样。你说吧,这个原理是什么?"

"我记得,"被训斥的学生回答说,"您曾经说过,如若人们知道真正的天才和实际上能教育成才的人,事实上少得令人难以置信,就没有人愿意受教育了。然而,要不是有众多的人违背其秉性,只是被诱人的错觉所引导,就不会有真正教育成才的少数人存在。因此,公开地揭示两者之间的不相称,是荒谬的。在这里,隐藏着教育的真正奥秘——也就是说,无数的人为了实现它而奋斗,并为此而努力工作,表面上似乎是为了他们自己受教育,但实际上只是为了让少数人受教育成为可能。"

"就是这个原理,"哲学家说,"你居然忘乎所以,以为自己是少数人中的一个?你有过这样的想法——我看得出来。然而，这是我们这个现代教育毫无价值的标志之一。天才的权利正在被民主化，以便人们可以从获得教育的艰辛和对教育的需要中解脱出来。如果可能的话，每个人都想斜倚在天才栽种的大树下歇凉。为了使天才生生不息，就必须为之工作，而人们却企图逃避为之工作的可怕需要。什么？你是太骄傲而不愿当老师了吗？你看不起那么多挤向学校的学生吗？你对老师的称呼不屑一顾吗？那么，你带着敌对的态度与多数人划清界限，你是想模仿我的生活方式喽？你愿意过一种孤独的生活吗？你以为你能在某处得到我最终为自己赢得的东西吗？即使是为了能够像哲学家一样生活，我也必须经过长期而坚定的斗争。你不怕孤独会对你进行报复吗？若想试着做一个文化隐士——一个人就必须拥有丰盈的财富，才能靠自己的力量为所有人的利益而生活。效法最崇高的事物——只有大师才能做到，因为他们首先得知道这是多么困难和危险，以及尝试这么做，得毁掉多少天赋优秀的人。"

"我不会对你隐瞒什么，我的老师。"年轻的同伴回答道。"如若只是为了能够完全献身于我们今天的教育事业，我从您那里受到的教诲未免过多，在您身边待的时间也未免太长。对我们目前的教育和教育制度，我完全无法接受。我非常痛苦地意识到你过去常常提醒我注意的那些灾难性的错误和暴行——尽管我很清楚，尽管我如此勇敢地同它们作斗争，也没有足够的力量指望取得任何成功。我被一种沮丧的感觉所淹没。我之所以选择孤独，既不是因为骄傲，也不是因为傲慢。我很乐意向你们阐述我的观点——教育问题的本质，这些问题，现在正吸引着如此巨大而紧迫的关注。在我看来，我必须认识到在这些力量中起作用的两个主要倾向——两种看似对立的趋势，它们的行动同样有害，并最终结合起来产生它们的结果：一种倾向是尽力扩大和普及教育，另一种倾向是尽力减少和削弱它。基于种种因素，第一种倾向主张教育应惠及最多的人，相反，第二种倾向则要求教育放弃其最高贵、最庄严的使命，从而使自己服从于生活的其他部门，比如为国家服务。

"我相信，人们不难察觉，要求尽可能扩大教育的呼声在哪个方向嚷得最起劲。这种扩张属于现代政治经济学中最受欢迎的教条。尽可能多的知识和教育导致尽可能多的供给和需求——也即尽可能多的幸福，就是这个响当当的公式。在这种情况下，效用成了教育的对象和目的，更确切地说，受教育是为了收入的提高，也即尽量多赚钱。按照这一倾向，教育的真正任务似乎是要造就尽可能'通用'的人，与人们在一枚硬币上称为'通用'的东西属于相同性质。这种'通用'的人越多，国家就越幸福；而这正是我们现代教育机构的目的：帮助每个人，在其天性允许的范围内成为'主流'，使他的知识达到特定的程度，如此培养每个人，使他能依靠自身的知识力量给自己带来最大的幸福和财富。

"每个人都必须懂得给自己精确估价，必须知道他对生活的合理期待值是多少。这一观点所假定的'智力与财产之间的联系'，几乎具有一种道德原则力量。在这里，一切使人孤独的教育，如若把目标设定在金钱和收益之外，且耗时过多，就是可恨的。人们习惯于排斥这些不同的教育倾向，视之为'不道德的教育伊壁鸠鲁主义[1]''更精致的利己主义'。根据这里的通行道德观念，人们所需求的是完全相反的东西，即一种速成教育，以求能以最快的速度成长为一种赚钱的生物；甚至有人希望把这种教育做得更加彻底，以便培养出一种能挣许多钱的工具。人们被允许具有的文化仅限

---

[1] 伊壁鸠鲁主义：由古希腊唯物主义者、无神论哲学家伊壁鸠鲁创立的哲学派别，坚持唯物主义，提倡快乐主义，其哲学可分为准则学、伦理学和物理学三个部分。

"每个人都必须懂得给自己精确估价，必须知道他对生活的合理期待值是多少。"这一观点所假定的"智力与财产结盟"，几乎具有一种道德原则的力量。

于赚钱之需要，而所期待于他们的也仅此而已。

"简而言之：人类具有对尘世幸福的必然需求——这就是为什么说教育是必要的——但仅此而已！"

"我必须在这里插几句话，"哲学家说，"在这种笼统描述下有一个巨大而可怕的危险，即在某个时候，大众可能会越过中间阶段，一头扎进这尘世的幸福之中。这就是现在所谓的'社会问题'。在大众看来，绝大多数人接受教育似乎只是极少数人享受世间幸福的一种手段而已：'最大限度地普及教育'使教育大为贬值，使其不再能够赋予特权或激发尊重。最普及的教育形式恰恰是野蛮的。不过，我不想打断你的观点。"

这位同伴接着说："除了这种受人喜爱的国民经济教条，还有其他原因促使人们在各地如此英勇地追求教育的扩张和普及。在一些国家，对宗教压迫的恐惧是如此普遍，对其结果的害怕是如此明显。社会各阶层的人都渴望教育，渴望吸收教育中能释放宗教本能的元素。另一方面，为了自己的生存，各地又在各处竭力追求教育的扩张，因为它总是觉得自己已强大到足以使由教育所塑造的最坚决的人屈服于它的束缚。无论怎样尽力放开教育，事实上是，它达到了预期的目的，最大规模的教育培养出了它的公务员和军队。在与其他国家的竞争中，这种教育终究于它有利。一个国家的基础必须足够广泛和牢固，才能与它所支撑的复杂的教育拱门相匹配，正如在第一种情形下，必定是过去某些宗教暴政的痕迹仍然十分清晰，人们才会被迫寻求这种铤而走险的反抗措施。因此，每当我听到群众要求扩张教育的呼声时，我总能较好地辨别，激起这些呼声的是对收入和财产的贪欲呢，还是对以前某次宗教迫害的记忆呢，还是国家对自身利益的精明算计。

"另一方面，我觉得还有另一种倾向，也许不那么强烈，但至少同样坚决，是由一个不同的愿望激发起来的，那就是削弱教育，使之最小化。在整个学术界，常常可以听见人们谈论这一普遍的现象，由于目前疯狂地使用学者为其学科服务，以致学者的教育变得越来越偶然和不确定了。因为学科的研究范围已经延展到如此没有穷尽的地步，一个人如果没有特别的天赋，但具备相当的能力，倘若他意欲在学术上有所成就，他就需要把自己奉献给某一个专业领域，而忽略其他领域。如若他凭借自己的专长使自己在该领域超越群氓，在所有别的领域——也就是说，在生命中所有最重要的事情上——他仍然是群氓中的一员。

"因此,科学专家变得与工厂里的普通工人无异,终其一生都在转动某一仪器或机器上的某个螺丝或把手,在这一个行当里练就他堪称精湛的技艺。在德国,我们知道如何用花哨的思想外衣来掩盖这些令人痛苦的事实,甚至我们的学者把这种狭隘的专业技艺以及他们越来越偏离正道的教育当作道德现象来赞赏。'在小事上忠诚'[1]'坚贞不渝'成了最高的颂词,而专业以外的文化缺失却被当作充分高尚的标记来大肆炫耀。

"几个世纪以来,在人们的观念里,学者且只有学者,才算得上是有教养的人,这是众所周知的。但今天的经验告诉我们,在这两者之间很难找到任何必要的联系。因为在目前,为了学术目的而榨取人的行为,在任何地方都无所顾忌。谁还敢问,像吸血鬼一样吞噬奴才的学术有何价值?学术上的分工,实际上与各地宗教正在有意识地追求的目标相同,也就是说,缩小甚至毁灭教育。然而,就某些宗教的起

---

[1] 引自《路加福音》第16章第10节:"人在最小的事上忠心,在大事上也忠心;在最小的事上不义,在大事上也不义。"

源和历史而言，这是一个完全正当的目标，但在转入学术领域时，这只能导致自我毁灭。在一切具有普遍性和严肃性的问题上，尤其是在最高的哲学问题上，如今我们已经到了这样一个地步：科学工作者不再有发言权。相反，现在填补了科学杂志之间空隙的那种顽强的阶层，即新闻界，却相信它在此有一项使命要完成，而它确实以其特有的本性完成了这项使命——也就是说，正如它的名字所暗示的那样，作为按日付薪的临时工。

"这两种倾向在新闻界合流，教育的扩张和缩小在这里携手并进。报纸实际上取代了教育，即使作为一名学者，想要对教育提出任何要求，也必须利用这个起黏合作用的中介层，这个中介层将各种生活形式、各种阶级、各种立场和各种艺术、各种学科之间的接缝紧紧地黏合在一起，它牢固可靠，就像日记账本一样令人放心。当今时代的特殊教育意图，在报纸上得到了充分体现，就像新闻记者作为时代的仆役，取代了伟大的天才，站到了时代领袖的位置，站到了时代暴政的拯救者的位置一样。现在，尊敬的大师，请告诉我，处处都在和真正的教育作对，我还有什么希望呢？当我知道，真正的教育种子在播下的那一刻，就会被这种伪教育的压路机无情碾碎时,作为一名势单力孤的教师,我又有什么勇气迈步向前呢?想一想吧,今日一名教师做最富有激情的工作是多么徒劳,譬如,他想把一个学生带回极其遥远而脱离现实的希腊世界,回到教育的真正宝库,但不到一个小时,这个学生就会抓起一份报纸、一本流行小说,或一册品质低劣的书,而其文体已盖上了现代野蛮教育的令人作呕的印记……"

"好了,安静一会儿吧!"这时哲学家用强烈而富于同情心的声音插话道:"现在我理解你了,刚才不该对你这么不客气。你完全正确,只是你不可绝望。现在我要说几句能够安慰你的话。"

人文教育始于严格的语言训练

女士们、先生们！今天，我很荣幸第一次为你们作演讲。我在三周之前所作的报告，你们也许只是道听途说，但现在没有时间作更充分的准备了，请不要介意我在这里直接引用一场极其严肃的对话。我上次已经转述了那场对话，我现在必须回顾一下它的最后几点。

在杰出的导师面前，哲学家的年轻同伴不得不诚恳地请求原谅，因为他对从事至今的教师工作失去了勇气，想知难而退，准备在无所慰藉的孤独中度过余生。但作出这个决定，并非出于狂妄或傲慢。

这个直率的学生说道："如果说是为了能够虔诚地献身于我们迄今为止的教育和教学事业，我在不同的时期从您那里听到的教诲未免太多，和您待在一起的时间也未免太久，对于您经常指责的我们目前的教育和教学制度的错误行径，我的感受实在是太深刻了，以至于痛苦到了不能盲目地屈从于此的地步。然而，我知道，无论我多么勇敢地挣扎着去打破这种伪教育的壁垒，我离拥有获得成功所必需的力量依然还远着呢。我被一种普遍的抑郁情绪控制了：我求助于孤独，并非出于狂妄或傲慢。"随后，为了求得原谅，他生动地描述了这种现代教育体制的一般特征，哲学家没忍住打断了他的话，并带着哭腔安慰他。"现在，静一静，我可怜的朋友，"他喊道，"我现在比较容易理解你了，我应该对你多一些耐心的。你完全正确，只是你不可感到绝望。现在，我要对你说几句安慰的话。你认为我们学校的现行教育状况，将会持续多久？在这一点上，我不打算向你隐瞒我的观点：它的时代正在终结；它的日子屈指可数。敢于在这个领域直言不讳的先行者，将会听到真诚的成千上万勇敢灵魂的回应。因为从本质上说，在当今这个时代，天性高贵者和情感热烈者之间已达成了一种无声的共识。他们每个人都知道，学校的教育现状给他造成了多大的痛苦；他们每个人都希望，至少得保护自己的后代免受类似的困扰，即使他自己不得不为此付出代价。然而，尽管如此，在任何地方都无人可以做到完全的真诚，而造成这种可悲的情况的，正是我们时代学校教育的精神贫困。正是在这里，缺乏真正的创造禀赋，缺乏真正有实践能力的人——也就是这样的人，他具有好的创意，把真正的天才和务实的头脑集于一身。实际情况却是，那些清醒冷静的行动者缺乏创意，因此他们在行动时也就有所欠缺。

"任何研究当代教育文献的人，都不会对当代教育抱有任何信心。如若谁对其精神上的极度贫乏和可笑愚笨不曾感到惊恐，他准是堕落到家了。在这里，我们的哲学应从恐惧而不是从好奇开始；在这一点上，谁若没有戒惧之心，谁就没有资格伸手干涉学校教育的事。当然，迄今为止的情形正好相反。那些心存戒惧的，处境像你一样窘迫的人，都惊慌失措地逃跑了，我可怜的朋友，而这时那些冷酷且无畏的平庸之辈，正把他们的大手伸向艺术所具有的最为精微的技艺，也即教育技艺上。然而，这是不可能长久的。在某个时段，正直的人会出现，不仅有好创意，而且敢于利用一切现有手段果决地将它们付诸实践。只要他通过一个杰出的实例来示范某种东西，令权力的大手连模仿也做不到——那么，人们至少会开始比较、区分，这样，人们至少会感知到差异，并且反思产生差异的原因。可是现在，仍有许多心地过于善良的人完全相信，这些大手对教育工作的干涉，是必要的手艺。"

"我尊敬的老师，"这时那年轻人说，"我希望你能举一个具体的实例，来帮助我看清你如此热忱地在我心中唤起的希望到底有多牢固。我们都熟悉公立学校；比如说，关于这类机构，你是不是认为可以通过诚实、善良和新的创意来废除因袭至今的陈规陋习？在我看来，这里并非有一座负隅顽抗的坚固城堡，但这里的一切原则，都具有致命的麻木不仁和奸狡诡谲的特征。

"进攻者没有一个明确、有形的敌人可歼灭，毋宁说敌人是个善于伪装的家伙，能够变幻成上百种不同的形象，并巧借其中一种形象逃脱围剿，以便重新现身，并用怯懦的屈服和伪装的撤退来迷惑它的敌人。正是公立学校把我逼进绝望和孤独之中，因为我觉得，要是这里的斗争能够取胜，其他所有的教育机构也就一定会屈服；但是，如若改革者在这里被迫放弃他的事业，他在其他的学术问题上也最好以放弃希望为妙。所以，亲爱的导师，请给我讲讲公立学校吧。我们对废除它或改革它有何希望呢？

"和你一样，我也认为公立学校的问题至关重大。"哲学家答道。"所有其他教育机构的目标必须与公立学校的目标一致，如若公立学校的判断有误，其他教育机构也会跟着犯错，如若公立学校被净化和更新，其他教育机构也会跟着被净化和更新。

"这样一来，大学再也不能宣称自己是影响力的中心，因为就它们现在的构造而言，至少就其一个重要方面而言，它们只是公立学校系统的一种扩展，我稍后会向你们细论这一点。现在，让我们先来看一下，是什么让我产生这个充满希望的信念：公立学校迄今所培养的那种五花八门的逃避精神，或将彻底烟消云散，或将彻底被净化和更新。为了不让我的一般主张吓到你们，让我们先试着回忆一下我们在公立学校的一些经历，我们全都深受其苦。如果以一种迫切的眼光来考察，目前公立学校的德语教学体系是怎样的呢？

"我首先得告诉你，它应该是怎样的。现在，每个人的德语，无论是说和写，都非常糟糕，和德国报纸盛行的时代一致，因此，有必要把那些具有高贵禀赋的成长中的少年强行置于良好趣味和严格语言训练的玻璃罩下；如若这是不可能的，我宁可退回去说拉丁语；因为我以说一种如此卑劣、污秽的语言为耻。

"在这个方面，高等教育机构的职责不是别的，而只能是以权威和庄重严肃的方式来引导这些语言粗俗的少年，向他们呼吁：'严肃对待你们的语言！谁不把此事当作一种神圣的职责，谁的身上就完全不会有较高层次教养的萌芽。凭你对母语的态度，我们即可判断出你对艺术是否重视，你和艺术是否亲近。如若你在遇到新闻术语中的某些词语和修辞技巧时，没有生理上的厌恶，那么你就应该好好受教育，因为就在这里，在你生命的每时每刻，当你或说或写，你就会有一块试金石，来验证现在受教育的人的任务是多么繁重，你们中的许多人要达到有教养的境界是多么渺茫。'

"按照这个讲话精神，公立学校的德语教师就有责任引领其学生注意若干细节，从明确的良好趣味出发，禁止他们使用这些词语：'占有''赚取''盘算一件事''掌握主动权''无须考虑'——以及凡此种种cumtaedio in infinitum（令人恶心呕吐）的词语。此外，这位老师还必须引导学生阅读我们的经典著作，一行一行地引导。当一个人有正确的艺术感时，他就会完全地领会面前所写的一切，谨慎地对待每个词语的用法。他将一遍又一遍地敦促他的学生寻求对同一思想的更佳表达；他将使那些天赋不算差的同学对语言产生敬畏，而使天赋较好的同学对语言产生高贵的激情。在达到这一目标之前，他可不会放松对语言的严格要求。

"这就是所谓的'正规'教育的任务，而且是最有价值的任务之一；但在公立学校里，也即正规教育场所，现在我们看到的是什么呢？倘若谁懂得如何运用他在这里听到的内容，他就会知道从号称教育机构的现代公立学校那里可以得到什么了。比如，当他考察公立学校的原本结构时，他将会发现，公立学校的教学目标不是教育，而是学术；最近，公立学校还发生了一个转折，不再以学术为教学目标，转而把新闻作为其教学目标了。这一点，从德语的教学方式即可明确看出。

"教师本该提供真正有益的实践指导，使学生习惯于用母语进行严格的自我训练，可是我们到处看到的，却是教师用博学的、历史的方法处理母语的趋势：也就是说，人们对待母语，如同对待一种死去的语言，仿佛对这种语言的现在和将来毫无责任。在我们这个时代，历史的方法已变得如此流行，以至于语言的活体成了解剖学研究的祭品。然而，教育正是起源于此，也就是说，要使人们学会把活体视为活体，而有教养的教师之使命也正是从这里开始：压制对'历史兴趣'的迫切要求，做对的事，而不是仅仅知道什么是对的。我们的母语是学生必须学会如何正确行动的领域，而仅仅为了使正确行动得以践行，我们教育机构中的德语教学才是必不可少的。当然，历史教学法对教师来说，确乎轻松、简便得多；同时，它似乎也适用于能力较差、意志力较弱的学生。我们对此的发现，乃是基于对整个教育界现况的考察。历史教学法虽轻松简便，却总是自命不凡，以光鲜的使命和堂皇的头衔来吓唬人；而真正有益的实践指导、本质意义上的教育一向是比较困难的，却常常遭到嫉妒和蔑视，这就是诚实的人必须让自己和其他人清楚了解这种现状的原因。

"现在，除了这种对语言研究的学术感兴趣之外，德语教师还习惯提供什么？他是如何调和教育机构与德国民族拥有的少数真正有教养人士以及经典诗人和艺术家之精神的呢？这是一个黑暗的领域，对此，我们虽然感到忧心和惶恐，但也不想有所隐瞒；因为终有一日，这里的一切都必须更新。在公立学校里，我们那令人作呕的新闻报道给尚未成年的心灵留下趣味恶俗的野蛮标记。在这里，教师用一种满不在乎的粗暴方式曲解经典作家。后来，这种趣味野蛮的曲解甚至不要脸地冒充美学批评，到处宣扬。在这里，学生们带着自命不凡的高傲谈及我们独一无二的席勒[1]时，竟然有

---

[1] 席勒（1759—1805年），18世纪德国著名诗人、哲学家、历史学家和剧作家，德国启蒙文学的代表人物之一。

了一本正经睥睨一切的勇气;他们嘲笑席勒最高贵、最具德国性的构思,例如对波萨侯爵[1]、马克斯和泰克拉[2]嗤之以鼻——德国的天才们对这类出自无知的嘲笑,无不感到愤怒,我们的子孙后代也将会替这些野蛮无知的先辈感到羞惭。

"公立学校的德国教师,其最后一个日常工作即所谓的德语作业,通常被视为他工作的最高峰。在一些地方,甚至被视为公立教育的最高峰,比如所谓的德国教师联合会。几乎总是由那些最具天赋的学生在德语作业方面表现出最大的热情,因此,我们应该确确实实地认识到,教师布置作业的任务,是多么危险和刺激。德语作业对个人是有吸引力的,一名学生越是强烈地意识到自己与众不同的特质,他就越会完完全全地将其个性展示在他的德语作业中。在一些公立学校里,这种"个性化的展示",甚至受到所挑选题目的鼓励。在我看来,在这方面最有力的证据是,低年级已经布置有违教育规律的题目了,借这类题目引导学生描述他的生活

---

[1] 波萨侯爵,席勒悲剧《唐·卡洛斯》中的主人公之一。
[2] 马克斯和泰克拉为席勒悲剧《华伦斯坦》中的一对恋人。

及其发展。现在，人们只要浏览一下许多公立学校的作文标题，就会相信，绝大多数学生受其生活经历的局限，可能很难对付这种过早要求的个性化作业。然而，这并不是学生的错。很多时候，这种不成熟的思想性创作，使一个人后来的文学作品成为这种教条的原罪在智力上的可悲后果！

"我们不妨设身处地想一想，在这样的年龄段写这样的作品，会是怎样一种情形。这是个人最早的创作，那些尚待发育的力量首次凝聚为一个结晶。因为被要求独立创作，一鸣惊人的企图心赋予了这些早期的作品一种诱人的魅力。这种魅力不仅新颖，而且不可重复。人的秉性中所有的肆无忌惮和所有的虚荣心不再受压制，从其深处发出呐喊，第一次被允许以一种文学的形式出现。从那时起，年轻人认为自己已经足够成熟，已经是善于言谈和发表一己之见的人了，甚至以为自己这样做，是受到了邀请。他所选择的主题，迫使他对某些诗歌作品表明立场，用要言不烦的描摹为历史人物定位，独立阐释最严肃的伦理问题，乃至于反省自身的成长历程，提交关于自己的评判性报告。总之，把世界上最深刻的思想作业展现在目瞪口呆的懵懂少年跟前，要他下断语。

"现在让我们来设想一下，面对人生早期这些影响重大的原创性作文，老师通常的态度是什么。在这类作品中，他认为最该受谴责的是什么？他提醒他的学生最该注意的又是什么呢？注意形式上或思想上的所有过人之处，也就是说，注意在那个年龄特有的和个性化的所有东西。在这种为时过早的激励下，学生的依赖自身个性的作品，只能表现为笨拙、粗鲁和怪诞。因此，他们的真实个性，反倒受到了教师的苛责和拒绝。渐渐地，一个非原创的正派普通人的个性将完成对其真实个性的取代。另一方面，千篇一律的中庸货色，却得到了教师充满怨气的表扬。即令他知道，这只是课堂上的工作，但他还是按捺不住对这等中庸货色的厌烦。

"也许，在这种德语作业的闹剧中，公立学校课程最荒谬、最危险的因素，将会被人们认识。在这里，独创性被推崇，教师们强求学生具备只有极少数人在其成熟年龄方能达到的形式感方面的教养，而学生在他那个年龄唯一可能有的独创性却被拒绝了。在这里，几乎每个人都被认为是有文学天赋的，都被认为有能力对最重要的人和事持有个人见解，然而，正规教育应该最积极地努力实现的一个目标，恰恰是压制一切要求独立判断的荒谬主张，并谆谆教诲年轻人要服从天才的权杖。在这里，教授的每一种浮夸的措辞，每一个口头的或书面的词语都源自野蛮。让我们想一想，很容易被激起的年轻人的自满情绪可能带来的危险；让我们想一想，当他们第一次在镜子里看到自己的文学形象时，其虚荣心又会受到怎样的恭维。谁若想明白了这些，谁就会担心我们的公众、文学和艺术生活的所有弊端，都将被我们正在审视的教育制度烙刻在每一代新人的身上，包括不光彩的图书制作；完全没有风格、没有个性、粗俗不堪或令人沮丧的傲慢表达；丧失美学规范，疯狂的混乱无序，等等，总而言之，这是我们的新闻界和学术界的文学特征。

"现在，只有极少数人知道在成千上万的人中，也许只有一个人有资格把自己描述为文学工作者，而其他所有冒着风险试图成为文学工作者的人，都应该受到荷马[1]式的嘲笑——因为在众神看来，文学巨匠赫菲斯托斯[2]一瘸一拐地向

---

[1] 荷马（约公元前9世纪—公元前8世纪），古希腊盲诗人，相传记述了公元前12至公元前11世纪的特洛伊战争，以及关于海上冒险的长篇叙事代表作——史诗《伊利亚特》和《奥德赛》。
[2] 赫菲斯托斯，古希腊神话中的火神、砌石之神、雕刻之神和手艺异常高超的铁匠之神，是宙斯和赫拉的儿子，又说由赫拉独生，因天生瘸腿，面貌丑陋，在荷马史诗中常遭众神耻笑。

前走来，假装要帮助我们做些什么，不过是一种奇观。在这方面，教育人们养成认真、坚定不移的习惯和观点，应该是一切智力训练的最高目标，而对"自由个性"的全面放纵，只能是野蛮主义的标志。然而，从迄今所报告的情况来看，有一点已经十分清楚，即至少在德语教学中所考虑的不是教育，而是别的东西，也即上述"自由个性"。只要德国的公立学校继续为肆无忌惮、不负责任的涂鸦效力，只要他们不把读写的直接实践和训练当作他们最神圣的职责，只要他们继续把母语当作一种不可避免的不幸或一具尸体来对待，我就不会承认这些机构是真正的教育机构。

"关于语言，毋庸置疑，最需重视的是古典典范的影响。而从这一考虑出发，我看到我们的公立学校所提供的"古典教育"，却是一种令人怀疑和困惑的玩意。在考察古典典范时，任何人都会发现，从青少年时代起希腊人和罗马人就对他们的语言表现出了极大的热忱。

"当然，前提是我们在制订公立学校的教育计划时，我们确曾在古希腊和古罗马的经典世界之前徜徉过，并将其视为对增进德性最有教益的榜样——于此，我非常倾向于怀疑。公立学校提出的关于他们所提供的"古典教育"的主张，似乎是一种尴尬的逃避,不过是以此为借口搪塞任何对公立学校教育能力的质询罢了。古典教育,真的!听起来多么理直气壮!它迷惑了挑战者,使其挑战延缓——谁能一眼看穿这令人困惑的套话的真相呢?这是公立学校长期惯用的策略:哪里传来挑战者的呐喊,它就朝那个方向举起盾牌,上面没有奖章的纹饰,只写着'古典教育''形式教育''学术教育'等令人费解的口号。然而,不幸的是,这三个了不起的说辞,其自身和彼此之间都是矛盾的,硬要凑成一堆,必将催生出非驴非马的怪物。因为真正的'古典教育'是如此闻所未闻的困难和罕见,需要的天赋又是如此复杂,以至于只有天真汉或厚颜无耻之徒,才会把它视作公立学校可实现的目标。'形式教育'这个词属于一种粗鄙的非哲学用语,人们应该尽最大努力摆脱它,因为并不存在'形式教育的对立面'这种东西。倘若把'学术教育'作为公立学校的教育目标从而牺牲'古典教育'和所谓的'形式教育',一般来说也背弃了公立学校的整个教育目标,因为学者和有教养人士属于两个不同的范畴,虽然二者有时会在同一个人身上相遇,但绝不会重合。

"如若我们把这三个潜在目标与我们在德语课上观察到

的教学法作比较，我们就会立即看出它们在真正的实践中是怎么回事，也就是说，这是一种求取生存的诡计，通常情况下，仅仅是为了迷惑对手。在德语教学中，我们找不到任何单个的特点，能使人想起古典典范的例子及其语言教育的方法。

"然而，形式教育，虽然被认为是通过这种德语教学法来实现的，却被证明完全是以'个性自由'为旨趣的，这就等于说它是野蛮和无政府主义的。若把学术预备教育看作是德语教学法的成果，则我们的德国学者将不得不判定，这些在公立学校里貌似深奥的初级课程究竟有多大贡献，个别大学生的个性贡献又有多大。——总而言之，迄今为止，公立学校忽视了它对一切真正教育的起源，也即母语担负的最重要和最紧迫的责任；与此同时，一切后续的教育工作也就少了自然的肥沃土壤。因为只有在严格的、艺术上讲究的语言训练和语言习惯的基础上，才能使我们对古典作家的伟大之处有正确的感知。而迄今为止，公立学校对这种伟大之处的赏析，几乎完全是基于少数教师令人怀疑的业余审美趣味，或纯粹是基于某些悲剧和小说对他们的巨大影响。可是，一个人必须从自己的经验中懂得语言的艰辛，必须在长期的探索和搏斗之后，才有望踏上我们的伟大诗人曾经踏上的那条道路，才有望体会到在这条道路上行走的轻盈舒畅，而那些紧随其后的人，显得多么笨拙、别扭。

"只有通过这样的训练，年轻人才会在面对我们的报刊新闻体和小说家的'时髦'风格，以及文学匠人的'华丽辞藻'时，感到生理上的厌恶，并凭借这一点一劳永逸地超越一大堆荒谬的问题和顾虑，例如，奥尔巴赫[1]和古茨科[2]是否是真正具有资格的诗人？由于对这二位厌恶之极，他将无法捧读他们的任何作品。这样，问题就解决了。想必没有人会相信，训练这种感觉以至于能引起生理上的厌恶，是一件容易的事情；但是，想必也不会有人指望，除了经由语言这条荆棘小路以外，还能经由其他道路获得健全的审美判断。这里，我指的并不是语言研究，而是指用自己的母语进行自律。

"凡是认真对待语言训练的人士，都会有这样的经验，就像刚入伍的士兵，几乎走了一二十年的路，现在又不得不

---

[1] 奥尔巴赫（1812—1882年），德国小说家，有浪漫主义倾向，以描写农村生活闻名。
[2] 古茨科(1811—1878年)，德国作家、剧作家，德国现代小说的先驱。古茨科是"青年德意志"文学的主要代表，从激进自由派立场出发，撰写了大量针砭时弊的政论。

学习走路一样，因为他知道他以前在走路方面，只是一个业余爱好者或经验主义者。这是一个极其艰难的时期：人们不是担心肌腱会断裂，就是忐忑刻意学来的步法和站法难以轻松舒坦地走路。

"人们惊恐地看着自己的两只脚迈得那么笨拙沉重，生怕行差踏错每一步，没学会新的走路方式，连原先如何走路也全忘了，那真是件痛苦的事情。然后，有一天你会突然发现，通过练习，一种新的习惯产生了，这时，人们开始意识到走路是多么困难，并且感到有资格嘲笑那些没有受过训练的经验主义者和高雅的外行。正如他们的风格所显示的那样，我们高雅的作家从来没有学过这种意义上的'走路'，而在我们的公立学校里，正如其他作家所显示的那样，也没有人学习走路。然而，教育是从学习语言的正确步伐开始的：一旦它正确地开始了，它就会使人在高雅的作家面前生出一种生理上的感觉，我们把这种感觉称之为'恶心'。

"在此，我们认识到现在的公立学校是何其致命，因为它们未能实施严格而真实的教育。于这种教育而言，最重要的是服从和习惯的养成。然而，在公立学校的鼎盛时期，它们只把刺激和成全学术冲动当作唯一的目的，结果导致随处可见博学与野蛮趣味、学术和新闻混为一谈。我们可悲地发现，今日德国的大多数学者已经从歌德[1]、席勒、莱辛[2]和温克尔曼[3]努力建立的文化高地上跌落下来了；这种跌落，恰恰表明我们所谈及的这些伟人，在我们中间遭到了粗鄙的误读。同样，在历史学家中间，所暴露出来的错误也极其严重——不管他们是格维努斯[4]还是尤利安·施密特[5]。事实上，误读存在于一切社交场合，甚至存在于男男女女的每

---

[1] 歌德（1749—1832年），出生于美因河畔法兰克福，最伟大的德国作家之一，也是世界文学领域中一个出类拔萃的光辉人物。

[2] 莱辛（1729—1781年），德国著名戏剧家、文艺批评家和美学家。

[3] 温克尔曼（1717—1768年），德国古代艺术史学家、艺术理论家、美学家。

[4] 格奥尔格·戈特弗里德·格维努斯（1805—1871年），德国历史学家，自由党人，曾任海德堡大学、格丁根大学教授，为"格丁根七君子"（指1837年因反对汉诺威国王恩斯特·奥古斯特废除宪法而被撤职的七教授）之一，后复任海德堡大学名誉教授，1847年编辑《德意志报》，次年被选为法兰克福国民议会议员，著有《德意志诗歌史》《十九世纪史概论》等。

[5] 尤利安·施密特（1818—1886年），德国文学记者、历史学家，曾担任《德国宣言报》总编辑。

一次交谈中。然而，在教育领域，这种跌落所造成的后果，才是最严重，也最令人痛苦的。可以证明的是，这些伟人，在一个真正的教育机构中所具有的独一无二的价值，半个世纪以来一直没有被提及，更不用说被普遍承认；他们是古典教育的入门向导和秘教使徒，也只有他们才能带领我们踏上那条通往古代的正确道路。每一种所谓的古典教育，都只能有一个健康自然的起点——艺术地、认真地、准确地熟悉母语的使用——为了养成这种习惯，并掌握形式的秘密，只有很少的人能够凭自己的天性和力量踏上正确的道路。所有别的人，都需要那些伟大的领袖和导师，并且必须把自己交托到他们手中。然而，如若不开启对形式的感知，古典教育就无法生根发芽。在这里，对形式的辨别力，以及对野蛮感知的逐渐觉醒，把人带到真正唯一的教育家园——古希腊。此后，孤独的翅膀才开始振动。当然，希腊城邦离我们无比遥远，有镶嵌着钻石的围墙环绕，单靠这一对翅膀，我们是飞不远的，更别说尝试着接近它了。因此，我们需要同样的领袖和导师——在我们的德国古典作家的引领下，向着古典努力奋飞，这才有可能一同飞抵古希腊这个热望中的国度。

"对于我们的古典文学和古典教育之间可能存在的这种

我们需要同样的领袖和导师——在我们的德国古典作家的引领下，向着古典努力奋飞，这才有可能一同飞抵古希腊这个热望中的国度。

唯一的关系，似乎没有任何音讯透进公立学校的古老围墙。语言学家们似乎更热衷于将荷马和索福克勒斯[1]亲自介绍给年轻的灵魂，用一种不假思索的、不容置辩的口吻来称呼它：'古典教育。'每个人不妨问问自己，经过这些教师口干舌燥的指点，他对荷马和索福克勒斯究竟懂了多少。在这个领域中，最深的欺骗发生的次数最多，在不经意间传播开来的误读也最多。在德国的公立学校里，我还没有发现任何可以被称为真正'古典教育'的痕迹。而这也没什么好大惊小怪的，如若我们想到这一层：公立学校完全舍弃了德国古典作家和德语的语言训练。没有人可以一步登顶古代，然而，公立学校对待古典作家的全部方式、我们的古典语言学教师所作的简单训诂，无异于企图一步登顶。

"事实上，要对古希腊文化产生感觉，除了必须经受最激烈的语言的搏斗，还得具备文化艺术上的天赋，这是一般人难以达到的。于是，公立学校只好通过粗暴的误读来提出唤醒这

---

[1] 索福克勒斯（公元前496—公元前406年），古希腊剧作家，古希腊悲剧的代表人物之一。

种感觉的任务。在什么年龄？在一个人近乎盲目地受耸人听闻的欲望支配的年龄。人们不知道这样一个事实，一旦对古希腊文化的感觉被唤醒，它就会立即变得咄咄逼人，势必通过一场与所谓现代文化的无休止的战争来表达自己。对今天的公立学校学生来说，古希腊人已经不复存在。是的，他从荷马身上获得了一些乐趣，但是斯皮尔哈根[1]的一部小说更使他振奋：是的，他带着一定的品味吞下了希腊的悲剧和喜剧，但是完全现代的戏剧，比如弗莱塔格的《记者》，却以另外一种方式打动了他。对所有古代作家，他都倾向于以塞斯特的方式与之对话。有一次，赫尔曼·格林[2]在一篇关于《米罗的维纳斯》的晦涩论文之结尾，自问道：'这位女神的形象对我来说意味着什么？她对我提出的这些想法有什么用呢？俄瑞斯忒斯[3]和

---

[1] 斯皮尔哈根（1829—1911年），德国作家，其作品被视为德国社会小说的代表作。
[2] 赫尔曼·格林（1828—1901年），作为德国语文学奠基者威廉·格林的公子，赫尔曼可谓"子承父业"，不但在学术史上父子并立，而且能够别出心裁，独开出"歌德学"的皇皇事业来。
[3] 俄瑞斯忒斯是希腊神话中的人物，古希腊远征特洛伊的统帅阿伽门农的儿子。

俄狄浦斯[1]，伊菲革涅亚[2]和安提戈涅[3]，他们与我的心灵有何共通之处？'——不，我亲爱的公立学校的孩子们，《米洛的维纳斯》跟你们毫无关系，跟你的老师也同样毫无关系——这是一种错误——这是公立学校的秘密。如若你们的向导是盲人却以明眼人自荐，那么谁能将你们带到教育的家园呢？如若你们被系统地宠坏了，你们谁能真正体会到艺术的神圣和严肃呢？纵容你们自己口吃，而不是学习说话；当你们应该被教导以近乎虔诚的态度对待艺术作品时，你们却在那里盘算艺术的价值；当你们本该倾听伟大思想家的心声时，你们却自以为是地做所谓哲学的独立思考。这一切的方法，只能使你们永远和古代隔绝，成为当前生活的奴隶。

---

[1] 俄狄浦斯，欧洲文学史上典型的命运悲剧人物。他是希腊神话中忒拜的国王拉伊俄斯和王后约卡斯塔的儿子，在不知情的情况下，杀死了自己的父亲并娶了自己的母亲。索福克勒斯在《俄狄浦斯王》中丰富了俄狄浦斯的悲剧故事。
[2] 伊菲革涅亚，阿伽门农和克吕泰涅斯特拉之长女，为古希腊剧作家所喜爱的悲剧人物。
[3] 俄狄浦斯继承了王位，并在不知情的情况下娶了自己的亲生母亲为妻，生了两女，分别是安提戈涅及伊斯墨涅；两个儿子，埃忒奥克洛斯及波吕涅克斯。

"不消说，我们现代教育制度最有益的因素是对拉丁语和希腊语的认真研究，这种研究已经持续了很长时间。通过研究，人们学会了敬畏一种规范的固定语言，学会了敬畏语法及其范文。在这个公立学校的课堂上，人们确切地懂得了何谓错误，不会时时受困于各种无理的要求——正如在现代的德语风格中，对语法和字法上古怪而邪恶的形式都要辩护一番。但愿这种对语言的敬畏，不是这般被悬置，像一个理论负担，以致人们转向自己的母语领域，就会立刻甩掉它！事实上，拉丁语或希腊语的教师往往不把母语当作一回事，只是把它当作一个领域，在这个领域里，人们可以像德国人对待属于自己祖国的一切事物那样，把无所用心当作天经地义。翻译对于母语来说，最能丰富其艺术的含义，但人们从未以认真严谨的态度来对待德语翻译的训练。而本来，对一种不规范的语言来说，翻译的训练是尤其必要的。但近来，这类训练越来越少了：人们满足于掌握外国的古典语言，却不屑于精通它们。

"在这里，公立学校再次向我们暴露了它的学术倾向。这充分说明了一个事实：在早前，人文教育曾经被公立学校当作一个严肃的目标。那属于我们伟大诗人的时代，也就是少数真正有教养的德国人的时代,当时,由伟大的弗里德里希·奥古斯特·沃尔夫[1]奠基,源自希腊和罗马,经过一代代伟人薪火相传,新的鲜活的古典精神被引入公立学校了。由于他的大胆创设,公立学校的新秩序被建立起来了。此后,公立学校将不再仅仅是学术的培育场所,而更重要的是成为一切更高级、更高贵教育的真正神圣的家园。

"在这一变化所要求采取的许多必要措施中,有一些很本质的东西及其持久的后果被移置到对公立学校的塑造中。然而,最重要的一项并没有成功——那项要求教师也应当接受新精神的洗礼,这就使得公立学校的目标与沃尔夫最初制定的培养学生的计划有了严重的偏差。相反,已被沃尔夫克服的对于学术和学者教育的至高评估,不费多大力气就逐渐取代了新引进的人文教育原则,又在改头换面地主张它以前的独占权,只是不像以前那样明目张胆了,而是有所掩饰。使公立学校不可能与古典教育的宏伟计划合二为一的原因在于,这些教育事业的努力具有非德国的,近乎是外国的或世

---

[1] 弗里德里希·奥古斯特·沃尔夫(1759—1824年),德国古典学者,现代古典语言学的奠基者。

界主义的性质，它相信可以从脚下移走故土，并且人还能稳固站立，它相信可以直接进入遥远的希腊世界，只要放弃德国人的身份和德国人的精神。

"当然，这种德国精神，不是裹在时髦的服饰之下，就是掩埋在成堆的废墟之中，人们必须善于把它找出来，并热爱它，可别因为它发育不良的枯槁形象而感到羞愧，首先尤其需要警惕的是，不要把它与自命不凡的"现代德国文化"混为一谈。那种东西与德国精神水火不容，倒是与当代教育情投意合，而正是在后者习于抱怨缺少文化的领域，真正的德国精神得以幸存，虽然其外表粗糙，不那么优雅，但并不咄咄逼人。反之，现在被夸张地冠以'德国文化'之名的，乃是一种世界主义的乱炖，它与德国精神的关系，正如新闻记者之于席勒或梅耶贝尔[1]之于贝多芬[2]的关系一样：在这里起

---

[1] 贾科莫·梅耶贝尔（1791—1864年），德国作曲家，19世纪法国式大歌剧的创建人和主要代表人物。从小学习钢琴，后师从克雷门蒂学习作曲。1813年前后，梅耶贝尔开始涉足歌剧领域，写有《十字军勇士》等罗西尼式歌剧，后其作品在法国获得巨大成功。
[2] 路德维希·冯·贝多芬（1770—1827年），维也纳古典乐派代表人物之一，欧洲古典主义时期作曲家。

作用的，最强大的影响因子，是透彻的非日耳曼性质的法兰西文明，它被人们用才气全无的僵硬方式模仿，在这样的模仿中，德国社会、媒体、艺术以及德国的文学风格，被赋予了一种伪善的形式。这种仿制品，在任何地方都不可能产生真正的艺术效果，而在法国，那个原创的，从罗马文明的核心生长出来的文明，至今几乎仍在产生真正的艺术效果。如果有人希望看到这种对比的强烈效果，不妨把我们最著名的小说家与法国或意大利那些不那么著名的小说家作比较：人们将发现，虽则二者的倾向和目标同样成问题，同样令人怀疑，但在法国，与之相联的是艺术上的严谨，至少是语言上的准确，经常还颇有美感，而在它们的每一个特征上，都能找到相应的社会文化的回声。在德国，一切都是非原创且软弱无力的，满是如同身着睡袍一样的思想和表情，令人不快地矫饰，缺乏任何一种真实社会形态的背景。深奥的文体和学识，令人不能不联想到在罗马语系国家，学者原来也是有艺术教养的人，但在德国，学者已堕落成了新闻记者。凭借非原创、混合而成的德国文化，德国永无希望获胜，获胜的是法国和意大利。同时，说到对外来文化的灵活模仿，尤为突出的是俄国人。在俄国人面前，德国人只有钻地缝的份。

"因此，我们应该更迫切地紧紧抓住真正的德国精神。在德国宗教改革和德国音乐中，它已证明自身，通过德国哲学的巨大勇气和严谨，和最近经受住考验的德国士兵的忠诚，显示了它不贪慕虚荣的持久力量。凭借它，我们可以期待战胜时髦的'当代'伪文化。我们对未来应该寄予希望：把有教育使命感的真正的学校吸引到这场斗争中来，并在年轻一代中点燃热情的火焰，尤其是在公立学校里成长的拥戴真正德国事物的新一代人，更要鼓励；这样，所谓的古典教育就会恢复它本来的位置和起点。

"公立学校的根本革新和净化，只能产生于德国精神的根本革新和净化。这是一个非常复杂和艰巨的任务，要在德国的内在秉性与希腊天才之间缔结盟约。然而，真正高贵的德国精神尚未抓住希腊天才的手，一如抓住野蛮洪流中的砥柱，要是德国人精神尚未对希腊产生强烈的渴望，要是对歌德和席勒不辞辛劳地借以成功复原其精神的希腊故乡的眺望，尚未变成最优秀的、最具天赋的德国人的朝圣之行，那么，公立学校的古典教育目标将永远是难以定义的镜花水月。那些教师在公立学校里强调一种极为狭窄的科学性和学术性，以便保持一个明确而又理想的目标，试图将他们的学生从五光十色的幻象中拯救出来，在这种情形下，他们至少不该受到谴责。这些幻象，现在被称为'文化'和'教育'。这就是今日公立学校的悲惨现状：狭隘的观点在一定程度上被认为是合理的，因为似乎没有人能够证明，或者至少没有人指出所有这些观点的谬误何在。"

"没有人？"哲学家的学生带着颤抖的声调问道。然后，两个人都沉默了。

衡量大学教育的三个尺度

女士们、先生们！

关于我们的哲学家在那个令人难忘的夜晚所作的激烈辩论，我已经告诉过你们，倘若你们听得比较投入，那么，当他愤怒地宣布他的意图时，你们一定会像我们一样感到失落。

你们一定会记起，他突然告诉我们他要走了，因为他的朋友出卖了他，而我们和他的同伴在山坡上来回走动时对他说的那些话，非但没有提起他的兴趣，反而使他顿感无聊乏味。现在，他试图结束这场看似毫无意义的讨论。他一定觉得那一天他白过了，他真想把这件事连同曾经和我们相识的记忆一起抹消。就这样，我们不大情愿地被他催促着离开，突然，另一件事使他停住了脚步，之后他又迟疑地将抬起的脚放了下来。

莱茵河对岸升起一束彩色的火焰，发出一阵噼啪噼啪的呼啸声，吸引了我们的注意；紧接着，我们听到了一支旋律悠扬的乐曲，与呼啸声十分合拍，虽然明明是无数年轻的声音在欢呼。"那是他的信号,"哲学家喊道,"我的朋友真的要来了,我没有白等。会议将在午夜举行——但我怎么让他知道我还在这里呢?来吧!开枪吧,再展示一下你们的才华;那向我们致敬的旋律有着严格的节奏,你们听到了吗?记住它,用相同的节奏依次开枪。"

这项任务,与我们的趣味和能力正好相合。于是,我们尽快装好子弹,举枪对准灿烂的星空:一声令下,有力的枪声在高空中按着相同的节奏响起又消失。砰!砰砰!砰砰砰!接二连三的枪声撕破了这时的寂静。哲学家喊道:"节奏错了!"原来我们突然中断了既定的发射节奏:在第三声枪响之后,一颗流星像闪电一样穿过云层,我们几乎情不自禁地立即朝它滑落的方向开了第四枪和第五枪。

"节奏错了!"哲学家喊道,"谁叫你们向流星开枪的?没有你们,它自己也会掉下来!在使用武器之前,人们应该知道自己到底想干什么。"

这时,我们又一次听到了那从莱茵河对岸传来的响亮的旋律,由无数有力的声音歌咏着。"他们听懂我们的意思了,"哲学家笑着说,"谁真的懂我们呢?当如此耀眼的幽灵进入射程时,谁能抵挡得了呢?"

"嘘！"他的朋友打断了他："这样向我们发出信号的是什么样的一群人呢？我敢说，在那一群人中，有二十个到四十个男子汉发出了雄壮的声音——那么，这一群人又是在哪里向我们打招呼的呢？他们似乎还没有离开莱茵河对岸；但无论如何，从我们的长凳那儿看一定能看到他们。走吧，快！"

你可能记得，那时我们正站在靠近山顶的地方，在这个大树墩的附近，我们投向莱茵河的视线被一片密不透光的树丛给截断了。另外，正如我告诉过你们，从我们离开的那个安静的小地方看，比从山坡上的那个小高地看得更清楚。而莱茵河环抱的诺南沃思岛，只要从树梢上往下看，就能看见。因此，我们急忙朝这个小地方走去，不过要小心，不要走得太快，免得那位哲学家感到不适。森林里一片漆黑，当我们与那位哲学家行走其间时，与其说我们是用眼睛看路，不如说我们是凭着本能探寻。

我们刚刚到达我们这一侧的河边，就有一束炫人眼目的光线映入我们的眼帘，这显然是从莱茵河的另一边弹射过来的。"那是火炬，"我喊道，"再清楚不过了，站在对岸的是我在波恩的同学，您的朋友准是和他们在一起。毫无疑问,刚才就是他们在唱颂那支奇特的歌曲,他们陪伴您的朋友过来。您看!您听!他们上船了。不出半个钟头,火炬游行队就会来到这里。

哲学家往后一跳。"你说什么?"他脱口喊了起来,"您在波恩的同学——大学生——难道我的朋友是与大学生一同来的吗?"

这怒气冲冲的发问,也激怒了我们。"你凭什么对大学生不满?"我们回敬他,但没有得到他的回应。过了一会儿,哲学家开始慢慢说话,似乎不是直接对我们说,而是对远处的某个人说:"因此,我的朋友,即使在午夜,即使在一座孤寂的山顶,我们也将不是孤独的;你们把一群爱捣乱的大学生带到我这里来,你们明明知道,我对整个人类避之唯恐不及。我真搞不懂你,我远方的朋友。我们久别重逢,却非要在这样一个偏僻的地点,在这样一个不寻常的时刻重逢,那一定意味着什么。我们为何需要一大群见证人呢?今天把我们召集到一起的,绝不是一种多愁善感的需要;因为我们都老早学会了在有尊严的孤独中独自生活。我们决定在这里会面,绝不是为了照顾我们温软的心,也绝不是为了重叙旧日的友情,而是因为在一个值得纪念的时刻,一个孤独的庄严的时刻，我们在这里初次邂逅，所以我们可以认真地作最严肃的商榷，像新秩序的骑士一样。能理解我们的人可以旁听；可你为什么要带着一大群不懂我们的人来呢，我不明白你这样做的意图，我远方的朋友！"

出于礼貌，我们没有打断这个不满的发牢骚的老家伙；直到他沮丧地住了口，我们仍不敢告诉他，这种不信任学生的排挤情绪让我们多么气愤。

最后，那位哲学家的同伴转向他说："我的导师，您使我想起，在认识您之前，您曾在几所大学任职，关于您与学生的交往以及您当时的教学方法的报道至今仍在流传。您刚才用一种弃绝的口吻谈论大学生，许多人也许会由此猜到您可能有一些不愉快的经历；但就我个人而言，我更相信您在大学里所看到和经历过的，和别人在大学里所看到和经历过的一样，只是您对自己的见闻和感知的判断比任何人都公正和严厉罢了。通过和您的往来，我认识到，在一个人的生命中，最值得注意、最有教益的决定性经历和事件恰恰发生在日常的每一天；然而，展示在所有人眼前的最大的谜，却只有极少数人知道它们是谜。对于少数哲学家来说，这些问题到处蔓延，就在过路人的脚下，却始终未被触动，等到哲学家小心地把它们捡拾起来，才发现它们像智慧的钻石一样闪闪发光。也许，在您的朋友到来之前的这段短暂的时间里，您能给我们分享一下您的大学生活经历，以此来终结我们对尊敬的教育机构的考察，这是我们迫切想要知道的。同时，请允许我们提醒您，您在发言的前半部分，曾向我保证过您会这样做。"

"从公立学校出发，您声称它非常重要：所有别的教育机构都必须按照它的标准来衡量自身，倘若它的标准碰巧是错的，那么所有别的教育机构就必然会跟着遭殃。作为一种标准，干系如此重大，现在还不能被大学采用。因为按照大学目前的分类形式来说，它们不过是具有公立学校取向的一种教育机构，以便学生完成其学业。您曾答应我，以后会更详细地解说这一点：也许我们的大学生朋友可以为我作证，如若他们碰巧聆听了我们当时的谈话。"

"我们可以证明这一点。"我插话道。然后，那位哲学家转向我们，说道："好吧，要是你们真的用心听了，那就请你们告诉我，你们对'我们公立学校的当前倾向'这句话，是怎么理解的。况且，你们离这个领域足够近，可以根据你们的经历和经验来衡量一下我的观点。"

我的朋友立刻回了话，机敏洒脱是他一贯的风格："直到现在，我们一直认为公立学校的唯一目的就是为学生上大学做准备。但是，这个准备应该倾向于使我们独立到足以应对一个大学生高度自由的生活。因为在我看来，和任何其他个人相比，大学生在更大的范围里有更多的事情需要自己决定、自己解决。他必须在一条宽阔的、完全未知的道路上引领自己许多年，所以公立学校必须培养他的自主能力。"

我接过我朋友的话，往下说："虽然您对公立学校的责备不无道理，但是，在我看来，您所责备的一切不过是一种必要的手段，意在让年轻的学生培养一种独立性，或至少让他们建立这种信念。培养这种独立性，是德语教学的任务：个人必须享受自己的观点，尽早贯彻自己的意图，以便无需拐杖亦可独立行走，所以，要早早鼓励他们创作，更早从事批评和解析。即使对拉丁语和希腊语的研究不能点燃学生对古典时代的热情，至少从事这类研究的方法，无论如何都足以唤醒他们的科学意识、对知识的严格因果关系的兴趣以及对发现和发明的热情。想想看，在公立学校里有多少年轻人随手抓起某种新读物，从此持久地被科学的魅力所吸引啊！公立学校的学生必须学习和收集大量不同的信息：这样，他就会逐渐形成一种内在的需要，在这种需要的护持下，他在大学里也就能够继续独立地学习和收集了。总而言之，我们相信，公立学校的目的乃是让学生为今后的独立生活和学习做好准备，并让他们养成习惯，一如他必须在公立学校里独立地生活和学习。"

哲学家放声大笑，但并非完全是善意的，他说："你们刚才给了我一个独立自主的好榜样。正是这种独立让我非常震惊，这使我一靠近今天的大学生就浑身难受。是的，我的好朋友，你们很完美，你们已经很成熟；自然打破了你们的模子，你们的老师只要欣赏地看着你们就行了。多么自由、准确和独立的判断；多么新奇和新鲜的洞察力！你们坐在审判席上，所有时代的所有文化都会打你们面前走过。科学的意识被点燃了，像火焰一样从你身上升起——人们得小心点，免得被你们烧着了！如果我立即补聘你们为教授，我又会再次发现同样的独立性，而且程度更深、魅力更大了：从来没有一个时代有像现在这样充满了最崇高的独立的种族，人们也从来没有像现在这样痛恨奴隶性，包括令人厌恶的教育和文化上的奴隶性。

"不过，请允许我用我国教育的标准来衡量你们的这种独立性，并把你们的大学当作一所教育机构来考察。如果一个外国人想了解我们的大学机构，他首先会重点问：'在你们这里，学生和学校靠什么联系？'我们的回答是：'作为听者，用耳朵。'这个外国人很惊讶。'只靠耳朵吗？'他又问。'只靠耳朵。'我们再次回答。学生听课。当他说话，当他观察，当他和同伴交游，当他操练一门艺术，总之，当他行动时，他是独立的，无需依赖教育机构。学生经常一边听，一边记；而只有在这些罕见的依赖大学的时刻，他才紧紧地与母校联系。他有权挑选他愿听的，要是他不愿听，他可以把耳朵闭上。这是'演讲式'的教学方法。

"然而，老师是在对这些听课的学生说话。无论他说什么，做什么，都与学生的认知格格不入。在讲课时，教授经常借题发挥。一般说来，他希望赢得尽可能多的听众；在不得已的情况下，他也满足于少数几个听众，但几乎不会满足于只有一个。一张说话的嘴和许多竖着的耳朵，加上一半数量的唰唰写字的手——从表面上看，这就是大学的外部装置；大学的文化引擎就是这么启动的。而且，这一张嘴的主人是独立于许多耳朵的主人的；这种双重独立性被人们热情地称为'大学的自由'。而且，为了使这种自由进一步扩大，一个人可以畅所欲言，另一个人可以爱听什么就听什么；只不过在他们身后，国家板着监督者的面孔站在那里，不时提醒教授和学生保持适当的距离，这正是这套古怪的说听程序的目的、目标和终极要义。

"对于这种现象，我们被允许把它仅仅当作一种教育的机制来看待，并告知前来考察的外国人，所谓的'教育'在我们的大学教育里，就是从嘴到耳；整个旨在教育的教学，正如我之前所说的，只是'演讲式'的。不过，在这里听不听课，选听什么课，大学生有自主权。而另一方面，他对所听到的一切，可以不予相信和奉行。整个旨在教育的教学，严格说来归其所有。在公立学校里，曾经被人们认为应该追求的独立性，现在却以'为培养文化而在学术上进行自我训练'的高度自豪表现出来，并披着它那光彩夺目的羽毛到处炫耀。

"这是多么幸运的时代啊，年轻人聪明、有教养，能够自行其是。无可匹敌的公立学校，成功地把独立自主的思想灌输给我们，取代了先辈们所持守的信赖、纪律、秩序和服从。在先辈们的时代，赶走独立的自负被视为是一种责任！现在你看清楚了吗，我的好朋友！从教育的角度来看，我为什么认为现在的大学仅仅是公立学校的附属物。

"在迈进大学的门时,公立学校所灌输的文化就像某种完整的、准备好的东西,并且有它自己独特的主张:它声索,它立法,它审判。所以,你们不要低估受过教育的大学生。就他自以为受过的教育洗礼而言,他不过是他的教师亲手塑造出来的公学子弟而已:一个学生,自从他离开公立学校,进入与世隔绝的大学以来,任何旨在教育的继续训练和指导都被剥夺了,以便他可以开始独立生活,并成为自由人。

"自由!检测一下这种自由吧,你们这些人性的观察者!它矗立在我们今日公立学校教育的沙土之上,基础不牢,墙体倾斜,在旋风的冲击下颤抖着。认真打量打量这个自由的大学生,这个由独立性教育产生的英雄:深入他的本能,剖析他的需要!当你们用三个尺度来衡量,你们会对他的教育怎么看?第一,是他对哲学的需求;第二,是他在艺术方面的天赋;第三,是希腊和古罗马文化,那是对所有文化的绝对命令。

"人一旦被许多最严肃、最困难的问题所环绕,那么,他们就会被正确的方式引向这些问题,就会陷入那种持久的哲学性惊异的漩涡中,只有在以这种惊异为基础的肥沃土壤上,某种深刻和高贵的教育才可能富有成效地茁壮成长。尤其是在激荡的青年时期,他自身的经验往往使他频频思考这些问题,个人的每一种经历都闪耀着双重的辉光,既是一种日常生活的例证,又是一个令人惊异的、值得阐释的永恒问题的例证。在这个年龄,人会看到他的经历被一种形而上的光晕环绕着,这时,最需要一只引导他的手,因为他突然地、几乎是本能地相信了存在的模棱两可,并失去了迄今为止怀有的传统见解的坚实根基。

"这种自然产生的终极需要状态,当然必须被看作是我们所钟爱的独立性的最大敌人,而今受过教育的青年似乎是应该培养起那种独立性的。现在所有这些高举着'自明之理'旗帜的人,都在竭尽全力地粉碎、削弱、误导或阻止这些年轻人的情感,使它瘫痪,把它引开,或者让它萎缩。他们惯于运用所谓的'历史修养'来麻痹这种自然产生的哲学冲动。一个最近才出现的体系,它为自己赢得了世界性的恶名,发现了哲学自我毁灭的公式;现在,在对事物作历史的观察时,我们就会看到这种把非理性当作'理性',完全混淆黑白的无脑做法。有人甚至会模仿黑格尔的那句话,问:'这些非理性都是真实的吗?'唉,在今天,只有非理性看起来才是'现实的'，亦即是有作用的；而这种拿现实性来阐释历史的方法，则被认为是真正的'历史修养'。于是，我们这个时代的哲学冲动就这样形成了，年轻的学究靠这种修养获得支持，而大学里那些特立独行的哲学家们却像是在干着蝇营狗苟的秘密勾当。

"这样一来，对于永劫回归问题的深刻阐释就逐渐被历史的，甚至是古典语言学的辨析和质疑所替代了，诸如这位或那位哲学家思考过或没有思考过什么，这篇文章或那篇对话是否要归功于他；甚至是这篇对经典文本的特殊解读是否比那篇更可取。现在，鼓励哲学的神学院学生对哲学做中性的研究，因此，我早就习惯了把这样一门学科仅仅看作语言学的赘疣悬疣，而不管其是不是代表一位优秀的语言学家，我对他们在这方面的评价，一向都不高。可见，哲学本身已被逐出大学之门，我们对大学之教育价值的首问，由此有了答案。

"至于大学与艺术的关系问题，则完全可以问心无愧地不予理睬，因为它与艺术根本没有瓜葛。有关艺术的思考、学问、奋斗和比较，我们在它们身上找不到丝毫痕迹；甚至没有人愿意严肃地思考提升大学的话语权来促进高等国民艺术计划的发展，是否有个别教师自认为具备合格的艺术素养，或是否为热衷于美学原理的文学史家设了教席，都不是这里要考虑的；需要考虑的是大学的整体状况，它根本没有让学生受到严格的艺术训练，完全无所作为，放任自流，据此就可以断然驳回那些以最高教育机构自命的大学的狂妄要求。

"我们发现，大学的'独立派'在其成长过程中，没有受过哲学和艺术的熏陶；那么，他们怎么可能有接近希腊人和罗马人的需要呢？现在，我们再也不必装作我们祖先的样子，以对希腊人和罗马人仍怀有崇高敬意的面貌示人了。反正他们高居庙堂，处于难以接近的孤独和异化的庄严之中。对于这种已经完全死去的教育上的爱好，当代的大学几乎是坚定地不予留意，而建立起了自己的古典语文学教授队伍，用来培养新一代独特的语言学家。谁在公立学校里做过语言学方面的类似准备呢？这是一种恶性循环，对语言学家和公立学校都没有益处。但这首先是对大学的指责，它不像它在第三点上自诩的那样：成为文化的训练场。除去希腊人的哲学和艺术，你们还能凭什么来提升你们的文化呢？当你们企图在无所凭借的情况下爬上梯子，请允许我告知你们，所有的学识将会像重担一样压在你们的肩膀上，而不是给你们插上翅膀让你们高飞。

"倘若你们是诚实的思想者，诚实地立足于情智发展的这三个阶段，并认识到，与希腊人相比，现代学生在哲学上是不适合和无准备的，没有真正的艺术天赋，只是一个想要自由的野蛮人，即使你们不会因此厌恶地弃他而去，也会避免和他太过接近。因为就像他现在这样，他是无辜的，不该受责备：正如你们所看到的，他在无声但可怕地控诉着应该受到责备的那些人。

"你们应当理解这个负有罪责的无辜者所说的暗语，然后，你们也将学会理解那种虚有其表的大肆声张的独立性之内在境况。在这些被奢侈地包装起来的青年中，无人能够抗拒那个令人不安、疲惫、困惑和衰弱的强迫性教育：在走上实际岗位之后，他显然是一群仆人和官员之中唯一的自由人，他通过不断增长的内心的怀疑和信念来为那个了不起的自由的幻觉赎罪。他认为他既无能引导自己，也无能帮助自己；于是，他绝望地栽进了日常的劳作中，并努力通过学习来抵御这种情绪。哪怕是最琐碎的烦心事，也会缠着他；在重负之下，他倒下了。之后他又突然振作起来，他仍然感到他自己的内心有一股力量,支撑着他探出绝望的水面。

"自豪而崇高的信念在他的心中生根发芽。他害怕早早地陷进一个狭窄职业的局限里;现在他抓住河边的柱子和栏杆,免得被水流卷走。但这是徒劳的!他发现这些支柱闪开了,他抓到的是折断的芦苇。他情绪低落,垂头丧气,眼看着自己的计划化为乌有。他的状况令人厌恶,甚至是可怕的:他在高压和忧郁疲惫的两种极端状态之间摆荡。他累了,懒了,害怕工作,害怕一切伟大的事物,憎恨自己。他审视自己的内心,分析自己的才能,发现自己只是在窥视空洞而混乱的无聊之事。然后他又一次从自己渴望的自我认知的高度跌落到讽刺的怀疑主义。他解除了自己斗争的重要性,并觉得自己已经准备好做任何有用的工作,不管这些工作有多丢脸。现在,他在忙个不停的行动中寻求安慰,以便躲避自己。这样,他的无助和对文化领袖的渴望驱赶他从一种生命形态进入另一种生命形态,但怀疑、振奋、担忧、希望、绝望——万物把他抛来抛去,表明头顶上他能够借以拨正航向的星辰已经沉没。

"这便是那个光荣的独立性、那个学院自由的图景,它映照在那些渴望真正教育的最崇高的心灵之中。与之相比,那些性情冷漠的平庸之人根本算不得什么，他们享受着他们纯粹野蛮意义上的自由。因为后者从其卑贱的沾沾自喜和狭隘的专业限制中表明，这些因素对于他们是合适的，对此毋庸赘言。然而，他们的舒适抵消不了一个对文化有兴趣，并且需要有人指引的孤独年轻人的痛苦，于是，在不满的时刻，他终于甩开缰绳，开始鄙视自己。这是没有责任的无辜者，谁把不堪承受的特立独行的重负加之于他的呢？是谁怂恿他在这个年龄要求独立的？

"在青年时代，可以这么说，最合乎自然和最迫切的需要之一，就是降服于伟大的引路人，热烈地追随大师的脚步。

"强力镇压这种高贵的天性可能导致的后果，是多么令人厌恶。深恶痛绝当代伪教育的最伟大的支持者和朋友们，凡是认真观察，便会发现他们中间有这样一些堕落的、遭遇海难的文化人，被内心的绝望驱使，对无人告诉他们如何登堂入室的真正文化怀有强烈的敌意。接着我们又发现，那些新闻记者和专栏作家，在绝望的蜕变中，还不是最糟糕、最卑劣的：的确，现在有一些著名文人的意趣，甚至可以被恰当地描述为堕落的学生腔。另一方面，比如说，曾经家喻户晓的'青年德意志'[1]以及它的蔓延至今的模仿现象也是很值得思考的。在这里，我们发现了一种变得野蛮的教育需要，这种需要竟会爆发出热烈的呐喊：'我即文化！'在公立学校和大学的门前，游荡着这些像逃亡者一样被赶出来的文化。确实，这种文化不成体系，却摆出一副拥有主权的姿态，以至于可以把小说家古茨科看作是公立学校的时髦文学青年惟妙惟肖的翻版。

"我们整个学术界和新闻界都背负着这种变质的耻辱，这是一件涉及变质的受教育者的严肃事件，迫使我们对之加以考察。我们一向愿意公正地评价我们的学者，他们不懈地关注乃至参与对民众的新闻引导，倘若不是因为下述的观点，评价就会不同：于他们而言，他们的学术也许是某种类似于小说的东西，即一种对自我的逃避、一种对自我的文化冲动的禁欲式的清除、一种泯灭个性的绝望的攻击。从我们

---

[1] "青年德意志"，19世纪30年代初，由德国小资产阶级激进派作家组成的文学团体，主要人物有古茨科、劳伯等。该团体在政治上反对封建专制统治，在文艺上反对当时流行于德意志文坛的消极浪漫主义，要求文学作品反映迫切的社会问题；主张信仰自由和出版自由，争取社会正义。

堕落的文学艺术中、从我们学者对涂鸦的狂热中，涌出同样的惊人感叹：啊，但愿我们能够忘记自我！然而，这一尝试失败了，记忆还没有被堆积如山的印刷纸张闷死，它不断地重复着：'一个堕落的受教育者！生为可教育的，却被教成不可教育的！无药可救的野蛮人，今日的奴隶，被当下所束缚，渴望着某种东西——永远饥渴。'

"啊，可怜的负有罪责的无辜者！因为他们缺少某种东西，这是他们每个人都必定会感受到的一种需要：一个真正的教育机构，能够给他们目标、导师、方法和同伴，其中有真正的德国精神之鼓舞人和振奋人的气息激励他们。就这样，他们在旷野里萎谢了；就这样，他们堕落为植根于与他们紧密相连的精神敌人之中；就这样，他们积攒罪过，比以往任何一代积攒的都多，玷污洁净，亵渎神圣，称颂谬误和虚假。在他们身上，你们可以认识到我们大学的教育实力，问自己一个严肃的问题：你们靠他们推动了什么事业？德国的博学、德国的创造力、高贵德国人对知识的渴慕、德国的富于自我牺牲精神的勤勉——美好灿烂的品质，外邦人也会因之羡慕你们，是的，世界上最美好最灿烂的品质，只要真正的德国精神像乌云一样伸展在它们的头顶之上，便预示着雨的祝福即将到来。但是你们害怕这种精神，因此，另一片沉重而压抑的阴霾，笼罩着你们的大学，你们高贵且富于思想的学者们置身其中，苟延残喘，艰于呼吸，而最优秀者则走向了毁灭。

"本世纪有过一次悲壮的、诚挚的、富于教益的尝试，力图驱散那片阴霾，使人们的目光转向德国精神的崇高愿景。我们的大学在历史上未曾做过类似的尝试，而要是谁能透彻地说明我们现在必须要做的事情，再也找不到更具说服力的事例了。这就是早期的、原初的青年协会[1]。

"当解放战争结束后，青年学生从战场上带回了意想不到的最宝贵的战利品，也即祖国的自由。戴着这顶桂冠，他们便装模作样地想得到更宝贵的东西。回到大学里，他们发现自己被闷得喘不过气来，感到弥漫在大学里的文化空气是如此压抑和污浊。他们突然惊恐地看到，在各种纵欲主义的伪装下，隐藏着非德国的野蛮行径；他们突然发现，自己

---

[1] 青年协会，即德意志大学生协会，德意志爱国大学生运动的核心组织。1815年6月，耶拿大学生协会创建后，德意志中部和南部的大学纷纷建立大学生协会。1848年革命时期，青年协会会员多积极参加革命活动。

那些没头没脑的同学如同被抛弃了一样，沉湎于令人厌恶的青春享乐。他们站了起来，带着一种骄傲而又愤怒的神气，就像席勒当年向他的同学朗诵《强盗》时那样：当他以一头狮子的形象和向暴君开战的姿态作为这部戏剧的序幕，他自己就是那一头准备起跳的狮子；而'暴君'确实颤抖了。是的，如果你用肤浅而胆怯的目光看待这些个愤愤不平的青年，那他们和席勒朗诵的《强盗》没什么两样。焦虑的听众听到他们的声音，就会觉得他们真是太疯狂了。同青年协会的新精神比起来，罗马和斯巴达简直就像修女院。这些由年轻人所引起的恐慌，确实比那些宫廷里的'强盗'所引起的恐慌要大得多，根据歌德的解释，关于这些强盗，一位德国的浮士德曾这样说过：'如果他是上帝，能预见这些强盗的事，他就不会创造世界了。'

"这种令人费解的强烈恐惧缘何而生？因为这些反抗的青年是同学中最勇敢、最纯洁、最具天赋的人，他们的仪态、举止，显露出性格的粗犷和开朗、心地的高贵和纯朴。神圣的律令把他们彼此联结在一起，使他们严肃而虔诚地追求卓越：人们怕他们什么呢？这种恐惧在多大程度上是一种自欺，或是装出来的，或确有其事，可能永远也无法确切地知道了;但是,在这种恐惧中,在这种无耻、愚蠢的注视中,有一种强烈的本能在说话。这种本能对青年协会怀着强烈的憎恨,原因有二:其一是它的组织的建立,那是建立一个真正的教育机构的首次尝试;其二是这种教育机制的精神,具有男子汉气概的严肃、沉着、坚强、勇敢的德国精神,它是源自宗教改革得以传递到我们身上的矿工之子路德[1]的精神。

"想想青年协会的命运吧,我问你们:当时的德国大学理解这种精神吗?就像德国的王侯在他们的仇恨中表明他们理解它一样。德国大学是否勇敢而坚决地伸出它的臂膀,护卫她最高贵的儿子,说:'你要碰我的孩子,除非先杀了我'——我听到了你们的回答:德国大学是否是德国真正的教育机构,你们可据此加以判断。

---

[1] 马丁·路德(1483—1546年),16世纪欧洲宗教改革运动发起人、基督教新教的创立者、德国宗教改革家,1512年获神学博士学位后在维滕堡大学任神学教授,1517年撰写《九十五条论纲》,反对罗马教廷出售赎罪券,揭开了宗教改革的序幕,他在神学上强调因信称义,宣称人们能直接读《圣经》以获得神启,将《圣经》翻译成德文,以《圣经》的权威对抗教皇权威。

"当时的学生已预感到,一个真正的教育机构必须扎根多深,也就是说,必须扎根于最纯粹的精神力量的内在更新和振作。而关于这一点,大学生为了自身的荣誉,必须不断加以重申。他们在战场上,已经学到了在'学术自由'领域中学不到的东西:伟大的领袖是必要的,一切教育皆始于服从。在欢呼胜利时,在念及被解放的祖国时,他发誓坚持要做一个德国人。德国人!现在他学会了理解他的塔西佗[1];现在他懂得了康德的绝对命令;现在他被韦伯[2]的'七弦琴和剑'[3]深深打动了。哲学之门,艺术之门,甚至古典文化之门,都为他打开了;而在一次最值得纪念的流血行动中,在对柯策布[4]的谋杀中,他以敏锐的洞察和狂热的短视来为他独一无二的席勒报了仇。席勒本可成为他的领袖、主人和组织

---

1 塔西佗(约55—约120年),古罗马历史学家,罗马帝国高级官员,以《历史》《编年史》闻名于世。

2 韦伯(1786—1826年),德国作曲家、钢琴家,因《魔弹射手》闻名于世。

3 七弦琴和剑:韦伯曾把科纳的一到两首"七弦琴和剑"歌词谱成曲子。

4 柯策布(1761—1819年),德国剧作家,曾流亡俄罗斯,回国后,被激进学生团体的成员暗杀。

者，却过早地在与这个愚蠢世界的对抗中被耗尽了。现在他怀着由衷的怨恨，为失去席勒而哭泣。

"这是那些充满预感的大学生的厄运：他们找不到自己想要的领袖。他们渐渐变得不坚定、不满足、不一致；倒霉的轻举妄动很快就表明，他们中间少了一个当仁不让的强大头脑；而那个不可思议的流血行动，一方面显示出惊人的力量，另一方面也显示出缺乏领袖所带来的可怕危险。他们群龙无首，因而灭亡。

"朋友们，我再说一遍！——一切教育均始于听令，始于遵行，始于训练，始于顺服，与现在被高度推崇的'学术自由'恰恰相反。因为领袖必须有追随者，而追随者也必须有领袖——在精神的等级中存在着某种互惠的倾向：是的，一种预先建立的和谐。这个永恒的等级制度，万物都自然趋向于它，总是受到坐上当今宝座的伪文化的威胁。它要么努力把这些领袖贬为它的奴仆，要么把他们全部驱逐出去。当追随者们寻求自己命定的领袖时，它引诱他们，并用它具有麻醉性质的烟雾战胜他们。尽管如此，无论如何，当领袖和追随者负伤累累，终于会合，双方总会涌起一种销魂般狂喜的感觉，有如七弦琴的回响，这种感觉，我只能通过比喻才能让你们领略一二。

"德国管弦乐队,通常由那些奇怪的、干瘦的、好脾气的人组成,你们可曾在音乐排练时,留心观察过他们?那个任性的'形式'女神多么会变着花样玩!多么难看的鼻子和耳朵,多么笨拙可怕的动作!试想一下,倘若你们是聋子,压根没有梦见过声音或感受到音乐的存在,你们把管弦乐队看成是一个演员剧团,试图把他们的表演当作是一出戏剧来欣赏,那么,由于没有受到声音的理想化效果的干扰,你们就会看不够这一出中世纪的既严肃又滑稽的木刻运动对智者无害的滑稽模仿。

"现在,另一方面,假设你们的音乐感觉恢复了,你们的耳朵被打开了,看看那位诚实的指挥,他站在乐队的最前面,无精打采地履行着自己的职责。你不再惦记整个场面的滑稽,你们听着——但在你们看来,乏味的精神从这位诚实的指挥家蔓延到了他所有的同伴身上。现在,你们只看到了懈怠和疲软,你们只听到了琐碎的、节奏不准确的、陈腐而平庸的旋律。你们眼中的管弦乐队,只不过是一群冷漠的、缺乏幽默感的、甚至令人厌烦的乐手。

"而把一个天才——一个真正的天才——放在这群人中

间，然后，你们立刻就会觉察到某种几乎令人难以置信的东西。就好像这个天才，在他闪电般的轮回转世中进入了这些没有生命的机械躯体，就好像有一只魔鬼的眼睛从他们全体中间向外观瞧。你们在听，你们在看——但显然已经听不腻了！当你们再次观察时而怒吼、时而哀嚎的管弦乐队，感受每一块肌肉的迅疾绷紧和每一个姿势的节律时，你们也会感觉到引导者和被引导者之间预先建立的和谐，以及在精神的等级制度中，万物如何推动我们去建立类似的组织。从我的这个比喻中，你们可以推断出我对一个真正的教育机构的理解，以及为什么在现在这种类型的大学里，我还远远没有看见一丁点这种机构的影子。"

违反自然道德

1

所有的激情都有一个只受命运支配的时期，在这个时期，激情凭着愚蠢的重力把受害者拖垮——在此后很长的一段时间里，激情与灵魂联姻了，使自己"精神化"。过去，人们因为激情中的愚蠢而向激情本身开战：他们密谋摧毁它——所有古老的道德巨怪一致认为，"应该歼灭激情"。其最著名的公式存在于《新约》，存在于登山宝训[1]中。顺便说一下，在那里，凡事绝不是从高处看的。比如说，关于性，"若是你的眼睛叫你跌倒，就剜出来丢掉"[2]。幸运的是，没有基督徒按此戒律行事。摧毁激情和欲望，仅仅是为了消除它们的愚蠢和它们的愚蠢所带来的不快后果，在我们

---

[1] 登山宝训：亦作山上宝训，指的是《圣经·新约·马太福音》第5章到第7章里，耶稣基督在山上所说的话。宝训中的"八种福气"被认为是基督徒言行的准则。

[2] 若是你的眼睛叫你跌倒，就剜出来丢掉：出自《马太福音》第5章第29节。

今天看来，这本身就是一种极端形式的愚蠢。我们不再钦佩这样的牙医：为了给牙齿止痛，把牙齿拔掉。另一方面，公平地说，应该承认，在基督教赖以生存的土地上，"激情的精神化"这一概念是根本无法设想的。众所周知，最初的教会曾为了捍卫"灵里贫穷"而反对"文士"[1]，人们怎么会指望他们发起一场针对激情的理智的战争呢？

教会用各式各样的手段来对抗激情：它的手段，它的"治疗"，其实就是阉割主义。它从来不这样问："如何使欲望精神化、美化、神化？"在管教上，教会一直把所有的重心放在根除之上（根除感性，根除骄傲，根除统治欲、占有欲以及复仇欲）。——但是，从根本上攻击激情，意味着从根本上攻击生命：教会的实践是敌视生命的……

2

在与欲望的斗争中，用同样的手段根除和阉割，也是那些意志过于薄弱、堕落到不能自定尺度的人的本能选择：那

---

[1] 文士：在旧约时代，文士是当时研究神的律法、教导律法，为律法的实行作诠释的人。

些需要苦修会的人，用比喻来说（其实不是比喻），他们需要某种明确的敌对声明，需要在他们自己和激情之间设置一道鸿沟。只有堕落的人才觉得矫枉过正是必不可少的，更具体地说，意志薄弱的人没有能力不因刺激作出反应，这本身就是另一种形式的堕落。对感性的极端仇恨和致命敌意，仍然是一个发人深省的症状：它使你有理由据此推测出这样一个过激者的整体状况。——此外，这种仇恨和敌意，只有在过激者不再坚不可摧，甚至不能根除他们的"魔鬼"时，才会达到顶点。

如果你纵观牧师、哲学家包括艺术家的整个历史，你就会发现：反对感官的最恶毒的言语，并不是那些无能者说的；也不是禁欲主义者说的，而是那些想禁欲而又做不到的人说的，是那些有必要成为禁欲主义者的人说的……

3

肉欲的升华被称为爱：它是基督教的伟大胜利。我们的另一个胜利是对仇恨的升华。这种升华，取决于我们对敌人的价值的深刻理解；简而言之，人们的行为和判断会同先前的行为和判断截然相反。从古至今，教会都想歼灭它的敌人；我们这些非道德主义者和反基督教者却认为教会的存在对我们有利……现在，甚至在政治领域，仇恨也升华了——变得更智慧、更慎重、更宽容。几乎每个政党都认为，其对手不能丧失力量，否则它保存自我利益的需求就不会得到最大限度的满足；伟大的政治亦然。特别是一个新的创造物，比如一个新的帝国，需要的敌人多于朋友：只有被反对，它才感觉到自己存在的必要性；在对立中，它才成为必要的……针对"内在的敌人"，我们的态度也不例外。在这里，我们也使敌意升华了；在这里，我们也认识到了敌意的价值。一个人只有以富含对立面为代价，才会结出累累硕果；一个人要想青春永驻，就别贪图灵魂的舒适和平静……没有什么比从前那种"灵魂平和"的愿望，即基督教式的愿望更让我们感到格格不入的了；没有什么比道德的反刍和问心无愧的福乐更不让我们嫉妒的了。放弃争战就意味着放弃伟大的生命……当然，在很多情况下，"灵魂的平和"只是一种误解——另一种不知如何诚实地为自己命名的玩意。我们可以不兜圈子、不带偏见地举出一些例子。比如，"灵魂的平和"可以是一种丰富的动物性，温和地向道德的（或宗教的）领域辐射。或者是疲倦的开始，黄昏的第一道阴影投射下来。或者是空气湿润的迹象，说明南风正在逼近。或者是无意间对消化顺畅的一种感激（有时也被称为"博爱"）。或者是久病初愈者的平静，他重新体验万物，有所期许……或者是我们身上居于支配地位的激情得到超常满足之后的一种状态，即一种罕见的满足所带来的欢愉。或者是我们的意志、我们的欲望、我们的罪恶，或者是惰性被虚荣心说服，披上了道德的外衣。或者是在长期的紧张和不确定性的折磨之后，进入到一种确定性之中，即便是可怕的确定性，或者是在行动、创造、活动和意志中成熟以及谙于此道的表现；是平静的呼吸，是已抵达的"意志的自由"……偶像的黄昏：谁知道呢？也许只是一种灵魂的平和。

4

我要把原则变成公式。道德中的每一种自然主义，即每一种健康的道德都是由生命本能所支配的——任何一种生命欲求都是通过特定的"应当"和"不应当"的准则来实现的，人生道路上的任何一种阻碍和敌对行为，都是借此加以清除的。相反，违反自然的道德，即几乎所有迄今为止被教导、尊崇和宣扬的道德，都与生命的本能背道而驰——它有时隐蔽，有时公然地谴责这些本能。当它们说"上帝洞察人心"[1]时，等于否定了生命最低和最高的欲求，并且把上帝视为生命的敌人。上帝所喜爱的圣徒就是理想的阉人……而生命终结于"上帝之国"肇始的地方……

5

一旦你明白了这种对生命的反抗有多邪恶——这种反抗在基督教道德中几乎是神圣不可侵犯的，那么，幸运的是你也就明白了别的东西：这种反抗是徒劳、虚假、荒谬和欺骗的。活着的人对生命的谴责，说到底，只不过是某种特定类型生命的征兆；这样的谴责是否合理，则根本没有被提出。你必须置身于生命之外，同时又要像许多经历过生命的人一样充分认识生命，才有可能触及关于生命价值的问题。我们有足够的理由认识到这一点：对我们来说，这是一个不

---

[1] 上帝洞察人心：出自《约翰福音》第2章第23节。

可企及的问题。当我们谈论生命的价值，我们都是在生命的启示下——从生命的角度来谈论的：生命本身迫使我们建立价值，当我们建立价值时，生命本身通过我们来评估它……由此可见，即令是违反自然的道德，即把上帝看作是生命的对立面和对生命谴责的概念，也只是对生命的一种价值判断——何种生命？什么样的生命？——不过我已经给出了答案：衰退的、虚弱的、疲惫的、被谴责的生命。迄今为止，人们所理解的道德，正如叔本华[1]提出的，道德最后作为对"生命意志的否定"，是一种颓废的本能，它发出势在必行的命令，它说："灭亡！"——它是被定罪者作出的判决……

6

最后，让我们细想一下，说"人应当这样那样"，是多么天真啊！现实向我们展示了令人刺激的丰富类型，这种丰富近乎于放浪形骸的戏剧和花样百出的表演。某位可怜的

---

[1] 叔本华（1788—1860年），德国著名哲学家，非理性主义哲学的开创者，也是唯意志论的创始人和主要代表之一。

道德主义者，他甚至知道一个人该如何做人，这个可怜虫、伪君子，他把自己画在墙上，说："瞧这个人！"[1]……但是，即使道德学家转向另一个人，对他说："你应该成为这样的人！"他也等于是在自我愚弄。个人不过是命运承前启后的一个片段；是在面向已经到来和将要发生的一切事物时，多出的一种必然性法则。告诉他"改变你自己"，意味着要求一切事物都改变，甚至是已成过往的事物……的确存在一些持反对意见的道德主义者，他们希望人类有别样的造型，也就是希望人类学他们的样子，成为假冒伪善之辈。为此，他们否定了世界！不要有丝毫的疯狂！不要有丝毫的傲慢！……道德，如若只是以自身为依据作出判决，而不顾及生命的关切、思虑和意图，就是我们不应报以怜悯的特殊错误，一种造成无穷损害的堕落的特质！相反，我们这些与众不同的非道德主义者，向各种各样的理解、领悟和认同敞开了心扉。我们并不轻易否定；我们以肯定为荣；我们对生命

---

[1] 这是罗马总督彼拉多将被戴上荆冠、披上紫袍、拴住双手的耶稣交给耶路撒冷民众时说的一句话，出自《约翰福音》第19章第5节；1882年，尼采曾将其用作一首诗的标题；这也是其自传的标题。

法则中的那套经济学，看得越来越清楚了。它需要并且懂得利用被教士的神圣荒唐和病态理性所摒弃的一切；它甚至可以从那些令人厌恶的伪君子、教士和有德的丑类那里得到好处，——什么好处？——而我们自己，我们这些非道德主义者的存在便是答案……

人类的"改善者"

1

人们知道我对哲学家的呼吁：将自己置于善与恶的彼岸[1]，超越道德判断的幻觉。这一呼吁，源于我首次加以归纳的一个洞察：根本不存在道德事实。

道德判断与宗教判断有一个共同点，即相信虚假的存在。道德仅仅是对某些现象的一种解释，更确切地说，是一种误解。

道德判断就像宗教判断一样，对真实的认知仍处于愚昧无知的水平，即缺乏对真实与想象的区别对待。因此，在这种认知水平上，"真理"所表示的只能是我们现在称之为"幻觉"的东西。在此，道德判断永远不应该从字面上加以理解：就其本身而言，它只是一种荒谬的假设。

但作为一种症状学，它仍然是不可低估的：至少对有

---

[1] 善与恶的彼岸：暗指尼采的著作《善与恶的彼岸》。

识之士而言，它揭示了最有价值的文化和内在生活的事实，而这些最有价值的文化和内在生活的事实，过去是不够"理解"它们自己的。道德仅仅是一种符号语言，一种症状学：你必须知道道德何为，才能从道德中受益。

2

举一个例子。古往今来，人们一直想要"改善"人性：这就是所谓的道德。但在同一个词下隐藏着最不同寻常的各种倾向。对野蛮人的驯化和对特殊人种的培育都被称为"改善"：这些动物学的术语本身就表达了现实——当然是现实，而典型的"改善者"——牧师却什么也不知道——什么也不想知道……在我们听来，把驯化称为"改善"几乎就是一个笑话。任何熟悉驯化场情况的人，都会怀疑这只野兽在那里得到了怎样的"改善"。

它被削弱了，危害不那么大了，成了一只病态的野兽，通过压抑的恐惧情绪，通过痛苦、通过创伤、通过饥饿。这与牧师"改善"过的驯服的人类毫无二致。

在中世纪早期，事实上教堂是一个驯化场，人们到处捕猎最美丽的"金发野兽"的标本——比如,人们"改善"高贵的条顿人[1]。但这样一个经过"改善"的被引进修道院的条顿人,他后来会是什么样子呢?就像一幅人类的漫画,就像一个怪胎:他变成了一个"罪人",被困在牢笼里,被困在可怕的观念之中……现在他躺在那里,病怏怏的,对自己怀恨在心,他充满了对生命冲动的憎恨,对仍旧强健和幸福的一切充满了怀疑。

简而言之,他成了一个"基督徒"……从生理学上讲,在与野兽的斗争中,让野兽生病是唯一可以削弱它的方法。教会明白这一点:它毁灭人、削弱人——但却声称"改善"了人。

3

让我们再看一下所谓道德的另一种情形,即培育某种特定的种姓和类型。最杰出的例子是由印度道德所提供的、被

[1] 条顿人:古代日耳曼人的一个分支,公元前4世纪时大致分布在易北河下游的沿海地带,后来逐步和日耳曼其他部落融合。

事实上教堂是一个驯化场……现在，他躺在那里，病怏怏的，对自己怀恨在心，充满了对生命冲动的憎恨，对仍旧强健和幸福的一切充满了怀疑。

认定为宗教典籍的《摩奴法典》[1]。在这里，其任务是培育不少于四个种姓：僧侣、战士、务农者和仆役（首陀罗[2]）。

显然，在这里，我们不再是驯兽师了：只有温和一百倍、理性一百倍的人类才能构思出这样的培育方案。

当人们一从基督教的病态地牢里走出来，步入更健康、更崇高、更辽阔的世界时，就大大松了口气。

与《摩奴法典》相比，《新约》是何等悲惨，它的气味是何等难闻！——但即使是这套机制也需要变得更严厉——这一次不是在同野兽搏斗，而是在同与其对立的概念搏斗，与未经训练的人类、杂种、贱民搏斗。除了使其患病之外，这套机制也没有别的办法使他们变得无害和虚弱——这是与"大多数"的斗争。

也许，没有什么比这些印度道德的防御措施更违背我们的情感了。例如，第三条法令，关于"不洁净的蔬菜"，规

---

[1] 《摩奴法典》：古印度史上最为著名的法典，向来被视为婆罗门教的经典，因为相传为摩奴所编，故得此名。
[2] 首陀罗：印度种姓之一，地位最低，由高级佣人和工匠组成，是人口最多的种姓。

定贱民唯一可食的食物是大蒜和洋葱。法典禁止任何人为他们提供谷物或含有种子的水果，以及水或火，以至于第三条关于"不洁净的蔬菜"规定，他们所需的水不能从河流、水井或池塘中取用，而只能从沼泽的入口或动物的脚踩出的水坑中取用。同样地，他们也被禁止洗衣或洗澡，因为恩赐给他们的水只能用于解渴。

最后，禁止首陀罗妇女帮助贱民分娩，也禁止贱民之妇在分娩时互助……这样的卫生政策的成功来得并不慢——致命的瘟疫、可怕的性病，于是又颁布了更为重要的"阉割法"，即规定男孩割包皮、女孩割小阴唇。

摩奴自己说："贱民是通奸、乱伦和犯罪的产物（这是"培育"概念的必然结论）。"

他们只能用裹尸布制衣，用破罐子作餐具，以锈铁为饰物，拜邪魔为神；他们必须过漂泊不定的生活，不能从左到右写字，也不能用右手写字：只有那些有德之士和有种姓的人才可以使用右手和从左到右写字。

4

这些法令富于教益：我们从中看到了完全纯粹的、完全本源的雅利安人的人性——我们知道"纯血"概念是无害概念的反面。另外，对贱民"人性"的仇恨，成了一种宗教，成了一种天赋，这是显而易见的。

从这个角度来看，《福音书》[1]是一流的文献；《以诺书》[2]更是如此。——基督教植根于犹太教，并且只有作为犹太教土壤的产物才能得以理解，它意味着对任何教养、血统、特权道德的反动。

基督教是最卓越的反雅利安宗教，是对所有雅利安价值观的重估，是贱民价值观的胜利，是面向穷人和卑贱者的福音，是一切受压迫的、悲惨的、失败的、被淘汰的人对"种姓"的总体战——作为爱的宗教，它是贱民永恒的复仇……

---

[1] 《福音书》：《圣经·新约》的第一部分，包括《马太福音》《马可福音》《路加福音》《约翰福音》四卷。
[2] 《以诺书》：《旧约外传》的一种，借以诺之口讲述世界末日的异象和比喻，包含比《福音书》更为猛烈的对尘世、富人、权贵的诅咒。

5

就其取得成功的方式而言，培育的道德和驯化的道德是完全相称的，我们可以提出我们的最高命题：为了使道德成立，一个人必须具有追求其对立面的绝对意志。

这是我钻研得最长久的一个伟大而可怕的问题：人类"改善者"的心理学。一个小小的基本事实，即"尽职的欺骗"的事实，首先让我接触到这个问题："尽职的欺骗"是一切"改善"人类的哲学家和牧师的遗产。无论是摩奴、柏拉图[1]、孔子，还是犹太教和基督教的导师，都从未怀疑过他们说谎的权利。

他们也从未怀疑过所有其他的权利……用一个公式来表达它，人们可以说：到目前为止，所有用来使人类变得道德的手段，根本是不道德的。

---

[1] 柏拉图（公元前427—公元前347年），伟大的古希腊哲学家，也是整个西方文化中最伟大的哲学家和思想家之一。

我要感谢古人什么

1

最后，我想简单谈一下古代世界，我一直在寻求进入古代世界的新方法，也许我已经找到了一个新的通道进入它。我的品味，或许是宽容的反面。即令是对古代世界，我也远远不是彻头彻尾地说"是"：大体而论，我从不急于说"是"，而宁愿说"不"，最喜欢什么也不说……这适用于整个文化，适用于书籍——也适用于地方和风景。说实话，在我的生命中，有价值的古书数不出多少本来；而且最著名的那些不在其列。我对风格、对作为风格的警句的喜爱，几乎是在我接触萨鲁斯特[1]的那一瞬间被同时唤醒的。

我没有忘记，当我尊敬的科尔森[2]老师不得不把最高分给

---

[1] 萨鲁斯特（公元前86—公元前34年），古罗马著名政治家和历史学家。
[2] 科尔森（1820—1875年），德国语言学家，尼采在舒尔普福塔高级中学期间的老师。

我这个他最差的拉丁语学生时所表现出的惊愕——我一下子就学到了所有要学的东西。简洁、严谨、尽可能言之有物，对所有"华丽的辞藻"和"华丽的感情"都怀着冷峻的恶作剧式的敌意——在这些事情上，我发现了自己独特的倾向。直到我的作品《查拉图斯特拉如是说》面世，人们将会从我身上认出一种热切地企及罗马风格的抱负，一种"比青铜更为不朽"的炙烈追求。我初次接触贺拉斯[1]时，情形亦然。迄今为止，我还不曾从其他诗人那里获得过像贺拉斯的颂诗所给我的那种艺术迷醉。在某些语言中，连企及这位诗人的高度的念头，都是不切实际的妄想。这种词语的镶嵌艺术，每个词语都通过它的声音、它在句子中的位置和它的意蕴，向左右扩散，从整体上发力，所指的范围和符号数量最小，而由此达到的符号能指最大——这一切都是罗马的，而且，如果你相信我，是高贵卓越的。相比之下，其余的诗歌都成了庸俗的东西——只不过是毫无意义的流于感伤的废话。

---

[1] 贺拉斯（公元前65—公元前8年），古罗马著名诗人、批评家、翻译家，代表作有《诗艺》《颂诗集》。

2

希腊人给我的印象如此强烈,但我不以为意;而且,坦率地说,在我们看来,他们不可能和罗马人一样。人们学不来希腊人——他们的风格太奇异,也太富于流动性了,不能起到"训导"或"范式"的效用。有谁曾向希腊人学习写作呢!又有谁会绕开罗马人而学习写作呢?……请不要拿柏拉图来反驳我。和柏拉图相比,我是彻底的怀疑论者,从来没有附和过学者们习以为常的对柏拉图这个表演家的吹捧。毕竟,在这件事上,古代最高雅的鉴赏家也站在我这边。在我看来,柏拉图混淆了所有的文体形式。在这方面,他是最早的文体颓废者之一:他所犯的毛病,与发明了迈尼普斯[1]混合文体的愤世嫉俗者有相似之处。《对话录》——一种令人反感的自我陶醉和小儿科式的辩证法——要对你产生任何吸

---

[1] 迈尼普斯,犬儒派哲学家,活动于公元前3世纪前期,以讽刺手法推广犬儒派对生活的看法而闻名。

引,除非你从未读过优秀如丰特奈尔[1]这样的法国作家的作品。——柏拉图是乏味的——事实上,我对柏拉图的不信任根深蒂固:我发现他如此偏离希腊人最深层的本能,如此沉浸于道德偏见,如此预先地基督教化——他已经把"善"当作最高概念——与别的措辞相比,我宁愿用"高级的废话"来形容这种严厉的措辞,抑或,如若你更爱听,也不妨用"理想主义"来命名整个柏拉图现象。这个雅典人曾在埃及人那里上过学(或者是在埃及的犹太人那里……),人类为此付出了昂贵的代价。在基督教的巨大灾难中,柏拉图拥有被称为"完美"的两副面孔,它诱使古代的高尚人士误解自己,踏上通往"十字架"的桥……而在"教会"这个概念中,在教会的结构、制度和实践中,还有多少柏拉图呢!我的康复,我的嗜好,我对各种柏拉图主义的治疗,一直是修昔底德[2]式

---

[1] 丰特奈尔(1657—1757年),法国科学家、文人,是17世纪与帕斯卡尔齐名的思想家。
[2] 修昔底德(约公元前460—公元前396年),古希腊历史学家、文学家。

的。修昔底德，也许还有马基雅维利[1]笔下的君主，他们与我的关系最为密切，因为他们有这样的绝对意志：拒绝自欺，在现实中考察理性，而不是在"合理性"中，更不是在"道德"中。对希腊人可悲的玫瑰色想象，没有比修昔底德式的治疗更彻底的了。受"古典文学"熏陶的年轻人，在公立学校接受训练时，所得到的奖赏就是这种对希腊人可悲的玫瑰色想象。

修昔底德的作品，必须逐行细读，他未曾说出的思想必须清晰地读出来，正如他实际所说的。很少有思想家有如此丰富的未曾说出的思想。在他身上，"诡辩家"的文化，也即现实主义的文化，得到了最完美的体现：这种不可低估的运动，是在当时四面八方爆发的苏格拉底[2]学派道德和理想主义欺诈之中进行的。希腊哲学是希腊人本能的堕落；修昔

---

[1] 马基雅维利（1469—1527年），意大利政治家和历史学家。他将政治学当成一门实践学科，把国家看作纯粹的权力组织，其学说可参阅其《君主论》。
[2] 苏格拉底（公元前469—公元前399年），是一个神秘的人物，生前没有作品，主要通过在他去世后记录其言行的古典作家的著作而闻名，特别是柏拉图和色诺芬的作品。

底德是植根于古希腊人本能中那种强大、严谨且坚实的实证主义的伟大总结和最终示现。毕竟，是面对现实的勇气将修昔底德和柏拉图最终区分开来：柏拉图在现实面前是懦夫，因此，他寻求理想的庇护；修昔底德是他自己的主人，因此，他能够主宰生命。

3

在希腊人那里发现"美丽的灵魂""中庸的理性"和其他完美特质，比如说，去欣赏他们伟大的静穆、理想的心态、高贵的质朴——我自身内部的心理学家保护了我，使我摆脱了这种"高贵的质朴"，并最终摆脱了一种德国式的愚蠢。我看到了他们最强烈的本能，即权力意志，我看到了他们与这种强烈的本能之暴力一起颤抖——我看到了他们所有的公共机构，都是由防卫措施发展而来的，旨在保护其社会的每一个成员免于被彼此胸膛里的炸药所毁灭。这种巨大的内在紧张，就这样以可怕而不计后果的敌意向外爆发了：各个城邦互相残杀，以确保每个城邦的公民赢得自身的安宁。此时此刻，成为强者是一种必须，因为危险近在咫尺——它就潜伏在四周。雄伟且灵活的身体,希腊人所特有的大胆的现实主义和非道德主义,是他们出自生存环境的必需,而不是一种发自内在的品质。它是一个结果,而不是打一开始就存在的事实。甚至他们的节日、他们的艺术,也无非是借此感觉其强势、展览其强势:它们是一种自我取悦,在某些情形下,也是一种自我敬畏……幻想从希腊哲学家的角度,用德国的方式来评判希腊人;比如,用苏格拉底学派透着城乡接合部气息的庸俗教养,作为从根本上论说希腊文化的钥匙!……哲学家当然是希腊文化的颓废派,是对古老而高贵的品味的反动(反面临死亡之痛苦的本能、反民意调查、反种族竞争、反传统的权威)。苏格拉底式的美德被灌输给希腊人,乃是因为希腊人丧失了美德:易怒、懦弱、反复无常,全都变成了喜剧演员,他们有太多的理由被驯服于道德说教。虽然这种说教对希腊人没有任何帮助,但是大话和高姿态正变得如此适合于颓废派……

4

我是第一个为理解那古老的、仍然丰沛,甚至过于丰沛的希腊人的本能，而认真对待这种被称为狄奥尼索斯的神奇现象的人。严肃地说，这只能解释为是精力过剩的表现。任何研究过希腊文化的人，比如巴塞尔的布克哈特[1]，作为希腊文化最深刻的现代鉴赏家，他在起初就知道，希腊文化的研究，已经取得了一些成果。在《希腊人的文化》一书中，布克哈特插入了一个讨论狄奥尼索斯现象的特别章节。如果你想一窥酒神的反面，你只要看一看德国语言学家在研究狄奥尼索斯时那种近乎可笑的本能的贫乏。尤其是著名的洛贝克[2]，他带着一条夹在书页间被挤干的书蠹的庄严，爬进这个神秘莫测的世界，成功说服自己，把自己那令人厌恶的肤浅和幼稚当成科学——洛贝克，以其渊博的学识夸夸其谈，让我们明白，所有这些稀罕事物其实毫无意义。老实说，祭司们可能向狂欢派对的参加者传授了不少有价值的东西：比如，葡萄酒能激发欲望；在某些情形下，人靠水果为生，植

---

[1] 布克哈特（1818—1897年），文化史学家，著有《意大利文艺复兴时期的文化》。
[2] 洛贝克（1781—1860年），德国文法学家，柯尼斯堡大学修辞学和古文献学教授。

物在春天开花，在秋天凋零。关于纵欲狂欢的起源、习俗、象征和神话丰富得令人惊讶，几近使整个古代世界窒息。洛贝克发现，他可以借此进一步展示其才智。

"希腊人，"他在《阿革劳斯法姆斯》一书中如是说，"当他们无所事事时，他们便欢笑、跳跃、四处嬉戏，或者，因为有时人也喜欢有所改变，于是坐下来哭泣，哀叹自己的命运。随后，其他人冒出来了，试图为这种奇怪的行为寻找理由；因此，便出现了用来解释这些风俗的无数节日、传说和神话。另一方面，人们认为，那种在节日里举行的滑稽表演，必定也是庆典的一部分，于是被当作仪式中不可或缺的一部分予以保留了。"

这是可鄙的无稽之谈，没有人会认真对待一个像洛贝克这样的男人，一刻也不会。当我们审视温克尔曼和歌德所构想的"希腊文化"这个概念时，我们会发现它同产生狄奥尼索斯艺术的元素——纵欲狂欢不相容时，我们的感觉是非常不一样的。事实上，我毫不怀疑歌德会将任何这样的东西完全排除在希腊灵魂的可能性之外。因此，歌德不理解希腊人。因为只有在狄奥尼索斯的神秘仪式里，在狄奥尼索斯状态的心理学中，希腊本能的根源——其"生命意志"才得以表达。希腊人用这样的神秘仪式来保证什么？那永恒的生命、永恒的生命的轮回；在过去被应许、被圣化的未来；不论死亡还是衰老，对生命的胜利都予以肯定；真实的生命被认为是通过生殖和神秘的性来实现总体的永生。对希腊人来说，性的象征是最受崇敬的象征，是古代所有虔诚中真正深层的奥意。生殖、怀孕、分娩的所有细节都会引发最崇高、最庄严的感情。在神秘仪式中，痛苦被认为是神圣的：一般来说，"分娩的痛苦"圣化了痛苦，所有生成和生长、所有对未来的担保，都蕴含着痛苦……为了在创造中有永恒的愉悦，为了生命的意志能在永恒中肯定自身，"分娩的痛苦"也必须是永恒的，这就是狄奥尼索斯一词的象征意义：我所知道的象征，没有比这个希腊象征更崇高的象征了，这种酒神现象的象征。在此之中，最深刻的生命本能，为生命的未来和生命的永恒作保的本能被认识到，以宗教的形式——通往生命本身的道路，生殖被宣告为神圣……只有基督教，带着对生命的根本怨恨，使性变得不洁：它把污秽之物泼撒在上面，即我们生命的前提之上……

5

狂欢心理学体现为一种过剩的生命活力与强度的感觉,甚至痛苦在其中也有兴奋剂的功效,这种狂欢心理学给了我理解悲剧性情感的密钥,而这样的情感,不仅一直被亚里士多德[1]误解,也被一些悲观主义者误解。悲剧远非叔本华主张的希腊人的悲观主义所能证明的,毋庸置疑,它相反可以被视为是对悲观主义的决定性否定和反证。

甚至在最奇怪、最可怕的问题上也对生命说是;生命的意志在其最高类型的献祭中为它自己的永不枯竭而欣喜万分——这就是我所说的狄奥尼索斯,我猜这才是通往悲剧诗人心理学的桥梁。不是为了逃避恐惧和怜悯,不是通过剧烈释放一种危险的激情来净化自己,而亚里士多德就是这样理解酒神的——它远远地超越了恐惧和怜悯,成为自我生成的永恒欲望——也包括毁灭的欲望。于是,我再次回到自己由之出发的原点——《悲剧的诞生》曾是我对一切价值的第一

---

[1] 亚里士多德(公元前384—公元前322年),古希腊先哲,希腊哲学的集大成者,柏拉图的学生,亚历山大大帝的老师。

次重估：于是，我再次置身于我的意志和我的能力由之迸发的土壤之上。我，哲学家狄奥尼索斯的最后一位门徒——我，永恒轮回的先知。

我为什么如此智慧

1

我存在的幸运和独立不倚，也许是命中注定的：说得玄乎一点，以我的父亲而论，我已经死了，以我的母亲而论，我还活着，且逐渐老去。这种双重的出身，像同时来自生命阶梯的最高一级和最低一级，既是衰落，也是新生。这一点，如果意味着什么，那就是免于偏狭地看待存在的普遍难题，保持中立的自由，这也是我的与众不同之处。对于生命盛衰的最初征兆，我的嗅觉比任何人都灵敏。在这方面，我是非常在行的——我谙熟这两者，因为我就是这两者。我的父亲在三十六岁时去世：他文弱可亲而多病，一个命中注定只作一次短暂访问的人——这是对生命的亲切提醒，而无关生命本身。

当我活到我父亲生命衰枯的那一年，我的生命也开始衰枯。那一年我三十六岁，我的生命力降到了最低点——我仍然活着，可是看不清三步之外的东西了。那时，也即1879

年，我辞去了巴塞尔大学的教职，整个夏季像阴影一样住在圣摩里兹，又像阴影一样在瑙姆堡度过了我人生中最暗无天日的冬季。在这期间，我写下了《漫游者及其影子》。毫无疑问，那时我深知何为阴影。

次年冬天，也就是我在热那亚的第一个冬天，严重的贫血和肌肉衰弱所带来的甜蜜与灵性，使我写出了《黎明》。这部作品体现出精神世界的澄澈、愉悦及其丰沛，不仅与我最明显的生理弱点同声相应，也与我极度痛苦的挣扎同气相求。在三天三夜的剧烈头痛和昏厥之中，伴随着强烈的恶心呕吐，我却具有最独特的清晰的辩证头脑，在绝对冷血的状态下，去思考许多问题。当我比较健康时，我的思想反而不够高深、不够敏锐、不够冷酷。

我的读者也许知道，我是如何将辩证法视为一种颓废的症状的，最著名的例子，就是苏格拉底。——疾病对智力造成的干扰，甚至因高烧引起的半昏迷状态，我至今毫无印象；为了初步了解它们的性质和频率，我不得不求助于已汇编成册的有关这一主题的学术著作。我的血液循环缓慢，甚至没有人能在我的身上看出高烧的迹象。一位曾把我当作神经病人来治疗过一段时间的医生最终宣布："不！你的神经毫无问题，倒是我本人的神经有点过敏了。"虽然我的肠胃系统因为全身乏力而极其脆弱，他们却无法在我身上查出任何局部的衰竭，或者胃的器质性病变。就连我的眼睛，虽则几近失明，但也只是疲劳所致，与器官本身的病变无关。因为每当我的身体状况有所好转，我的视力也会增强。——在承认了这一切之后，我还需要说明我知道颓废是怎么回事吗？我对它们可谓了如指掌。即使通常的理解和把握事物的精湛技艺，那种对细微差别的分辨能力，那种"一眼看穿本质"的心理学，以及我所能做的任何其他事情，都是在那个时期学会的，这可算是特殊的馈赠了。在那个时期，我身上的一切，无论是观察力本身，还是所有的观察器官，都变得充满活力。

从病人的角度去审视健康的概念和价值，或者从与之相反的角度，以丰盛生命的充盈和自信去审视颓废本能的隐蔽性——这就是我经历的最长久的锻炼，我的主要经验。如果问我在什么方面有所成就，那就是在这个方面我是当之无愧的大师。如今，我已熟能生巧，我有扭转成见的本事：这或许就是为什么只有我才能"重估一切价值"的首要原因。

2

总而言之，我不仅是一名颓废者，同时也是颓废的反面。佐证之一是，当我的精神或身体状况不佳时，我总是本能地选择最为适当的治疗方法；而颓废者，总是选择那些对其有害的治疗方法。整体说来，我是健康的，不过在某些细节上，我是个颓废者。那种使我陷入绝对孤独的力量，逼迫我断绝与习焉不察生活境遇的往来，加强对自我的约束，拒绝别人对自己的照料、服侍和医治——所有的这一切，都表明了我本能的绝对确定性，我知道什么是我当时最需要的。我掌控我自己，我治愈我自己。任何心理学家都会承认，这是成功的首要条件——人们在本质上是健康的。本质上的病态无法康复，遑论自我治愈；反之，对一个本质上的健康人来说，疾病甚至可能是一种强劲的兴奋剂，促使生命越发的旺盛。

现在，我就是以此为出发点来看待我所忍受的漫长病痛的：我似乎重新发现了生命，发现了自我。我遍尝一切美好的，甚至微不足道的事物，这可不是别人能够轻易品尝得到的。出于我渴求健康和生命的意志，我创立了我的哲学……

因此，你应该彻底理解这一点，正是在我生命力跌至谷底的那些岁月，我不再是一个悲观主义者，自我恢复的本能使我无法再抱持一种贫穷和绝望的哲学。那么，人类到底是凭什么来识别卓越之人的呢？任何一个卓越之人都能使我们感官愉悦，因为他是以整木雕成，既坚硬、温润，又香气袭人。只有对身心有益的事物才合乎他的口味；一旦超出这个界限，他的欢愉、他的欲望，便会戛然而止。他洞悉对抗伤害的方法；他知道如何把重大的事故转变为自己的优势；但凡不能置他于死地的事物，最终都将会使他更强大。他本能地从所见所闻所感的一切中收集素材。当然，他的遴选原则是择优而从，被他淘汰的更多；无论是读书、识人，还是观赏自然风光，他总是自有主见，但凡被他选中和认可的事物，他便给予信任和尊重。他对种种刺激反应迟缓，这种迟缓由长期的谨慎和刻意的骄傲导致——他检视正在逼近的刺激，即使在梦里也不会停止工作。他既不相信"厄运"，也不相信"罪孽"；他兼收并蓄；他懂得如何遗忘——他足够强大，能使一切都变得对自己有利。瞧！我就是那个颓废的反面，我刚才描述的那个人，不是别人，正是我自己。

3

这种双重经验,这种在两个看似彼此隔绝的世界穿行无碍的能力,反复出现在我本性的每一个细节——我是双重人格的样本。除了第一视觉,我还有第二视觉,甚至第三视觉。由于天性使然,我拥有一种超越一切国界和民族之局限的眼光。我不需要付出任何努力,就能成为一个"优秀的欧洲人"。另一方面,我可能比现代德国人——帝国时期的纯德国人更像德国人——我,成了最后一个反政治的德国人。不管怎样,我的祖先都是波兰贵族。多亏他们,我的血液里才流淌着那么多种族本能——谁知道呢?甚至还包括自由否决权。在旅途中,我曾遇到许多人说我像波兰人,甚至连波兰人也这么说。很少有人把我当作德国人,在我看来,我似乎属于只会讲一点德语的人。但我的母亲,弗兰西斯卡·奥勒尔,无论如何都是非常地道的德国人。还有我的祖母埃尔特姆泰·克劳泽,也是如此。祖母的整个青年时代,都是在美丽而古老的魏玛度过的。她与歌德的圈子不无接触。她的兄弟，哥尼斯堡神学教授克劳泽，在赫尔德[1]死后被任命为魏玛教区总督察。她的母亲，我的曾祖母，在青年歌德的日记中以"缪斯"[2]之名出现，这并非不可能。祖母结过两次婚，她的第二任丈夫是爱伦堡的总监尼采。1813年，大战爆发的那一年，也即10月10日，拿破仑[3]同他的参谋部进驻爱伦堡的那一天，她生下了一个男婴。作为撒克逊之女，她却是拿破仑的狂热崇拜者，也许我也是。我的父亲生于1813年，死于1849年。

父亲出任距吕岑不远的洛肯教区牧师之前，曾在阿尔腾堡住过几年，负责四位公主的教育。她们是汉诺威女王、康斯坦丁公爵夫人、奥尔登堡公爵夫人和萨克森-奥尔滕堡的泰莱莎公主。父亲对普鲁士国王弗里德里希·威廉四世充满了

---

[1] 赫尔德（1744—1803年），德国哲学家、路德派神学家、诗人，18世纪德国启蒙时代代表人物，"狂飙运动"的发起者之一。
[2] 缪斯，希腊神话中主司艺术与科学的九位文艺女神的总称。
[3] 拿破仑（1769—1821年），即拿破仑一世，19世纪法国伟大的军事家、政治家，法兰西第一帝国的缔造者。

忠心耿耿的敬意，他的洛肯牧师教职正是从这位国王那里获得的。1848年的事件[1]使他极度悲痛。

我生于10月15日，恰好和上面提及的那位国王的生日是同一天，因此我便顺理成章地接受了霍亨索伦皇族的名字：弗里德里希·威廉。无论如何，选择在这一天降生，使我占尽优势：在我的整个童年时代，我的生日都是举国欢庆的一天。——有这样一位父亲，我认为是莫大的荣幸。在我看来，这甚至包括我在有关特权的问题上所能要求的一切——但是生命，对生命的伟大肯定除外。我最感激父亲的是，我不需要作任何特殊的准备，只需要多一点耐心，就可以跻身于高尚而精美的世界：在那里，我像在家里一样，也唯有在那里，我内心深处的热情才会自由自在。为了这一特权，我几乎是用我的整个生命作代价，但这当然不是一笔糟糕的买卖。要想对《查拉图斯特拉如是说》一书有所领悟，也许这人必须处于和我相似的境地：把一只脚踏上生命的彼岸……

---

[1] 这里指1848年3月18日柏林起义。德皇弗里德里希·威廉四世被迫恢复联邦议会，建立君主立宪制的联邦国家。

4

激起别人对我的反感，这一门艺术，我永远不懂——这还得归功于我那无与伦比的父亲——即令我当时认为这么干是非常可取的。我甚至无法忍受任何人对我的反感——尽管这看起来多么非基督教化。审视我的一生，你很难发现，也许确实有过那么一次——他人对我怀有恶意的迹象，反之，人们倒会发现很多善意的迹象……我的经验是，即令那些处处招人嫌的家伙，我也毫无例外地博得了他们的好感。我能驯服任何野兽，我甚至能使小丑端正自己的言行举止。在巴塞尔给六年级学生讲授希腊语的七年里，我从未借故惩罚他们；在我的班上，连最懒惰的学生也变得很用功。我对意外事件总是应付自如；哪怕我毫无准备，我也能控制好自己。无论什么乐器，也无论它怎样走调，即令它像"人"这种令人败兴的乐器一样——我总是能弹奏出美妙的旋律，除非我病了。有很多次，这些"乐器"本身也告诉我，它们还从未发出过如此美妙的声音……对我来说，也许最令人遗憾的应是那位不幸早逝的亨利希·冯·施泰因[1]。有一次，根据小心取得的许可，此人在西尔斯-马里亚待了三天，向每个人声明，他并不是为恩加丁的风景而来。这位杰出人士，以一位普鲁士容克地主[2]的全部鲁莽和天真，陷进了瓦格纳[3]的泥潭——此外还有杜林[4]的泥潭！

但在这三天里，他就像一阵自由的飓风，就像一个人的生命突然翻到一个高度，振翅翱翔。我反复对他说，这一切都得归功于此地大好的空气；每个人都有同样的感觉——一个人不可能毫无来由地站在高出拜罗伊特六千英尺的地方，但他不相信我。

尽管如此，如果说我曾经是一些大小恶作剧的受害者，那一定不是冒犯者有意为之，更不是出于恶意；相反，正如

---

[1] 亨利希·冯·施泰因（1857—1887年），德国哲学家，瓦格纳的家庭教师。
[2] 容克地主意为"地主之子"或"小主人"，原指无骑士称号的普鲁士贵族子弟，后泛指普鲁士贵族和大地主。
[3] 瓦格纳（1813—1883年），出生于莱比锡，浪漫主义作曲家、指挥家。
[4] 卡尔·欧根·杜林（1833—1921年），19世纪德语作家、哲学家、经济学家，被认为是小资产阶级社会主义学派的代表。

我说过的那样,那是出于好意,并在我的生命中造成了诸多不幸,对此,我不得不抱怨一番。我的经验使我有权怀疑一切所谓的"无私"的冲动,怀疑助人为乐的"博爱"。对我来说,这是羸弱的表现,是无法承受刺激的一个典型——只有在颓废者中间,这种怜悯才算美德。我之所以谴责怜悯者,是因为他们太容易失去羞耻感、敬畏心以及保持距离的敏锐感,是因为"怜悯"瞬间就会散发出乌合之众的恶臭,并且同恶劣的举止十分相似——这双怜悯的手,一旦伸入一种生死较量的伟大命运、一种受伤的隐退的孤独、一种被赋予重重罪孽的特权,引发的后果可能是灾难性的。

我认为,对怜悯的克服实则也是高尚的美德之一。在《查拉图斯特拉如是说》里,我曾描绘过这样一种情形:一阵凄厉的呼告传进他的耳朵里,怜悯心像临终之际的悔罪一样向他袭来,使他违背了自己的信念。此时,他应该保持自我克制,保持崇高使命的纯洁性,不受那当前、卑鄙、短视的无私冲动的干扰,也许这正是查拉图斯特拉式人物所必须经受的最后考验——是他真正的力量的证明……

5

从另一方面来说，我只不过是我父亲的翻版，仿佛是他早逝生命的延续。正如每个未遇到过对手的人一样，我发现要理解何谓"复仇"，和理解何谓"平等权"一样艰难。当我遇到一些微不足道或十分严重的蠢行时，我不允许自己采取任何防护措施。——多么合乎情理呀！也不需要任何辩解、任何无力的抗议。我的报复方式是尽可能迅速地采用一种明智的方式来对抗愚蠢。这样或许会因祸得福呢！

打个比方：为了除去痛楚，我会奉送一罐果酱……只要有人胆敢冒犯我，我就会回予"报复"，这一点他毋庸置疑：不久，我就会制造一个机会，向"冒犯者"表达我的谢意（甚至对冒犯本身）——或者向他讨要点东西，这可能比给予来得更谦恭。在我看来，那些最粗鲁的言辞、最粗鲁的书信，也比沉默寡言更质朴、更率真。那些沉默寡言者几乎总是缺乏内心的敏锐和雅致；沉默就是反抗，忍气吞声必然导致坏脾气，甚至使胃不舒服。一切沉默寡言者都将消化不良。——你知道，我其实没有鄙视粗鲁的意思。——粗鲁，这是迄今为止最人道的反抗方式，在现代的一派柔靡之中，堪称我们最首要的美德之一。——倘若一个人足够粗鲁，就算他犯错也是一种乐趣。一个降临到人间的上帝，甚至只须犯错——唯有承担罪责而不受惩罚，才是神性的第一见证。

6

摆脱怨恨，理解怨恨。在这个方面，谁知道我该怎样感谢长期伴随我的疾病啊！这个问题不是那么简单的：一个人必定对自身的强健和虚弱都有所体验。假如非要说疾病和虚弱应当受到什么谴责的话，那就是当疾病和虚弱占上风时，人类的自我免疫和自我康复的能力就会衰退。他不知道哪些该摆脱，哪些该接受，哪些该抛弃——每一样都在伤害他。人和事纠缠不清，所有的经历都那么刻骨铭心，回忆变成化脓的烂疮。生病本身就是一种怨恨！——对付这种怨恨，患者只有一剂良药——我称之为俄国宿命论。这种不反抗的宿命论，可用一名俄国士兵的例子来说明。这个俄国士兵在经历了一场难以忍受的战争之后，最终躺在雪地里，什么也不接受，什么也不承担，什么也不吸取——完全无动于衷……这种宿命论的巨大的睿智，并不总是意味着慷慨赴死的勇气，这实际上可能是对处于危险境地的一种自我保护，相当于减少新陈代谢。这种放缓生命活动的方式，就像一种冬眠。照此逻辑向前再走几步，我们就可以找到人们常说的苦行僧了，他将在坟墓里睡上几个星期……如果人们凡事都要作出反应，便会很快把自己耗尽，最终一事无成，这就是个中逻辑。世上没有什么比怨恨的激情更消耗人的精力了！屈辱、敏感、病态的愤怒、无力复仇、渴望复仇，种种思绪毒药的混合——这无疑是精疲力竭的人所能想出的对自己最有害的反应方式。它包括神经能量的迅速消耗和有害分泌物的异常增加，例如胆汁进入胃里。对病人来说，怨恨比其他任何东西都应该严加禁止——那是病人的祸根，但不幸的是，那也是他最天然的倾向。

对这一点，佛陀这位渊博的生理学家完全领会了。为了避免把他的"宗教"和基督教可怜的信条混为一谈，我们最好把他的"宗教"称之为养生学。这门学问的效果取决于战胜怨恨的程度：从怨恨中解放灵魂，被认为是重归健康的第一步。"冤冤相报何时了，以德报怨，怨始终止"，这是佛陀教义的开端——它不是道德戒律，而是生理学戒律。

因虚弱而生的怨恨，对虚弱者自身危害最大。反之，对精力充沛者来说，怨恨只是一种多余的情感。克制怨恨本身，实际上就是精力充沛的证明。读者诸君知道我的哲学是如何郑重地向报复欲和怨恨感宣战的，甚至已到了攻击"自由意志"学说的地步——我与基督教的冲突，不过是其中一个案例。这也是我要在这件事上剖白我的个人态度和我的实践直觉之坚定性的原因。当我颓废时，我不允许自己沉溺于上述情感，因为它们有害。然而，当我神完气足、志意高昂时，我又把它们视为禁忌，但这一次是因为它们受我支配。

我在上文中提及的"俄国宿命论"在我身上体现为：我长年顽强地忍受着几乎令人难以忍受的环境、地点、住所和同伴。我这样做，比改变他们要好，比感觉他们能改变要好，也比反抗他们要好。那个把我从宿命论中唤醒的人，那个拼命想把我摇醒的人，对我来说就是一个死敌——事实上，他每次这样做都有置我于死地的危险。——视自身为天命，不期望"改变自身"——本身就是在此境况下的一种巨大的睿智。

7

另一方面，战争是不同的。在内心深处，我是个战士，攻击是我的本能。有能力与人为敌——也许这些都得以强大的本性为前提。无论如何，一切强大的本性都包含着这些要素。这样的天性离不开反抗，因而他寻求障碍：侵略的悲怆必然属于强者，正如报复欲和怨恨感必然属于弱者。比如说，女人是好报复的，因为她的弱点就在于这种激情，就像她对别人的痛苦敏感一样。——攻击的强度可以通过其所需要的敌对面来衡量；每一次力量的增强，都在面对劲敌和难题时得以显现。一个好斗的哲学家，也需要挑战难题，并与之决斗。他的使命不是去战胜一般的对手，而是要战胜那些你必须倾尽全身力气、全部技能和全部武艺才能战胜的与自身实力相当的对手。

事实上，这是你和实力相当的对手决斗的首要条件。一个人不可能向他蔑视的对手发起挑战。在居主导地位时，发现对手不如自己，就没有必要发起挑战。——我的战斗策略可归纳为四项原则：第一，我只挑战那些胜利者，我甚至要等到他们成为胜利一方时才会发起挑战。第二，我只在自己孤立无援时才会向敌人发起挑战，独面敌阵，决不妥协……我在公众面前迈出的每一步，都不会胆怯，这就是我正当行为的准则。第三，我从不行人身攻击这一套——我只是把个人的秉性当作放大镜，用它来渲染一种看似平常，实则鬼鬼祟祟、很难防备的邪恶。我用这种方式攻击大卫·施特劳斯[1]，或者更确切地说，攻击一本在德国"文化界"颇有声名的老朽之作——我借此当场揭开了这种文化的假面具……我同样是用这种方式，攻击瓦格纳，或者更确切地说，攻击我们"文化"中的虚伪性或杂交本能，这种本能把优雅与野蛮、衰落与伟大混为一谈；第四，我只攻击那些取消了个体差异，连一丝一毫引人不快的元素都缺乏的事物。相反，我的攻击是出于善意，有时甚至也是出于感激。我借此来表达我对某件事的尊重，或对某件事的辨析：把我的名字与某个机构或某个人关联起来，我是赞成还是反对——这在我看来都是一样的。如果我向基督教宣战，那是因为我有权这样做，因为基督教未曾给我带来过任何不幸和挫折——最虔诚的基

---

[1] 大卫·施特劳斯（1808—1874年），德国唯心主义哲学家，青年黑格尔派主要成员，杜宾根学派的主要代表。

督徒也总是对我示之以友善。我本人，绝对是基督教最主要的死敌，但我决不主张把基督教千百年来的苦难全部清算到它个体信徒的头上。

8

请允许我冒昧地再提一下我天性中的最后一个特征，因为它使我很难同别人交往。我天生有一种洁癖，这种敏感的强烈程度是惊人的，以至于我可以用生理学的方法感知到——也就是说，用鼻子嗅一嗅，就能嗅到邻近的地方，不，是最深处的核心，是每个人灵魂的"内脏"……这种敏感性，使我衍生出了许多心理上的触觉。凭借它们，我得以探知和掌握一切秘密：我只要扫一眼，就能认出他隐藏于人格底部的污垢。这些污垢也许是来自他卑贱的血统，并通过后天的教育得到掩饰，但也经不起我的透析。假如我的观察是正确的，那么，许多被我的洁癖排斥在外的人，也会意识到我的厌恶，并因而谨慎起来，但这并没有使他们的气味变得更为芬芳……

我长期遵循的习惯是，保持清洁，保持对自己的诚实。这可是我得以生存的前提。不然，我将死于不洁的环境。——我喜欢在全然透明、波光粼粼的水中游泳、沐浴和嬉戏。这就是为什么与人交往在很大程度上考验着我的耐心；我的人性并不表现在我理解同伴的感情，而是表现在我能够忍受着去理解同伴。

我的人性是一个持久的自我克制的过程。——但我需要独处，也就是说，康复，回到自己，呼吸自由清新的空气……我的整部《查拉图斯特拉如是说》，就是一首赞美孤独的酒神颂，或者，如果我被读者诸君所理解，它是一首赞美纯洁的酒神颂。感谢上帝，这不是为了赞颂"纯净的愚蠢"！——富于色彩感的人会把《查拉图斯特拉如是说》视为金刚石。——我对人类和乌合之众的憎恶，始终是我最大的危险……你们愿意听一听查拉图斯特拉关于如何从厌恶中得到救赎的那番话吗？

"我究竟遭遇什么了？我该如何从令人作呕的境况中赎回我自己？谁能使我的眼睛恢复青春的神采？我该怎样飞到高处，飞到没有贱民围坐的泉水边呢？

"为我插上翱翔的双翅，赋予我占卜水源的能力的，是我的厌恶感吗？是的，我不得不飞到最高处，这样我才可能再次找到欢乐的源泉!

"啊,我找到它了,我的弟兄们!在这高地上,欢乐的源泉为我涌起!在这里,还有一种生命之泉,没有被贱民饮用过!

"这欢乐的源泉呦,你向我喷涌得好猛烈!你常常一再地倒空你迫切地想要斟满的酒杯!

"我还须学会更谦逊地走近你:我奔涌向你的心也是多么猛烈啊。

"我的心,在它的上面燃烧着我的夏季,短暂的、炎热的、忧郁的、极乐的夏季:我炎夏的心,多么渴望你的清凉!

"过去了,我那踌躇不定的春日的哀愁!过去了,我所有六月飞雪似的恶念!我已完全变成了夏日和夏日的正午!

"这最高处的夏日,有着清凉的泉水和幸福的宁静:哦,来吧,我的朋友们,让这夏日的宁静变得更为幸福!

"因为这里就是我们的高处,我们的家园:对于所有不洁的物种和他们的渴念来说,我们住得真是太高太险了。

"尽管把你们纯洁的目光投向我的欢乐之泉吧,我的朋友!泉水怎会因此变浑呢!它将凭着它的纯洁对你们报以笑脸。

"在未来之树上，我们筑巢；鹰隼将为我们这些孤独者衔来食物！真的，我们这里没有能和不洁者分享的食物！他们会以为给他们吃的是火，将灼伤他们的口腔！

"真的，我们这里没有为不洁者预备的住所！我们的幸福，于他们的肉体或精神而言，都是冰窟。

"我们像狂风，高居在他们的头顶之上，与鹰为伍，与雪为伴，与日为邻：狂风就当以此为生。

"终有一天，我要像一阵风一样吹散他们，我要用我的精神夺走他们的精神喘息：这就是我未来的意志。

"真的，查拉图斯特拉对一切洼地来说，就是一阵怒吼的狂风；他如是忠告他的仇敌和所有乱喷口水的人："当心，不要对着风吐口水！""

我们像狂风，高居在他们的头顶之上，与鹰为伍，与雪为伴，与日为邻：狂风就当以此为生。

我为什么如此聪明

1

为何我知道的比别人多？为何我总是如此聪明？事实上，我从未思考过那些不成问题的问题。——我从不浪费我的力量。例如，我没有可以认识实际宗教难题的经验。我完全没有觉察到自己"有原罪"。同样地，我也缺少一种可靠的标准去衡量何谓良心的刺痛：据我所知，良心的刺痛似乎也算不上是一件特别值得敬重的事情……一旦酿成事实，我不想因厌弃早先的行动而坐困愁城，我宁愿从关于行动价值的问题出发，完全忽略邪恶的后遗症。面对邪恶的后遗症，人们太容易丧失正确评判自己早先行动的立足点。良心的刺痛对我的打击，犹如"邪恶的一瞥"。某些失败的事物，恰恰因为它失败了，更应该谨慎地示之以尊重——这更符合我的道德观——"上帝""灵魂的不朽""救赎""超越"——所有这些概念，在我还是个孩子时，我就从来未曾稍加留意，也没有为此浪费过时间——也许我从来都不够天真？因此，我完全没有把无神论认作是一种结果，也没有把无神论认作是我生命中的一个事件：在我身上，无神论是天生的、本能的。我好奇心太重，太不轻易相信人了，精神的视野也太高了，以至于不能满足于这样一个明显笨拙的解决方案。

上帝用一种明显笨拙的方案来解决问题；对我们这些思想家来说，这个解决方案显得不够体贴——实际上他确实是这样，没有比这更粗鲁、更无礼的了：你们不要思考！

我更感兴趣的还有一个问题，是关于"人类的救赎"，与其说它源于神学的好奇心，不如说源于养生学。为了把话说得透彻一点儿，可以这样表述："为了得到最大的能量，得到文艺复兴式的德性，得到那远离道德酸臭的自由德性，你该如何精准进食？"——在这方面，我的经验极其糟糕；我很惊讶为什么这么迟我才向自己提出这个问题，这么久才从自己的经验中得出"理性"的结论。只有毫无价值的德国文化——它的"唯心主义"——才能在某种程度上解释为什么我在这件事上如此落伍，以至于我几乎将我的无知视为神圣。这种"文化"，自始至终教导我们忽略实际，去追逐那些飘忽不定的所谓的"理想"目标，例如，"古典文化"——好似它不是从一开始就希望把"古典"和"德国"统一在一个概念里。这甚至有点滑稽,你设想一下,一个具有"古典文化"的莱比锡公民!

事实上,我可以说,直到我长大成人,我的食谱一直都很差劲,用道德言论来说,它是"非个人的""忘我的""无私的",是为厨师和所有其他基督徒的荣耀着想的。例如,因为莱比锡烹饪术,我在初读叔本华(1865年)时,便真诚地否定了我的"生命意志"。假若一个人要败坏胃脏,使自己营养摄入不足——在我看来,这个问题似乎由上面提及的莱比锡烹饪术以令人钦佩的方式圆满地解决了(据说1866年,情况有所变革[1])。但是,一般的德国烹饪,难道不觉得良心会有所不安吗?餐前的汤(在16世纪的威尼斯烹饪食谱中,仍然称其为真正的德意志风格),煮成碎屑的肉,和油脂、面粉混煮的蔬菜,硬化成镇纸的糕点!而且,如若你再算上古人,不仅仅是古代德国人,那绝对野蛮的餐后饮酒习惯,那么,你就会明白德国精神的起源了——也就是说,来自可悲的紊乱的肠道……

---

[1] 1866年6月,普奥战争期间,普鲁士进兵萨克森邦,并一度占领了德累斯顿。

德国智识本身就是一种消化不良，它消化不了任何东西。但是，即便是英国人的饮食，也与我的本能是截然相反的。与德国人的，甚或与法国人的饮食相比，在我看来，英国人的饮食是"回归自然"的一种行为，也就是说，几近于吃人。在我看来，这种吃法是对智力沉重的践踏——一只英国女人的脚……

皮埃蒙特[1]的烹饪术是最好的。

喝酒对我没有益处。每天喝一杯红酒或啤酒，便足以使我的生活陷入"苦海"。在慕尼黑[2]生活的人，是我的反对者。虽然我承认这一认识来得有点晚，但它其实在我还是个孩童时，就已经成为我体验的一部分了。儿时，我相信喝酒、抽烟不过是年轻人受虚荣心所支配，后来才逐渐变成恶习的。也许瑙姆堡[3]的劣质葡萄酒，是导致我对葡萄酒的评价普遍不佳的部分原因。为了相信葡萄酒能令人振奋，我本该做个基督徒——换句话说，我本该相信那些被我视为荒谬的东西。说来也奇怪，即使将少量的酒精和大量的水掺着喝，也会使我感到浑身不适，而直接喝烈酒的话，我几乎会变成

---

[1] 意大利西北部的省份，首府都灵。1888年，尼采居住于此。
[2] 德国的啤酒之都。
[3] 莱比锡西南部的小城，尼采在这里长大。

一片欢腾的焦油。当我还是个小男孩时，就曾在这方面表现过我的虚张声势。我在一夜之间写出一篇拉丁语长文，并对其加以修改和誊抄，渴望用我的笔来仿效我的榜样萨勒斯特[1]的精确和简练，并在上面泼上几杯烈酒。当年我还是声誉卓著的舒尔普福塔中学的学生，这种玩法一点也不违背我的生理，可能也不会违背萨勒斯特的生理吧——然而，它却有辱舒尔普福塔中学的庄严……后来，到了中年，我越来越排斥任何"含有酒精"的饮料：我，一个基于经验的素食主义的反对者，正如是瓦格纳把我重新变成一位老练的肉食者一样，用我尚有不足的诚意劝戒那些较有灵性的人完全戒酒，告诉他们喝水就够了。我偏爱那些处处有水可汲饮的城市（尼斯、都灵、塞尔斯）。据说酒后吐真言：看来我再次与世间所谓的"真理"有了分歧——我的灵运行在水面上[2]……

人们从我的道德观中还可得到一些启示。一顿大餐比只吃一点点更益于消化。消化良好的前提是，要使整个胃部活跃起来。因此，一个人应该知道他的胃口有多大。出于同样

---

[1] 萨勒斯特：生卒年不详，罗马历史学家。
[2] 化用自《创世纪》第2章第1节"神的灵运行在水面上"。

的原因，所有没完没了的暴饮暴食，都应该被坚决取消——比如需要花费太长时间的豪华宴席。正餐之间不吃任何东西，也不喝咖啡——咖啡使人忧郁。茶只有在早上喝才有益。它应该被收起来。茶，量要少，味要浓；茶喝淡了，害处很大，会使人整天无精打采。在这方面，每个人都有自己的标准，差别往往微乎其微。在一个令人疲弱的天气里，通过喝茶开始一天的生活也不是明智的选择，最好在喝茶的前一个小时，先喝一杯脱脂的浓可可。

尽量少坐，不要相信任何不是在露天、在身体的自由活动中诞生的思想——这种思想，甚至连肌肉也欢跃不起来。一切偏见皆源自肠道——我在别处说过，久坐不动是违逆圣灵的真正罪恶。

2

营养问题与地点和气候密切相关。没有人真的能四海为家。一个人若要动用他的全部力量去践行重大职责，那么他在这方面的选择，必定非常严苛。气候对阻碍或加速新陈代谢的影响极大。展开来说，选错了地点和气候，不仅会使一个人疏远他自己的使命，而且还会使他对自己隐瞒这一使命，甚至使他无法正视这一使命，以至于他的身上永远无法获得足够的动物元气，以达到精神自由的境地，使他自己的灵魂低声地对他说："我，只有我能做到……"

肠胃中哪怕有少许懒惰的倾向，一旦养成恶习，就足以使天才变成庸人，变成某种"德国式"的俗物。单单是德国的气候就足以使那些最强健、最英勇的肠道气馁。新陈代谢的节奏与精神步点的敏捷或笨拙密切相关；精神本身也是一种新陈代谢。我们可以罗列出那些曾经出过杰出人物，或仍然有杰出人物出现的地方。在这些地方，诙谐、精明和怨毒属于幸福的一部分；天才来到这里，几乎就像回家。值得庆幸的是，所有这些地方的气候都异常干燥。巴黎、普罗旺斯、佛罗伦萨、耶路撒冷、雅典——这些地名说明：天才的诞生仰赖于干燥的空气和纯净的天空。也就是说，仰赖快速的新陈代谢，仰赖可供随时汲取的恢弘富丽的力量之源。

我印象中有这样一个案例：一位智识非凡、思想独立的通人，变成了一个见识狭隘、性格懦弱且固执的喜怒无常的老怪物，仅仅是因为他对气候的微妙变化缺乏敏锐的直觉。如若不是疾病迫使我寻求理性，并现实地反思理性，我自己也可能会沦落到这般境地。如今，通过长期实践，我的身体就像一台精密准确的仪器，从它上面能够读出气候和天象的变化，及其可能对自身造成的影响。即使是在从都灵到米兰这样短的旅程中，我也能够通过观察自己的生理系统，测算出大气湿度的变化。我不无恐惧地想到这样一个可怕的事实：我这一生，直到最近十年——最危险的十年——总是在错误的，在我看来是最不适宜的地方度过的。瑙姆堡、舒尔普福塔、图林根、莱比锡、巴塞尔——对我这样的生理状况来说，都是不祥之地。

假如我的整个童年和青年时代都未曾留下什么愉快的回忆，那么，用所谓的"道德"原因来诠释我的童年和青年时代，纯属胡闹——比如，无可争辩的事实是，我缺少能使我满意的同伴，因为直到今天我还是一仍其旧，而这并不妨碍我成为一个开朗和勇敢的人。毋宁说，正是在对生理问题一无所知的情况——这该死的"唯心论"——才是我生命中真正的诅咒，是完全多余而愚蠢的东西，从中长不出任何优良的果实。受惑于唯心论，既解决不了任何问题，也无法获得任何补偿。因此，我把所有的错误、所有对本能的巨大偏离，以及所有把我从我的生命任务中拉出来的"适度的特殊情况",都看作是这种"唯心论"的结果。比如说,我成了语言学家——为什么不至少当一个医生或其他任何可能使我大开眼界的人物呢?我在巴塞尔时,包括我的日程安排在内的全部智力活动,完全是毫无意义地滥用自身的非凡才智,且对自身的消耗没有丝毫补充,甚至没有考虑过自身的消耗以及该如何补充消耗的问题。我完全缺乏为自己考虑的敏感,完全缺乏对必要的自我保护本能的关切与呵护;完全把自己视为等闲之辈,处于一种"无私"的状态,忘了他人和自身的距离——简而言之,在这件事情上我永远无法原谅我自己。当我快走投无路时,我开始反思我生命中根本的荒谬——"唯心论"。是疾病,最先把我带向理性。

3

先是选择营养,接着选择气候和地点,最后,选择恢复力量的方式,且绝不能有任何差池。在这里,再一次根据精神的独特程度,精神对自身所允准的范围——换句话说,对他有益的东西的范围——变得越来越受限。就我个人而言,阅读通常是我疗伤的一种方式,它意味着把我从自我中解脱出来，使我能在陌生的科学和灵魂中漫游——事实上，阅读属于我不再较真的事情。的确，正是阅读使我从我的较真中恢复过来。在我全身心投入工作的这段时间里，在触手可及的地方找不到一本书。我永远不会允许任何人在我面前发言，甚至思考，因为这就是阅读的意义。

有没有人注意到，精神孕育的过程注定会使意识，甚至整个机体陷入极度的紧张中，偶然事件或任何外部刺激，都会对其造成极其剧烈的影响，带来过于深重的"打击"？必须尽量避开偶然事件和外部刺激：筑起自我隔离的壁垒是精神孕育之际首要的本能措施之一，我能允许一个奇怪的想法偷偷地翻过墙来吗？这就是阅读的意义……

劳作有时，收获有时，恢复也有时：来吧，你们这些可爱的，拥有聪明、智慧的书！——那是些德语书吗？我回想起半年前，当时我手里拿着一本书。那是一本什么书呢？——是维克多·布罗查德[1]的杰作《希腊怀疑论者》，其中，采纳了我

---

[1] 维克多·布罗查德（1848—1907年），是与尼采同时代的法国哲学家、哲学史家。

在《拉尔修》[1]中的观点。怀疑论者！——这是那些两面甚至多面的哲学家群体中唯一值得被尊敬的一类！

另外，我几乎总是在同一类书中寻求慰藉：它们加起来只有寥寥几本，都恰好是我应得的报偿。也许我的天性不太适合泛览流观各类杂书，图书馆会使我生病。爱好广泛而庞杂似乎也不是我的天性。我对新书的怀疑甚至是敌意，更贴近于我的本能感受，而不是"宽容""大度"和其他形式的"邻人之爱"。

我总是一次又一次回到少数几位法国老作家那里；我只相信法国文化，把欧洲其他一切自称"文化"的东西都看成是一种误解。我甚至没有把德国考虑在内……以我在德国遇见的少数几位有高阶文化修养的人为例，他们都出身法国。最显著的例子是柯西玛·瓦格纳大人，她在审美品位方面的见解，迄今为止，堪称一语中的之定论……

我不读帕斯卡尔[2]，但我确实爱他，我把他看作是对基

---

[1] 尼采早期的哲学论著。拉尔修，3世纪上半叶古希腊哲学史家，著有《名哲言行录》。
[2] 帕斯卡尔（1623—1662年），法国物理学家、哲学家，著有《思想录》。

督教最具本能意义的献祭,他是一寸一寸地杀死自己的,先是肉体,然后是精神,全然依循可怕的逻辑一致性,以这种最令人惊骇的不人道的残忍形式置自己于死地;我的灵魂中是否有一些蒙田[1]式的恶作剧,谁知道呢?也许我的肉体中也有。我的艺术旨趣,一方面竭力为莫里哀[2]、高乃依[3]、拉辛[4]等名字辩护,另一方面对莎士比亚[5]这个疯狂的天才不无怨恨——所有这一切,都未曾妨碍我把晚近的法国人也看作令人陶醉的伙伴。我想不出历史上有哪个世纪,能像今天的巴黎那样,拥有一群如此好奇,同时又如此敏感的心理学家:我随便提几个——因为他们的人数委实不少——例如保

---

[1] 蒙田(1533—1592年),法国文艺复兴时期人文主义思想家、散文家,著有《随笔集》。
[2] 莫里哀(1622—1673年),法国喜剧作家、演员、戏剧活动家。
[3] 高乃依(1606—1684年),17世纪上半叶法国古典主义悲剧的代表作家,法国古典主义戏剧的奠基人。
[4] 拉辛(1639—1699年),法国剧作家,与高乃依和莫里哀合称为17世纪最伟大的三位法国剧作家。
[5] 莎士比亚(1564—1616年),英国文艺复兴时期的剧作家、诗人。

罗·布尔热[1]、皮埃尔·洛蒂[2]、吉普[3]、美拉克[4]、法朗士[5]、朱尔·勒梅特[6]等，或者，还包括这个强大种族中的一员，一个真正的拉丁人，我特别喜欢的莫泊桑[7]。说句心里话，我更喜欢这一代人，甚至胜过这一代人的导师们，因为这些导师都被德国哲学毁了（比如，毁在黑格尔手上的丹纳[8]，对伟大人物和伟大时代的误解，就是拜黑格尔所赐）。德国流风所及，到处都是文化的废墟。正是这场战争[9]，首先拯救了法国的精神……

---

[1] 保罗·布尔热（1852—1935年），法国小说家。

[2] 皮埃尔·洛蒂（1850—1923年），法国小说家。

[3] 吉普（1850—1932年），法国女作家，加布里埃尔女伯爵。

[4] 美拉克（1831—1897年），法国戏剧作家。

[5] 法朗士（1844—1924年），法国作家、文学评论家、社会活动家。

[6] 朱尔·勒梅特（1853—1914年），法国小说家。

[7] 莫泊桑（1850—1893年），19世纪后半叶法国批判现实主义作家，与契诃夫、欧·亨利并称为"世界三大短篇小说巨匠"。

[8] 丹纳（1828—1893年），法国史学家，代表作为《艺术哲学》。

[9] 指普法战争引起了法国人对德国的反感。

司汤达[1]，是我一生中最幸福的意外之一。对我来说，我和一切时代标志式的人物相遇，都是源于偶然，绝非经他人推荐。司汤达是不可估量的人物，他有心理学家的先见之明，能从一系列征兆中预见伟大人物的到来（见爪痕而识拿破仑）；最后，难能可贵的是，司汤达还是一名诚实的无神论者——在法国，也是难以觅寻的罕见标本——在此，一切荣耀归于梅里美[2]……

也许，我应该嫉妒司汤达？他抢走了一个最棒的无神论笑话，而这个笑话本该由我最先讲述："上帝的唯一借口是他不存在。"我本人也曾在什么地方说过：迄今为止，对存在最大的异议是什么？——上帝……

---

[1] 司汤达（1783—1842年），原名马里-亨利·贝尔，19世纪法国批判现实主义作家，代表作有《阿尔芒斯》《红与黑》《帕尔马修道院》。
[2] 梅里美（1803—1870年），法国作家，小说《卡门》的作者。

4

海因里希·海涅[1]给了我一个抒情诗人应该是什么样子的最完美的概念。在千百年来所有的国家中，我寻找一种既甜蜜又热烈的音乐，但一无所获。从海涅的身上，我能看到一种神圣的邪恶，如果没有这种邪恶，我就无法想象完美的存在了。我评估人和种族的价值有一个标准，就是看他们是否懂得上帝之于萨蒂儿，好比形之于影。还有，海涅是怎样挥舞他的母语的啊？总有一天，人们会说，我和海涅是有史以来最伟大的德语艺术家。我们的成就，是纯种德国人在德语上无论如何追赶，都望尘莫及的。我一定和拜伦[2]的诗剧《曼弗雷德》有着深刻的联系：我在自己的灵魂里，找到了与这部作品中所有黑暗深渊所对应的元素——我在13岁时，就已经能读懂这本著作了。对于那些在《曼弗雷德》面前胆敢提

---

[1] 海涅（1797—1856年），德国抒情诗人和散文家，被称为"德国古典文学的最后一位代表"。
[2] 拜伦（1788—1824年），19世纪初期英国伟大的浪漫主义诗人，代表作有《恰尔德·哈洛尔德游记》《唐璜》等，他在诗歌里塑造了一批"拜伦式英雄"。

及"浮士德"的人，我无话可说，唯有冷眼以对。在德国人的构思中，没有为任何"崇高"预留位置：舒曼[1]就是最好的例证。出于对这位令人作呕的撒克逊人的愤怒，我曾专门为《曼弗雷德》谱写了一首"反序曲"。汉斯·冯·彪罗[2]看了后，声称他从未在五线谱上见过这等乐曲，这简直是对音乐女神欧忒耳珀[3]的奸污。

当我四处寻找莎士比亚的最高准则时，我发现只有这一条：他塑造了凯撒这一类型。一个人，要么是这一类型，要么不是，无法靠揣测得出。这位伟大的诗人，只从他自己的现实中汲取创作的源泉，以至于他总是在过了一段时间后，再也不能忍受自己的作品……

翻开我的《查拉图斯特拉如是说》，快速地瞥了一眼之后，我在房间里来回踱步达半个小时，无法抑制住难以忍受

---

[1] 舒曼（1810—1856年），19世纪德国浪漫主义作曲家、音乐评论家。他依据拜伦的《曼弗雷德》创作了同名歌剧。
[2] 汉斯·冯·彪罗（1830—1894年），德国钢琴家兼指挥家，是柯西玛·瓦格纳的前夫，曾是瓦格纳的好友。
[3] 在希腊神话中，欧忒耳珀是缪斯之一，是宙斯与记忆女神谟涅摩叙涅的女儿。她的形象是手持长笛或双管长笛的少女。欧忒耳珀喜爱音乐，一些神话指出她是双管长笛的发明者。

的眼泪。我知道没有比莎士比亚的作品更刺痛人心的了：为了扮小丑，一个人该受多少苦啊！

你能理解哈姆雷特吗？逼人发疯的不是怀疑，而是确信……但一个人必须是深邃的，必须是一个深渊，必须是一个哲学家……才能感受到这一点……我们全都惧怕真相……我承认——我本能地确信，培根勋爵[1]是这种最可怕的文学类型之始作俑者、自虐者——美国那些糊涂蛋和平庸者[2]可怜的饶舌与我何干呢？但是，最伟大的现实主义的远见，不仅与最伟大的现实主义的行动兼容，也与滔天大罪兼容——它实际上预先假定了后者！

我们对培根勋爵的理解还远远不够，他是真正意义上的现实主义先驱。他曾做过些什么，他意欲何为，他在他的灵魂深处所经历的每一件事，我们是无法一一确证了……让批评家们见鬼去吧！倘若我以别的名字印行我的"查拉图斯特拉"，比如用瓦格纳这个名字，那么，两千年的智慧也无法猜

---

[1] 即弗朗西斯·培根（1561—1626年），英国文艺复兴时期散文家、哲学家。
[2] 平庸者：这里指美国研究培根勋爵的学者。

出《人性的，太人性的》的作者是"查拉图斯特拉"的梦想家……

5

在这里，谈及我身体的康复，我必须说一两句话，对使我精神焕发的事物致以最由衷、最深沉的谢意。毫无疑问，这里指的是我和瓦格纳的亲密交往。我对和所有其他人的交往都漠然视之，但是，倘若有人想从我的生活中抹掉在特里普森[1]度过的那些日子——那些值得信赖的、欢快的、庄严而深邃的高光时刻——却是我不愿意的，哪怕他出价再高。

我不知道别人和瓦格纳在一起是怎样的，反正我们的天空没有出现过阴云。说到这里，我还得再次提到法国：第一，我对瓦格纳派以及自认为和瓦格纳是同类的那些人，不想作任何反驳。他们相信瓦格纳和他们一样，并且认为尊敬他们就是尊敬瓦格纳。对这些人，我只想轻蔑地撇撇嘴。我生性与德国人格格不入，以至于只要和某个德国人稍有

---

[1] 特里普森：瓦格纳在瑞士琉森的寓所。

接触，就会妨碍我的消化。与瓦格纳初次见面，是我生命中第一次自由呼吸的时刻：我感到我是把他当作一个外国人来尊敬的，因为他是所有"德国德性"的对立面和反抗者的化身。我们这些在五十年代乌烟瘴气的环境中度过童年的人，在对待"德国"这个概念时必定是心存疑虑的。我们只能作反叛者，别无选择。我们可受不了任何伪善的偏执狂站上顶端。这个伪善的偏执狂今天如何穿衣打扮，是穿鲜红色外套？是穿骠骑兵制服？在我看来都无关紧要。好吧！瓦格纳是个反叛者，他逃离了德国。作为一个艺术家，除了巴黎，瓦格纳无以为家。瓦格纳艺术所期许的五种敏锐的感官，能捕捉微妙细节的手指，以及心理上的病态，都只有在巴黎才能找到。你在任何其他地方，都不会遇到这种对形式问题的如此热忱，对舞台布景的如此认真——而巴黎的认真是最出色的。在德国，没有人对巴黎艺术家心灵中充满的宏大愿景有任何意识。德国人是好伙伴，而瓦格纳身上根本没有一点好伙伴的影子。

但是，关于瓦格纳的真实本性如何，那些和他关系最密切的人是怎么回事，我已经说得够多了（参见《善恶的彼岸》，箴言269）：他是后期法国浪漫派之一，像德拉克洛瓦[1]和柏辽兹[2]等艺术家一样，志存高远、胸怀天意，本质上是病态的、无法治愈的，属于表达上的狂热分子，彻头彻尾的艺术大师……到底谁是瓦格纳聪明的第一个追随者呢？是波德莱尔[3]，他就是第一个理解德拉克洛瓦的人——典型的颓废派，在他的身上，整整一代艺术家看到了自己的影子；他可能也是他们当中的最后一个……我永远不能原谅瓦格纳的是，他向德国人屈尊俯就——他成了一个德国的帝国主义者……德国流风所及，到处都是文化的废墟。

6

从各个方面看，要是没有瓦格纳的音乐，我不知道要如何熬过我的青年时代，因为我被判给了德国社会。如果一个人想摆脱一种难以忍受的压迫感，他就只有吸食大麻了。而我，得听瓦格纳的音乐。瓦格纳是一切德国事物的解毒

---

1 德拉克洛瓦（1798—1863年），法国浪漫派画家。
2 柏辽兹（1803—1869年），法国浪漫主义作曲家。
3 波德莱尔（1821—1867年），法国颓废派诗人，代表作为《恶之花》。

剂——事实上,他也是毒药,我不否认。从"特里斯坦"[1]被安排上演钢琴曲的那一刻起——向您致敬,汉斯·冯·彪罗先生!——我就成了瓦格纳的信徒。在我看来,瓦格纳以前的作品太平庸了,太"德国气"了……但直到今天,我仍在寻找一部作品,能与"特里斯坦"媲美的作品,具有同样可怕而美妙的无穷魅力;我找遍了所有的艺术领域,却总是徒劳的。只要"特里斯坦"的第一小节音符响起,达·芬奇[2]作品的所有古雅情趣便会瞬间失去其符咒一般的魔力。毫无疑问,这部剧作是瓦格纳的登峰造极之作;在"特里斯坦"之后,《纽伦堡的名歌手》和《尼伯龙根的指环》的创作对他来说不过是一种放松。他变得更健康了——这在本质上,是瓦格纳自身的一种退步。作为一个心理学家,我的好奇心是如此之大,以至于我认为,能够生活在正确的时代,又恰好生活在德国人中间,以便能够胜任这项工作,是一种相当特殊的优待了。如果一个人从来没有病到足以换取"地狱般的淫荡",那么,他的世界一定是空乏的:在这里采用一种神秘主义的语言形

---

[1] 瓦格纳创作于1859年的一部歌剧,全名为《特里斯坦和伊索尔德》。
[2] 达·芬奇(1452—1519年),意大利文艺复兴时期的代表画家。

式，是被允许的，甚至是必要的。我想，我比任何人都懂瓦格纳的惊人技艺，那五十重奇异的世界，除了瓦格纳，没有人能够翱翔其上；正如我今天还活着，而且强大得足以把最可疑、最危险的事情转变为于我有益的事情，从而让自己变得更强大。我把瓦格纳认作是我生命中最大的恩人。将我们紧密联系在一起的事实是，我们遭受的痛苦，甚至我们相互间的伤害，都远远大于当今大多数人所能承受的痛苦，这将使我们的名字永远铭刻在人们的脑海里。正如瓦格纳被德国人误解了，事实上，我也被德国人误解了，而且将永远如此。

首先得有两百年的心理和艺术训练，我亲爱的同胞们！……然而，为时已晚。

7

我只想对听力极其敏锐的读者说：我从音乐中真正体会到的是什么。音乐，就像十月的某个午后，它必须是欢快而又深邃的，它必须是原创的、丰腴的、温柔的，是一个调皮而优雅的、娇柔的女人。

我永远不会承认德国人懂什么音乐。那些所谓的德国音乐家，特别是那些最伟大、最著名的音乐家，都是外国人：斯拉夫人、克罗地亚人、意大利人、荷兰人或犹太人。要不然，就属于德国人中的强大种族，像海因里希·施里茨[1]、巴赫[2]和亨德尔[3]一样，但这个种族已经灭绝了。对我这个十足的波兰人来说，能留住肖邦就好了，让所有其他的音乐见鬼去吧。也许，有三个例外，首先是瓦格纳的《齐格弗里德牧歌》，兴许再算上李斯特[4]的一两件作品，他在高贵的管弦乐编曲上能胜过所有的音乐家；最后是在阿尔卑斯山之外创作的一切——应该说在阿尔卑斯山的这一边[5]。我不可能辜负罗西尼[6]，更不可能辜负我在音乐方面的南方灵魂，我的威尼斯大师彼得·加斯特[7]的作品。当我说起阿尔卑斯山之外，我真

---

[1] 海因里希·施里茨（1585—1672年），德国作曲家。
[2] 巴赫（1685—1750年），德国音乐家。
[3] 亨德尔（1685—1759年），德国音乐家。
[4] 李斯特（1811—1866年），匈牙利著名钢琴家和作曲家，柯西玛·瓦格纳的父亲。
[5] 尼采写作本文时，在都灵。
[6] 罗西尼（1792—1868年），意大利作曲家。
[7] 彼得·加斯特（1854—1918年），原名海因里希·科塞里兹，德国作家和作曲家，尼采作品的出版人。这里说的威尼斯大师，是就其《威尼斯之狮》而言的。

正指的是威尼斯。如若我要为音乐取一个新的名字,除了威尼斯,我没有别的名字可取。我不知道眼泪与音乐如何区分,我不知道没有恐惧的颤抖,我不知道如何思考幸福,思考南方。

我站在桥上,

最近,在黑黢黢的夜晚。

从远处传来歌声:

它迸出金色的雨滴,

消失在颤动不已的水面。

游艇、音乐、醉醺醺的灯光,

在黑暗中驶向远处……

我的灵魂,一曲弦乐,

不知不觉地颤动,

悄悄地唱起一首游艇之歌,

为纷繁的幸福而战栗。

——可有人聆听到这首歌……

8

在所有这些事情中——在食物、地点、气候和康复方式的选择上,自我保护的本能占主导地位,毋庸置疑,这也就是自卫的本能。闭目不见,充耳不闻,拒之千里——这是谨慎的首要原则,是证明一个人的存在不是偶然而是必然的首要证据。这种自卫本能的通俗说法是品味。它不仅仅命令我们在说"是"的场合要有说"不"的勇气,也命令我们在"不感兴趣"的场合,也要有尽量少说"不"的勇气。一个人必须放弃一切迫使他越来越频繁地说"不"的事物。这一原则的基本原理是,一切防御力量的消耗,不论多么轻微,一旦成为常态和习惯,就会造成巨大的、完全没有必要的损失。我们最大力量的消耗总是由那些最频繁的微小力量的消耗组成。把东西挡在远处,这就是一种消耗,不要在这一点上自欺,把力量浪费在消极的对抗上。仅仅是被迫持续地保持警惕,一个人就会变得软弱到再也无法保护自己。一如我走出我的房子,发现自己置身于一座德国小城,而不是在安静高雅的都灵:我的本能就必定会撑起自己,为了击退从这个被践踏的懦弱世界涌出的一切事物。抑或,我发现自己置身于一座德国的大城市,一个淫乱的所在,什么也不生长,但是所有的东西,不管好坏,都是从外面挤进来的。在这种情况下,我不应该被迫变成一只刺猬吗?但是长刺等于力量的消耗；如果不长刺，而张开慷慨的双手，则是双重的消耗……

另一种审慎的自卫方式是尽量少作反应，远离那些使自己被谴责，让自己丧失"自由"和原创力，而仅仅作为一种反应媒介存在的环境和条件。拿读书为例，一名造诣平庸的语言学家——一天可翻阅200本书——但最终会完全、彻底地丧失独立思考的能力。

他一旦不翻书，就无法思考。他的思考只是对外来刺激（一种读来的想法）的应答——最终，他除了作出反应，别无所长。学者用尽他的全部力量去对已经思考过的东西说"是"或"不"，或者去批评它——而他自己，已经不能思考了……

他自卫的本能已经衰退，要不然他就会抵触书籍。学者是一种颓废的人。我曾亲眼见过那些才华横溢、衣饰华美、自由奔放的人，到了三十岁就已经被书"毁了"，现在他们不过是火柴，需要摩擦才能迸发火花或"思想"。破晓时分，精力充沛之时，去读一本书——我认为这简直是罪孽！

9

至此,我不得不直面这一问题——人如何成为他自己。而且,职是之故,我还得谈谈自我保护艺术的妙笔——利己主义。假设一个人的使命、决心、遭遇都明显超出了平均水准,那么,没有什么比在一生的使命中与自己面对面作战更危险的了。一个人成为现在这个样子的事实,预先假定了他对自己是什么完全一无所知。从这个观点来看,即使是生命中所犯的错误,是暂时的歧途和偏离、迟疑和谦让,以及在那些远离使命的各项任务上的严重挥霍,都有其意义和价值。在这些问题上的大智慧,甚至至高的智慧就会活跃起来:当认识自我注定是毁灭之路,那么,遗忘自我、误解自我、缩小自我,使自我狭隘化、平庸化就会变成理性的选择。用道德主义的话语来表达就是爱邻人,为别人和别事而活,可能是维持最强烈自我的一种保护手段。这是与我的原则和信念相违背的例外情况,在这种情况下我站在"忘我"冲动的一边。在这里,这种冲动所关心的是服务于自我爱护和自我修持。我们必须令意识的整个表面——因为意识即表面——与任何一个崇高的命令保持距离。小心提防每一个引人注目的字眼，每一个引人注目的姿态！要是人们的本能过早地"理解自己"，风险就太多了！与此同时，那种组织有序的、注定支配我们的"理念"，在本能深处不断滋长，渐渐开始发号施令，将我们从歧途和弯道上慢慢引回来。它培养个人的素质和能力，有朝一日，这些素质和能力，将证明自己对你的整个使命是不可或缺的。在没有透露有关"首要使命""目标""宗旨""意义"的征兆前，它就按顺序培养好了所有可供驱遣的能力。从这个角度来看，我的生命简直是个奇迹。为了完成重估价值的使命，一个人需要拥有的能力，可能比任何个人同时拥有的能力更多；而最重要的是那些互相对立而又不互相干扰和破坏的能力。种种能力之间的等级秩序及其距离感；不制造敌意的分布艺术；绝不混淆彼此，也不调和彼此；拥有巨大的多样性，同时又井然有序——所有这一切，都是我本能的首要条件、长期的秘密工作和艺术手法。它至高无上的监护，以超乎寻常的力量表现出来，以致于我对在自我内心里潜滋暗长的一无所知，直到有一天，我所有的能力突然间成熟了，以最完美的状态绽放出来。我不记得自己曾经努力过，在我的生命中，我找不到奋斗的痕迹；我是英雄气质的对立面。"意欲"某事，为某事"奋斗",心怀"目标"或"希望"——我的经验对这些事情一无所知。

此时此刻,我展望我的未来——一个广阔的未来——就像展望风平浪静的海面,一点也不期待有什么事情会和它本来的样子有异:没有任何欲望的涟漪。我压根不想改变某物;我本人也不想变得面目全非……但我一直是这样生活过来的。我没有任何欲望。过了四十四岁,我还能说,我从来没有为荣誉、女人或金钱而烦恼过——我不至于缺这些东西……就这样,有一天我成了一名大学教授——我对这事从未有过丝毫的想法,那时我还不到二十四岁。比那时再早两年,也是这样,我成了一名语言学家,我的第一篇语言学论文(在任何意义上都是我的起始)应我的导师李彻尔[1]之要求,刊于他主办的杂志《莱茵博物馆》。(李彻尔——我怀着敬意提及这一名字——他是我迄今见过的唯一一个天才学者。他具有令人愉悦的迂腐气,这是我们图林根人的特点,甚至一个德国人,具有这种气质也会变得招人喜欢——为了抵达真理,我们宁愿选择隐

---

[1] 李彻尔(1806—1876年),德国古典语言学家,尼采在莱比锡大学的导师。

秘的小径，以上这句话，用在我那位亲近的老乡，那个聪明的莱奥波德·冯·兰克[1]身上，也完全没有低估他……)

10

人们可能会问，为什么我要把所有这些实际上不足挂齿的琐屑小事，按照流水账的方式巨细无遗地一一道来，倘若我注定要投身于伟大的事业。对此，我的回答是：这些琐屑小事——饮食、地域、气候、康复方式、利己主义的全部概念，都不可思议地比迄今为止备受尊敬的一切来得重要。正是这样，我们必须重新学习。在此之前，人类如此诚挚珍视的一切都不是真实的。它们只不过是幻想的产物，或者，更严格地说，是由病态的、最深刻意义上来说有毒的邪恶本能发出的谎言——所有这些概念，包括"上帝""灵魂""美德""罪恶""超越""真理""永生"。但人们却在这些概念中寻求人性的伟大之处及其"神性"……所有的政治问

---

[1] 莱奥波德·冯·兰克（1795—1865年），德国著名史学家，兰克学派领袖。

题、社会问题、教育问题，都被彻底篡改了，因为人们把最恶毒的人视为伟人，被教导轻视生命中"微不足道"的琐屑小事，或者更确切地说，蔑视生命中最基本的要素。倘若我现在拿我自己同那些被尊为第一流的人物相比，差别就更明显了。我根本不拿这些所谓的第一流人物当作人类来看待。对我来说，他们是人类的排泄物，是疾病和复仇本能的怪胎。他们如此败坏，如此无望，如此不可救药，是以自身报复生命的非人。我要与他们为敌：幸运的是，我对健康的每一个迹象都有极其敏锐的洞察力。在我身上，根本没有病态的迹象；即使在罹患重病之际，我也没有病态。要想在我的本性中找到一丝疯癫的迹象，恐怕是徒劳的。没有人能证明，我在我的生命中，何曾抱有傲慢的、可悲的态度。姿态上的虚张声势谈不上伟大；谁故作姿态，谁就是虚伪的，小心提防一切徒有其表的人！

生命是轻松的——事实上对我来说，在它要求我肩负最沉重职责的时期，也是我最轻松的时期。谁在今年秋天的七十天里见过我：怀着对今后千秋万代的责任感，我持续不断地做了许多空前绝后的伟绩——没有人做得了的伟绩，他会发现我身上没有任何紧张的迹象，反而是一副满溢着新鲜喜悦的状态。我从来没有吃得这样有滋有味，睡得这样香甜。据我所知，除了嬉戏，没有其他从事伟大使命的方式：作为伟大的象征，嬉戏是必要的先决条件。最轻微的拘谨，一种忧郁的神态，或生硬的嘶吼——所有这些，都是对人的抗议，更是对人之事业的抗议。

人们不该神经过敏，甚至连忍受孤独也是一种抗议——我一直忍受的唯一一件事就是"群众"。在我出奇幼稚的年龄，事实上，是在七岁的时候，我就已经听不进任何人类的言语了。有谁见到我为此而难过吗？

直至今日，我对每个人都同样和蔼可亲，甚至对最卑微的人也满怀关切，其中没有一丝傲慢或暗地里的蔑视。我若是蔑视谁，很快就会被他识破——我存在的本身，就足以激怒那些血管里流着卑劣血液的家伙。

我认为人之伟大在于热爱命运：伟大的人无论是在当前、过去或未来，都不希望命运有所改变。他不仅承受必须承受的，且绝不隐瞒——在必然性面前，所有的唯心主义都是荒谬的，而是去爱它。

生命是值得持续下去的

1. 存在意义的导师

无论以善或以恶的眼光去看待人们，我发现每个人都有一种本能的倾向，那就是竭力去作任何有助于保护人类种族的事情。这并不是出于他们对种族的热爱，而是出于世上再没有比这种本能更强大、更不可阻挡、更不可战胜的事情了。这一本能，正是我们人类种族的本质。虽然我们很容易习惯于目光短浅地把我们的邻人精确地划分为有用的和有害的、善良的和邪恶的，然而，当我们综合考量，对整个问题作更长远的思考时，我们就不再相信这种界定和划分了，最后只得放弃这种界定和划分。

即便是最害人的人，于人类种族的保护而言，也可能是最有用的；因为他竭力自保，或通过他的影响，使人类避免腐化和衰退。

仇恨、以恶作剧为乐、贪婪和野心，诸如此类被称为邪恶的事物，都属于保护人类种族精妙的制度设计。毫无疑问，这是一种昂贵的、奢侈的，总的来说是一种非常愚蠢的制度设计——然而，它仍被证明是迄今为止保护我们人类种族颇为有效的制度。

我亲爱的同胞和邻人，我不知道你们是否生活在那种危害人类的不利环境中，那些可能对人类造成伤害的物种，或许会使人类在数万年前就已灭绝，或许会使一切糟糕到连上帝也无能为力。放纵你们最好的或最坏的欲望吧！哪怕是毁灭！但无论怎样，它们都可能在某种意义上使你成为人类的推动者和恩人。人们会因此赞颂你或嘲笑你，但你将永远找不到那个真正有资格嘲笑你的人，总有一天他们会良心发现，悲悔交加地向你哭诉，并转身投入真理宽容的怀抱。

有一天，或许我们会自嘲，就像被真理本身所嘲弄一样，因为人类对真理的感受和认知还远远不够，哪怕最杰出的少得可怜的天才也是如此。也许自嘲者还有希望！

当"人类种族才是一切，个体什么也不是"这句格言融入人性时，其所带来的"终极解放"和责任感的缺失，便随时与每个个体紧密相连。也许，这时的自嘲充满了智慧。也许，这就是"快乐的智慧"。但无论如何，这终究是两回事。当存在的喜剧感还没有成为一种"自觉"的意识时，我们便仍然生活在一个充满悲剧的时代，一个充斥着道德和宗教的时代。

这些道德和宗教的奠基人、为道德价值而斗争的煽动者、因良心而懊悔和进行宗教战争的导师们，他们所展现出来的新面孔究竟有何意义？这些站在舞台上的英雄究竟有何意义？他们一直是这里的英雄，所有的一切好像都是为这些英雄而准备的，无论是充当机器、工具，还是充当亲信、仆从。比方说，诗人一直都是某种道德的仆从。

显然，这些具有悲剧性的角色也在为人类种族的利益服务，尽管他们都以上帝的使者自称，自以为一切都是为了上帝。他们促进生命形成信仰，而这无疑是对人类种族利益的一种促成。"生命是值得活下去的"，每位信徒都这样呼告，"生命中总有一些非常重要的东西，保重啊！"这些激励人心的话语，在最高尚和最卑贱的人身上都同样起作用，也时刻激发着他们心灵中的理性和激情，从而为人类种族的保存作出贡献。

他们取得了如此辉煌的成就，并竭力使我们忘却：这一切从根本上只是本能的冲动，愚蠢而荒谬。生命是应该被热爱的，为了……人类应该使自己和邻人受益，为了……！所有这一切的"应该"和"为了",都已被赋予意义,过去、未来皆如是。

伦理学家充当宣讲"存在意义"的导师,其目的在于使那些自发形成的观念,看上去更像是经过深思熟虑才形成的理性戒条。

为此,他甚至发明了一种别样的"存在",以使新理念摆脱旧程式。可以肯定的是,他一点也不希望我们嘲笑"存在"本身,甚至不希望我们嘲笑自己或者他人。对他们来说,个体终究是个体,既不是总和,也不是零。他们的发明和估价是多么愚蠢和狂热,而且严重误解了自然的进程及其共同道德。迄今为止,所有伦理体系都堪称愚蠢,都是对自然规律的违背,以至于要是其中任何一种伦理体系占了上风,人类就会毁灭。

无论如何,每一次"英雄"出现在舞台上,总会响起可怕而雷同的笑声,使许多个体被那些看似意义深远的话语所震动。

"是的,活下去是值得的!是的,我应该活下去!"有那么一阵子,你,我,我们每一个人都再次对生命产生了片刻的热情。不可否认的是,长期以来,笑声、理性和自然总是居于所有伟大道德导师的上风：最终，存在的短暂悲剧总会再次变成永恒的喜剧；用埃斯库罗斯[1]的话来说，"潮水般的无数笑声——令人愉悦的笑声"最终会战胜这些最伟大的悲剧。

尽管存在这些"纠正性"的笑声，但整体来说，人类的本性已经被那些宣讲"存在意义"的导师所改变。现在，人性有了一个额外的需求，那就是对这些"精神"导师和教条有了不断更新的需求。

与别的动物相比，人逐渐成了一种爱幻想的动物，他必须满足一种生存条件：人类必须不时地相信他知道自己为什么存在；没有周期性的对生命本身及其理性的信仰，那么，人类的种族就不能繁荣昌盛了！人类总是不时地宣告："有些东西确实是不能被嘲笑的。"而最具洞察力的慈善家会补充说，"不仅有欢笑和快乐的智慧，还有悲剧及其庄严的无理性，这些都是保护人类种族的各种方式"。

因此，你们明白我的意思吗，哦，我的弟兄们？你们明

---

[1] 埃斯库罗斯（约公元前525—公元前456年），他与索福克勒斯和欧里庇得斯一起被称为古希腊最伟大的悲剧作家，代表作有《被缚的普罗米修斯》《阿伽门农》等。

白这个新的盛衰规律了吗？我们也将有属于我们的时代！

2. 良知

我总是重复同样的经历，总是做出新的努力去抵制它；虽然这是我明明知道的，但我却不愿相信这一事实。在我看来，绝大多数的人都缺乏良知，真的，这是常有的事，当某人发出请求，即令身处大城市的人，也如同置身于沙漠一般孤独，每个人都用奇怪的目光看着你，并以他的尺度来衡量人性的善恶。当你指出这样的衡量并不公正时，他们不会因此而感到羞愧，也不会对你表示愤慨。也许，他们会嘲笑你的怀疑。

我的意思是说，绝大多数的人对其信仰并践行这个或那个理念，事先没有多少了解，以便找到赞成或反对的理由，事后也不认为这是可鄙的，因此，无论信奉何种理念都不会给他们造成任何困扰。即使最有天赋的男人和最高贵的女人，都属于这"绝大多数的人"。

但是，对我来说，拥有善良、文雅和才智的人，如果在信念和判断方面怀有懒惰的情绪，如果对确定性的渴望不是他内心深处的渴望和迫切需要，那么，善良、文雅和才智又算得了什么呢？

在某些虔诚的人身上，我发现了一种对理性的憎恨，并为此对他们抱有好感：这至少证明他们那败坏的良知会出卖他们。

当我们面对"存在"的不确定性和模糊性时，却不予追问和质疑，不因渴望和乐于提问而颤抖，甚至欣喜而毫无厌烦地对待提问者，或许，还颇为自得——这就是我所认为的可鄙，也是我首先在每一个人身上寻找的感觉——总是有蠢人企图说服我，只要是人，都存在这种缺点。也许，这就是我特有的"不公正"风格吧！

3. 高贵和卑贱

对于卑贱的人来说，一切高贵的情操似乎都显得不合时宜，因为最高等的与最上流的皆是不可信的。当他们听到这种事情时就眼睛一眨，似乎在说："毫无疑问，这里面肯定有猫腻，人们不可能看穿所有的墙。"他们嫉妒那个高贵的人，就好像后者在利用卑鄙的手段谋取利益。当他们确信这个高贵的人没有私利可图时，他们就会把他视为傻瓜：他们蔑视他的快乐，嘲笑他眼中流露出来的光辉。

"怎么会有人庆幸处于劣势呢？怎么会有人眼睁睁看着自己处于劣势而无动于衷呢？在这些高贵的情感背后，一定存在着某种理性的缺陷。"——他们一边这样想着，一边露出不屑一顾的神态，正如他们鄙视疯子从自己固执的想法中获得快乐一样。卑贱的本性之特点在于，它会把自己的优势坚定地摆在人们的眼前，而这种对结果和利益的执念甚至比最强烈的冲动还要强烈；它还劝解人们不要被冲动所诱惑，不要因此做出不明智的事情来，这就是它的智巧和妙算。

与卑贱的天性相比，高贵的天性更无理性一些——因为高贵的、宽宏大量的和自我牺牲的人事实上会屈服于他的冲动，当他最得意时，他的理智完全丧失了。一只动物会冒着生命危险去保护幼崽，或者在配对季节，尾随濒临绝境的雌性，毫不顾及危险和死亡；它的理性暂时停顿，因为它将所有的喜悦都倾注于幼雏或雌性身上，害怕失去这份喜悦的恐惧心理完全支配着它；它变得比平常时刻更愚蠢，就像高贵的、宽宏大量的人一样。

他具有如此强烈的喜悦和痛苦，以至于理智要么沉默，要么屈就：于是，他的心脏取代了他的头脑，人们将其称之为"激情"，（诚然，到处都存在与之相反的状况，仿佛是"激情的逆转"。例如，有人曾将手放在丰特奈尔的心上说："你这里有的，我最亲爱的朋友，也是大脑啊。"）这是非理性，或者是激情的反常理性。卑鄙者藐视高贵者身上的这种特质，尤其是当激情指向的对象之价值在其看来是空想而独断的时候。他恼怒那些屈服于感情冲动的人，他明白诱惑在此扮演着暴君的角色。但他不明白的是，譬如说，一个人出于对知识的热爱，竟然会押上自己的健康和荣誉。

天性高级一点的品味致力于特殊的事情，这些事情通常不会引发多数人的兴趣，似乎也谈不上美妙。天性高级一点的品味有其独特的价值标准，然而，它主要是相信，这种品味的特质在于没有单一的价值标准。相反，它把它的价值和非价值都设置为合乎情理的有效值和非有效值，因此变得难以理解和不切实际。

一种高贵的天性，极少有这么多的理性去理解和对待日常生活中的人。在很大程度上，它相信自己的激情是每个人都隐藏着的激情。正是基于这一信念，它充满了热情和雄辩。

如若这些特殊的人并没有意识到自己是特殊的,他们又怎能去理解卑贱的天性,并公正评价普通人呢!因此,他们总是在谈论人类的愚蠢、无能和胡思乱想,对世界的疯狂表示惊讶,而不明白有些事"是必须如此的"。

这就是高贵者永恒的不公正。

4. 是什么保存了人类的种族

迄今为止,最强大、最邪恶的灵魂一直在推动人类前进——他们总能重新点燃人类沉睡的激情——秩序井然的社会都催人入眠。他们总是一再唤起人们的攀比感、撕裂感,对新鲜事物的喜悦、对冒险的热衷和对未知事物的好奇感。他们迫使人们提出新的看法和不同的意见,用这一理想模式去对抗另一理想模式。为达成其目的,他们通过武力,通过打破边界,通过亵渎虔诚,甚至通过新的宗教和道德!

同样的"邪恶"存在于每一位新学派的导师和传道者身上——这种"邪恶"使征服者声名狼藉,尽管它表达得更为优雅,而且不会立即引起肌肉的反应,但恰恰也是因为这一点,它才没有臭名昭著!然而,新事物在任何情况下都是邪恶的，它想要征服，试图打破旧的边界和旧的虔诚。"只有旧的才是好的！"每个时代的好人，都根植于旧的思想，并使之开花结果，这些精神事业的农场主！但是，每一块土壤最终都会被耗尽，而罪恶的犁铧总会再次到来。如今，有一种根本错误的道德理论，在英国尤其著名：根据这一道德理论，"善"和"恶"的判断依据是"有利"与否；凡是有利于保护人类种族的，就是所谓的"善"；凡是不利于保护人类种族的，就是所谓的"恶"。事实上，恶的功能和善的功能一样，在某种程度上都具有权宜性、不可缺少性和保护性，只是它们的作用不同罢了。

5. 绝对责任

所有觉得需要最强烈的措辞和音调、最雄辩的手势和气度的人，革命政治家，社会主义者，基督教或非基督教的布道家，所有这些人，都不接受"一半的成功"。他们都谈到了"责任"，事实上，这都是些绝对责任——如若没有这些责任，他们甚至连感伤的权利都没有，他们很清楚这一点！因此，他们创设道德哲学，宣扬某种绝对律令，或者吸收一大堆宗教，就像马志尼[1]所作的那样。因为要得到无条件的信任，首先必须无条件地相信自己，以某种终极的、无可争辩的、固有的崇高律令为基础，并乐于成为这一律令的仆人和工具。

在这里，我们看到了道德启蒙和怀疑主义最具天赋和影响力的反对者，但这些人毕竟是很罕见的。而另一方面，在利己主义思想泛滥的地方，总会存在这些广泛意义上的反对者，尽管声名和荣誉似乎都在阻止它。

当某个骄傲的古老家族的后裔，想到自己是某个君王、政党、教派，甚至是某个权势之家的代表时，他便会感到自尊心受辱——但他仍然希望在自己和公众面前，成为某种工具，或必须成为某种工具。这样一个人需要的原则，是在任何时刻都可以求告的感伤的原则：一个绝对"应该"的原则，使人可以公然地、毫无羞愧地顺服于它。所有更高贵的奴性，都坚守绝对律令，那些想要剥夺绝对责任的人，正是其死敌：礼仪要求他们这么做，而不仅仅是悲痛。

---

[1] 马志尼（1805—1872年），意大利革命家。

6. 尊严的失落

冥想已经丧失了它所有形式的尊严，冥想者那种庄重、肃穆的仪态已成为笑柄，我们再也不能容忍老派的智者了。当我们旅行、散步，应对种种琐事甚至是某些最为严肃的事情时，我们的思考都太过于匆忙。我们几乎不需要准备，甚至连稍许的镇静都不需要了：就好像我们每个人的脑袋瓜里都安装着一台永动机，即使在最不利的环境下，它仍能运转如常。

从前，当某人注视对方时，能告诉对方的也只是他即将要思考的问题，而这种情形也是特别罕见的。现在，他意欲变得更为智慧，作随时准备思考状。他就像一个祈祷者，苦着一张脸，以待思想一旦降临，他便可以单脚或双脚站立在大街上数小时。

这样做，竟是被"事物的尊严"所要求的！

7. 费力的工作

现在想要研究道德问题的人，他将面对一大堆要做的工他意欲变得更为智慧,作随时准备思考状。他就像一个祈祷者,苦着一张脸,以待思想一旦降临,他便可以单脚或双脚站立在大街上数小时。

作。所有的激情都必须按照年代、民族、伟大或渺小的个体单独思考、单独追索。它们的一切理性，对事物的一切评价和解释，都应当暴露在光天化日之下！

迄今为止，一切给存在增光添彩的东西都缺少一段历史：哪里去找关于爱的历史、贪婪的历史，以及嫉妒、良知、虔诚和残忍的历史呢？甚至关于规训和惩罚的比较史，也完全是空白的。关于对日子的不同划分，劳动、吃喝及休息时间的固定安排，有人作过调查吗？我们知道食物的道德影响吗？有营养哲学吗？（目前，不断出现的素食主义和反素食主义的强烈争论，证明根本不存在这样的哲学！）有谁收集过人类群居生活的经验吗？比如修道院？有谁阐释过婚姻和友谊的辩证法吗？学者、商人、艺术家和工匠的种种习惯，找到它们自己的思想家了吗？要思考的事情实在太多了！迄今为止，所有这些都被认为是人类的"生存条件"，而这其中的一切理性、激情和迷信，都被研究彻底了吗？根据不同的道德境况，单单观察人类的冲动已经达到或可能达到的不同程度，就能给最勤奋的人带来太多的工作！为了穷尽这里所提供的各种观点和材料，需要整整几代人，以及一代又一代的学者长期合作。这同样适用于展示道德境况差异的原因。

("这颗涵盖了基本道德判断和最高价值标准的太阳为何在这里闪耀——而另一颗太阳又在哪里闪耀？")

于是，又有一种新的工作指出了所有这些理性的错误，并鉴定迄今为止所作出的道德判断的整个本质。假设要完成所有这些工作，最关键的问题就会进入前端：科学已被证明它可以终止或毁灭人类行动的目标，那么，它是否还能为人类继续提供行动的目标呢？然后便是一连串的实验，而在实验的过程中，每一种英雄主义都可以得到满足，这是一场延续了好几百年的实验，它将使以前历史上所有伟大的劳动和牺牲都黯然失色。迄今为止，科学还没有建立起它"独眼巨人"[1]式的结构。不过，这一刻终会到来。

8. 无意识的德行

一个人所意识到的一切品质——尤其是当他认为这些品质在他所处的环境中是随处可见时——与那些他一无所知或知之不详的品质相比，受完全不同的发展规则制约。其微妙

---

[1] 古希腊神话中的巨人，其独眼长在额头上，擅于锻造。

在于：他一无所知或知之不详的品质可以把自己隐藏起来，让最敏锐的观察者什么也看不见，使其看似隐于虚无一般。

这就好比在爬行动物的鳞片上做精细的雕刻，倘若你将这些雕刻看成是装饰品或爬行动物的盔甲，那就大错特错了。只有借助显微镜，我们才能看清楚这些雕刻。或许，我们需要一双人工的像动物一般敏锐的眼睛，才能将那些雕刻看成装饰品或盔甲。但是，我们要怎样才能拥有这么一双眼睛呢？

我们遵循自然，展现出所有易于被人觉察的美德，尤其是那些我们相信能引人注意的美德。与此同时，我们也遵循自然展现出那些不怎么引人注意的美德。尽管它们也有着相似的属性，但对别人而言，那些品质既不是装饰品，也不是盔甲。也许，其中一种美德竭尽所能博得上帝的眷顾，最终也只是得到了一面"神圣的显微镜"。

例如，我们的勤奋、我们的抱负、我们的洞察力：全世界都知道这样的美德。而且，我们可能拥有更多的勤奋、抱负和洞察力。但是，对于这些爬行动物身上的鳞片——显微镜还没有被发明出来呢！而此时，人的本能会说："万岁！他至少认识到了无意识的美德是可能的——那就够了！——

啊，你们这些容易满足的家伙！"

9. 我们的爆发

人类在其早期就获得了无数的东西，但由于它们还处在十分微弱的萌芽时期，以致没有人能够确认它们已被人类获得。在很久以后，也许是好几个世纪吧，那些东西突然被抛入光明之中：这时，它们已茁壮和成熟。某些时代似乎缺乏某种天赋或美德，就像某些人一样。让我们静心等待它们的子孙后代吧——如若我们有时间等！它们会把人类自身尚无知觉的内在品质彰显于人前。当然，儿子确实常常是父亲的反叛者，而父亲也因为有了儿子，对自身有了更深层次的理解。所有人的内心都隐藏着一个巨大的"花园"，我们一直都是其中的耕耘者，用另一个比方来说，我们都是活火山，终会有爆发的那一刻——至于何时爆发，那一刻离我们是近是远，当然无人知道，就连全能的上帝也不知道。

10. 返祖现象

我最喜欢思考某个时代的极少数人，他们有如过去文化的突然浮现，其影响力并未随着时代的变迁而消退。这就是人类文明的一种返祖现象。因此，他们仍有许多有价值的东西值得我们去探索。

现在，人们似乎觉得他们很陌生、稀罕和特别。可是，无论是谁，只要能感受到自身力量的人，都必定会为他们辩护，并尊崇和保护他们，等待他们变得更成熟。

因此，这极少数的人要么成为一个伟人，要么成为一个精神错乱的怪物，除非他很快彻底垮掉。在过去，这种特质是普遍的，因此人们也习以为常：他们在人群中并不能脱颖而出。也许他们先天注定要成为伟人，精神错乱和孤独对他们并不构成危险，而普通人对此完全没有抵抗力。这主要是因为旧冲动的后遗症，会出现在一个国家的古老家族和种族特性中，而在种族、习惯和价值变迁过快的环境里，这种返祖现象不可能出现。因为人类进化力量的节奏，暗示着和音乐一样多的东西。就我们的情况而言，进化的"行板"如同一种热情而缓慢的精神节奏，是绝对必要的，毕竟这是保护人类世世代代的精神所在。

自我舍弃

1. 致无私的导师

一个人的道德之所以被称为"善",不是因为这对他有好处,而是因为我们期望由此为我们和我们的社会带来好处:一直都是这样的,我们在赞扬道德时很少无私,很少"非利己主义"。否则,我们将不得不承认诸如勤奋、服从、贞洁、虔诚、正义之类的道德,对其拥有者几乎是有毒的,作为一种冲动,道德对人们的支配实在是太强烈、太贪婪了,决不会让理性去协调它与其他冲动之间的平衡。如果你拥有一种道德,一种真实的、完美的道德,而不只是一种趋向道德的冲动!——那你就是它的受害者,而你的邻人正是在这一点上赞美你的道德!人们赞美勤奋,尽管勤奋使人的视力、精神的创造力和勃勃生机受损。

那些被工作耗尽的年轻人,人们为之惋惜,更引以为荣,因为人们认为"于整个社会而言,失去最优秀的个体只是一个小小的牺牲!真是遗憾,但这种牺牲是必要的。而更遗憾的是，如果个体竟然有不同的想法，把他的自我保存和发展看得比服务于社会的工作重要"。因此，他们为这个年轻人惋惜，不是因为他本身，而是因为他是个尽职的机器，对自己完全不管不顾——一个所谓的"好人"，因为他的牺牲使社会有所损失。也许有人会进一步这么想，如果他在工作时不那么不顾惜自己，从而使自我保存得更久一点儿，那么，这对社会是否会更有利呢？

但人们看重的是另外一种利益，也就是说，祭品已经制成，而对作为祭品的动物的处置，再一次得到了不言而喻的公示——因为这样的利益更强大、更持久。

相应地，当人们赞美道德时，人们首先赞美的是道德的工具性质，其次才是道德中盲目的支配性冲动，这种冲动拒绝受控于个人的普遍利益；简而言之，赞美的是道德中的非理性成分，在此基础上，个人允许自己被转化为整体的一项功能。对道德的赞扬，就是对个体有毒事物的赞扬；正是这种对道德冲动的赞美，剥夺了一个人最高贵的自爱和最卓越的自我保护之动力。诚然，在道德习性的训导和实体化过程中，显现出了一系列的道德效果，这使道德看起来似乎和个人利益是密切相关的——而事实上，也确实存在这样一种关联!比如,盲目狂热的勤奋就是一种典型的工具性道德,它被认为是通向财富和荣誉的途径,是摆脱无聊和激情最有益的解药;但关于它的威胁和它的危险性,人们却三缄其口。教育自始至终都是这样进行的:它试图通过一系列的诱惑和奖励,使个体谙习于这种思维和行为模式,当这种思维和行为模式成为习性、冲动和激情时,就支配他,凌驾于他,使其为了一种"普遍的善"而去反对自己的最大利益。

这种情形我见得多了,盲目狂热的勤奋确实创造了财富和荣耀,但也毁掉了精致的器官,而只有凭借它,享受财富和荣耀才是可能的;这样,对抗无聊和激情主要的权宜之计,同时也钝化了感官,使精神对新的刺激变得麻木了!所有时代中最勤奋的——我们的这个时代——但我们并不知晓如何从巨大的勤奋和财富中去创造一切,除了总是越来越多的财富和越来越多的勤奋之外;分配财富比获取财富更需要智慧!——好吧,我们会有我们的"孙辈"的!

如果这种教育方式成功了,个体的每一项道德,就都变成了对公众的效用。而对于最高级的个人结局,则纯属私人的损失——可能是某种精神感官的发育迟滞,甚至是过早的解体。人们应该以同一立场来相继地考虑服从、贞洁、虔诚和正义的道德。赞美某人无私、勇于自我牺牲、道德高尚，也就是说这个人没有把他自己的全部精力和理性用来保存、发展、提升、促进和增添个人的权益，活得谨慎而草率，也许甚至带点儿冷漠或讽刺。这种赞扬无论如何都不是源于无私的精神！邻人赞扬其无私，是因为他能从中获利。如果邻人真有"无私"的倾向，他将拒绝自废武功，以免伤害自我的利益。他将从根本上阻止这种"无私"倾向的发展，甚至为了证明自己的"无私"，不再将这种道德称之为"善"！

这种道德目前备受尊崇，其根本矛盾已经表明：这种道德动机与其行事原则是相反的！这种道德既想以此来证明自己，却又以道德的标准来驳斥自身。

标榜"你应该放弃自我，把自我作为祭品奉献出来"的人，为了不违背他自身的道德，只有当他放弃了自身的利益，并且可能在必要的个人牺牲中自我解体时，他才有资格颁布这样的法令。然而，一旦邻人（或社会）出于利己主义的考虑而提倡利他主义时，一个针锋相对的命题也会被使用——"你应该牺牲他人来谋求自我利益"，"你应该"和"你不应该"就这样同时被宣扬了！

2. 国王一天的日常

一天开始了,让我们动手安排今天的事务和安排我们最仁慈君主的节日盛宴,此刻他仍在安眠。今天王国的天气很坏,但我们要小心,别谈论天气的好坏,甚至别说起天气。不过,我们今天的活动将比平时更隆重一些,气氛也会比平时更喜庆一些。

国王陛下甚至可能生病了。我们将在早餐时告诉他一个令人欣喜的消息:昨天晚上蒙田先生已经来了,他懂得如何拿陛下的病体开一些令人愉快的玩笑——陛下患了结石病。

我们将接待好几个人,那只被吹捧上天的老青蛙也在其列,如果它听到了"我不是人"这句话,它会说,"但我总是这件事物本身"[1]——这次接待将会持续很长时间,超乎令人愉悦的程度。这就有足够的理由去诠释某人题在门上的诗了:"谁到这里来,都是我的荣耀;谁若不来,那真是谢天谢地!"[2]——就是说,彬彬有礼地表达自己的粗鲁!也许这

---

[1] 参见蒙田《致读者》一信。
[2] 尼采在他的笔记里提及这句话出自奥日埃。奥日埃(1820—1889年),法国剧作家。

位诗人的无礼事出有因。他们说他作的诗比蹩脚诗人的强。

好吧,那就让他多作些诗吧,让他尽可能远离这个世界。毫无疑问,这就是他有教养的粗鲁的真正含义啊!另一方面,一个君王总是比他的"诗歌"更有价值,即使——但我们在说些什么呢?我们爱说长道短,整个宫廷都认为我们已经在绞尽脑汁地工作,没有比我们窗上闪耀的烛光更早被人看见的了。听!那不是钟声吗?舞会已经开始了,而我们还不清楚如何安排节目,我们必须临时想出点法子,这一天整个世界都在即兴演奏。今天就让我们和整个世界一起即兴一回吧!

大概是塔楼上的大钟被猛烈敲打的缘故,我那美妙的晨梦突然消失了。钟声正以它特有的庄严宣告五点钟的到来。这一次,梦之女神似乎想拿我的习惯取乐——我习惯以安排好各项事务作为我一天生活的开始。这样做是恰当的,使我能够从容地持续下去。

可能我处理这一切的方式太过郑重其事了,太像一个君王了。

3. 腐败的特征

以下现象是我们在社会生活中观察到的，可以用"腐败"这个词来形容。

第一，任何地方一出现腐败，杂七杂八的迷信就会占上风，同它相比，一个民族延续至今的普遍信仰就变得苍白无力；因为这些迷信是底层阶级的一种"思想自由"——迷信者拥有选择的自由，他们可以从中挑选适合自己的特定形式和教条！与宗教信徒相比，迷信者更像是一个个独立的"个体"，而一个迷信的社会，就是个体众多、标榜个性的社会。从这个角度来看，与信仰相比，迷信总是呈现出一种进步，一种智力变得更加独立并要求自我权利的标志。那些敬畏古代宗教和有宗教倾向的人则抱怨腐败——他们至今还决定着语言的用法，甚至最崇尚自由的灵魂，也给迷信以恶名。我们意识到，这实际就是启蒙主义的征兆。

第二，一个腐败盛行的社会因懦弱而受到指责：在这样一个社会里，对战争的钟情和投身于战争的喜悦都明显减少了。而今，人们对舒适生活的渴求，与从前对战争和体育荣誉的渴求是一样的急迫。然而，有一个事实却经常被我们忽略：古老的民族活力和民族激情，在战争和锦标赛中曾经获得过显赫的荣光，而今已转化为无数个人的激情，几乎很少为人察觉了。

的确，在"腐败"年代，一个民族所消耗的精力，可能在数量和质量上都会超出以往任何年代。个人的挥霍无度，达到了今非昔比的地步——当时的人还不曾富足到可以这么做作！因此，正是这样一个"懦弱"的年代，悲剧作品在街头泛滥，热烈的爱恨也由此诞生，知识的焰火猛烈地燃向天际。

第三，似乎是为了弥补对迷信和懦弱的谴责，人们习惯于这么说：腐败时期的人们是相对温和的，与较古老、较强健、较虔信的时期相比，残忍的行为也大大减少了。但对于这种赞扬，我不能苟同，除了谴责，我还能说什么呢？换句话说，残酷行为现在变得更优雅了，它的旧形式已经不能满足于现在人们的口味了。但是能够诉诸言语的触目可见的那些对人造成的伤害和折磨，却在"腐败"时期达到顶峰，于是，邪恶和以邪恶为乐由此诞生了。腐败时期的人们机智诙谐而又暗藏恶意；他们知道除了匕首和埋伏之外，还有其他的谋杀方式——他们还知道，说得好听就有人信。

第四，当"道德沦丧"时，有人说，那些被称为暴君的人便现身了；他们是先驱者，在某种程度上，他们也是早熟的初生婴儿。过不了多久，这些挂在民族之树上的果实之王就会成熟、发黄——这树就是为了结出这样的果实而存在的！当败坏达到极致，而各种暴君之间的冲突也同样达到极致时，就会出现凯撒。这最后的暴君，利用精疲力竭者为他效力，来结束使人精疲力竭的主权争斗。在他的时代，个体通常是最成熟的，"文化"也因此达到鼎盛，取得显著的成果。但这一切既不能记在他的账上，也不能归功于他。尽管那些最高等级的文化人都喜欢宣称凯撒对他们有再造之功，以此来向他献媚。然而，真相是，他们需要外部的平静，因为他们有内在的忧虑和劳苦。在这样的时代，收买和背叛达到了顶峰：因为人们对初次发现的自我之热爱，远远比对古老的、疲惫的、陈腐的"祖国"之热爱更有力；为了在跌宕起伏的命运中保护自身的安全，一旦某个有钱有势的人在行动上显示出向大家施舍金钱的意图，即使是再高贵的人，也会张开他的手。那时，人们对未来少有确切的把握，只为当日而活：这种心理状态，使每一个诱惑者都能玩一个简单的游戏——人们只是"暂时"让自己被误导和收买，而事实上为自己保留着未来和美德呢。

众所周知，这些个体，这些只为自己而活的人，与那些与他们反其道而行的博爱者相较，更关切自身的现状，因为他们认为自己和未来一样不可预知。同样地，他们也乐于依附暴君，因为他们相信他们自己能够见机行事，既不指望大众的理解，也不指望大众的支持——但暴君或凯撒理解个人的权利，甚至在他荒淫无度之时，他仍有雅兴为个体的无畏道德代言，甚至援之以手。

因为他这样顾念自己，也希望人们这样顾念他，正如拿破仑那句具有古典风格的名言——"我始终有权利以这样的方式来回答所有针对我的控诉。我与整个世界无关，我不接受任何人的条件。我希望人们也服从我的幻想。如若我沉溺于这样那样的消遣，我希望大家等闲视之。"这就是拿破仑曾经回答他妻子的话，当她有足够的理由质疑他对婚姻的忠诚时。

当苹果从树上掉落时，昭示着这正是一个腐败的季节。我指的是那些个体，未来的播种者、精神殖民的先驱、新的国家和社会联盟的塑造者。腐败只不过是对一个丰收民族的过分的辱骂。

4. 不满的两种不同形式

在某种程度上，那些软弱无力却又娘们儿一样心怀愤恨的家伙，有美化和深化生命的匠心；而那些流露出强烈不满的家伙——他们中有男性气概的人，继续用这个比喻——则具有提升和捍卫生命的创造力。

前者表现出他们的软弱和女性的特质，乐于让自己受人一时的欺骗，有时甚至还带着一点点欢愉和激情。但总的来说，他们是永远不会满意的，并一直为这种无法医治的不满所苦恼。而且，他们又是所有那些设法制造鸦片和麻醉品来缓解痛苦的店家的老顾客。因此，他们厌恶那些看重医生甚于牧师的人——因为这些人助长了真实的痛苦，使其得以延续！

自中世纪以来，如果欧洲不是这些柔弱地表达不满的人过剩，或许根本就不会激发出欧洲人持续变革的非凡能力；而强烈不满者的要求又是如此粗鄙、如此谦卑，以至于很难带给他们最后的安宁。欧洲是一个病人，它对自己的无可救药和苦难的永恒变化，致以最大的感恩。这些不断涌现的新情况，这些同样严峻的新危险、新痛苦和种种变故，终于引发了一种近乎天才的智力的敏感,无论如何,这都是催生天才的源泉。

5. 知识并非先天注定

有一种并不罕见的盲目谦卑,一旦某个人与之有所沾染,他就会永远丧失成为知识门徒的资格。事实是这样的:这类人一看到什么惊人的事情,就好像担忧被什么东西盘住他的脚后跟[1]一样,转过身来就开溜,并对自己说:"何必自欺呢!你的智慧去哪儿了?这不可能是真的!然后,他就像受到什么引人注目的物体的恐吓,拔腿就跑,想尽快把它从脑子里赶出去,而不是反复去审视和聆听。因为他内心的原则是这样运转的:'我不愿看到任何与通行看法相矛盾的事物!难道我是为了发现新的真理而生?这世上的真理何其多呀!'"

---

[1] 脚后跟,此处化用自《创世纪》第3章第15节:"女人的后裔要伤你的头,你要伤他的脚跟。"

6. 何谓生？

生——意味着：持续不断地剥落自我身上行将死灭的东西。

生——意味着：残酷无情地消除自我身上渐趋衰弱、行将腐朽的一切，而且不仅对我们自己是这样，对他人也是这样。

生——意味着：对垂死之人、不幸之人和衰老之人皆无虔敬之行，那我们岂不成了凶手？而老摩西说："不可杀人！"

7. 自我舍弃

自我舍弃者将要做些什么呢？他致力于一个更高的世界！他想比所有的确信者都飞得更久、更远、更高。为此，他舍弃了许多阻碍他登顶的东西。这其中有几件玩意并非没有价值，也并非毫不称心：他把它们当作祭品，为了他能登顶。现在这种献祭和舍弃，在他那里显明了，因此，人们称他为自我舍弃者。当他站在我们面前，裹在他的斗篷里，就像那里面裹着的是一颗苦修士的灵魂。然而，对于如此效果他舍弃了许多阻碍他登顶的东西。这其中有几件玩意并非没有价值，也并非毫不称心：他把它们当作祭品，为了他能登顶。现在这种献祭和抛弃，在他那里显明了，因此，人们称他为自我舍弃者。当他站在我们面前，裹在他的斗篷里，就像那里面裹着的是一颗苦修士的灵魂。

他十分满意——他想的是向我们隐瞒他的欲望、他的骄傲和他超越我们的企图。是的！他可比我们想象的聪明多了，他对我们总是那么谦逊——这个确信的人！因为那就是他，甚至我们也在他的舍弃清单里！

8. 以最优秀的品质去破坏

有时，我们的长处会推动我们向前，以至于再也无法容忍我们的短处，哪怕因此而走向毁灭也不肯消停。我们或许对结局早有预料，却执意如此。于是，我们对那些想在我们这里讨饶的缺点硬起了心肠，我们的冷酷无情即是我们的伟大之处。这样的体验，最终必定会以我们的生命作代价。这也是那些伟人影响他人及其时代的一种象征，他们凭借其无可匹敌的优秀才干，摧毁了许多软弱的、不确定的、演化中的、意欲正在成形的事物。因而，害处也不小。的确如此，发生这样的事情是可能的：总之，他们造成的破坏，是由于他们最好的一面已被那些失去理智和自我的人所接受和吸收了。这些失去理智和自我的人，就像极度兴奋的酩酊大醉者，在酒意的驱使下误入歧途，以致跌得筋断骨折。

9. 偶然的谎言

在法国，当人们开始反对亚里士多德的三一律[1]，而随后有人为它辩护时，我们又一次看到了不想看到的一幕：人们欺骗自己，为所谓的规则生造出种种应该存在的理由，只是因为他们不肯承认自己已经习惯于这些规则的威权，不想再有任何变故罢了。人们对每种盛行的道德和宗教一律是这么干的。只有当人们开始抨击这种习惯，并追问其原因和意图时，这种习惯背后的原因和意图，才会再次被添加上去。在此，我们揭示了古往今来的保守主义者巨大的虚伪之处——他们是偶然的说谎者。

---

[1] 亚里士多德在《诗学》一书中将古希腊戏剧的特点归纳为三一律，即时间、地点和行为的统一性。

关于孤立的争辩

1. 无悔

思想者从自身行为中获取信息,并将之视为试验,从中寻求疑问并获取相关解释。对他而言,成败是第一要义。然而,最令人懊恼和痛悔的就是有些事情出错了——他将这些懊恼和痛悔,留给那些奉命行事的人,当仁慈的主对结果不满时,他们就等着挨打吧。

2. 工作与厌倦

在为酬劳而工作这件事情上,目前文明国家中几乎所有人都一样;对他们而言,工作是一种手段,而不是目的本身。因此,如果这项工作能提供丰厚的酬劳,那么他们对这项工作就不会太挑剔。但仍有少数人,宁愿自我毁灭,也不愿去干毫无乐趣的工作:他们生性挑剔,不会轻易满足,除非工作本身就是极大的回报,要不然他们是不会屈服于丰厚的酬劳的。艺术家和各类爱冥思苦想的人都属于稀有之人;

他们无所事事，把生命花费在整天打猎、旅行、爱情的风流韵事和冒险上面。他们寻求辛劳和麻烦事，只要这些与快乐有关。如若必需，他们甚至想从事最严峻、最艰苦的劳作。但同时，他们懒散起来也是坚决的，即便因此陷于贫穷、耻辱、失去健康和生命难保的危险境地。与其说他们害怕无聊，不如说他们害怕没有乐趣的劳作；诚然，如果他们想在工作上取得成就，那么他们反倒需要相当多的无聊。于思考者和所有渴望创造的灵魂而言，无聊是灵魂深处的一种不愉快的"平静"，它预示着愉快的航程和飘送而来的微风；他必须忍受，等待它施加于他的影响：次等的天性完全体验不到这一点。不惜一切代价地逃避无聊是庸俗的，如同没有乐趣的工作也是庸俗的一样。也许亚洲人比欧洲人更令人尊敬，因为他们拥有更持久、更深长的平静。欧洲人的烈酒堪比毒药，刺激强烈，令人厌恶，而与之形成鲜明对比的是，连麻醉剂对亚洲人的起效也要缓慢得多，以至于需要对此多一些耐心。

3. 法律背叛了什么？

去研究一个民族的刑法是极大的错误。刑法似乎是民族特性的说明书，也即刑法绝对不会背叛其民族，而只会背叛它们眼中异邦的、怪诞的、可怕粗鲁的事物。法律只关注那些违背道德习俗的事物，如果某些行为迎合了邻国人民的风俗，就会受到最严厉的惩罚。因此，在瓦哈比[1]教派中，只有两种不可饶恕的罪：将别教的神置于本教的神之上和吸烟，他们认为吸烟是"一种不光彩的饮食方式"。那么，谋杀和通奸又算怎么回事呢？英国人知道了这些事情后，会惊讶地问。"啊，上帝是仁慈和好怜悯的！"老酋长回答说。

古罗马人有一种观念，也即女人只有在这两种情况下才会被处死：一种是通奸，另一种是饮酒。老加图假装亲戚之间的接吻是一种约定俗成，其实他只是为了借此控制女人，一个吻即意味着检验：她的呼吸中有酒味吗？那些在饮酒时被意外发现的妻子，实际上会被处以极刑。当然，这不仅仅是因为女性在酒精的诱惑下，有时会完全忘了说"不"；也

---

[1] 瓦哈比教派：阿拉伯半岛中部的伊斯兰教派别。

因为罗马人最害怕的是那种酒神祭礼上的狂欢精神,当时葡萄酒在欧洲还是新鲜事物,南欧的妇女们有时会受到这种酒神精神的感染。在罗马人看来,葡萄酒作为破坏罗马基本情感原则的可怕的外来怪物,是对罗马的背叛,是非我族类的化身。

4. 预期的动机

虽然了解人类长期以来的行为动机非常重要,但是掌握他们在各种动机生成之时的信念,似乎更为重要。迄今为止,人类认为信念才是引领自我前行的真正动力。因为人类感受其内心深处的幸福和痛苦,依赖的是信念,而不是这样那样的动机。所有对后者的津津乐道,都是排第二位的。

5. 伊壁鸠鲁

是的,我引以为傲的是,我对伊壁鸠鲁[1]个性的了解不同于其他人。在这个下午,我听到和读到的关于这位古人的所

---

[1] 伊壁鸠鲁(公元前341—公元前270年),古希腊哲学家。

有事情，都令我感到快乐。我看见他的眼睛注视着白茫茫的辽阔海域，越过岸边的礁石，看见了一些伟大和渺小的生物在阳光中嬉戏，安详而平和，就像这片阳光和那双凝视的眼睛。只有备受疾病折磨的人，才能真正体会这样一种幸福。存在之海一经这双幸福的眼睛的打量，顿时就变得平静了。这双幸福的眼睛，永不厌倦地注视着海面。这海的斑驳、柔嫩、颤动的肌肤，仿佛在此之前，从未有过如此恰到好处的感官享受。

6. 我们的惊讶

在深刻而严谨的审查之后，科学能够从事实上确认那些有根据的事物，并以此为基础，源源不断地发现新事物。这一切得益于幸运——它于我们而言，意义深远而重大。当然也有可能是另外一种情形。

的确，对不确定之事和反复无常的判断，以及永恒变化着的法律和观念，我们是如此深信不疑，以至于我们对自己的固执也倍感惊讶！而科学成果的根基居然如此牢固！

此前，人们对世间事物的易变性一无所知；道德习俗维持着这样一种信念：人类的整个内在生活都被永恒的镣铐固定着。也许现在的人们对这一信念的惊奇，与我们听故事和童话时的感觉雷同。当人们对常规的永恒之物感到厌倦时，奇妙之物就会给人们带来诸多好处。离开地面一次！去飙升吧！去流浪吧！去疯狂吧！——那是属于早期的天堂和狂欢；而我们现在的幸福，则类似于一艘失事船只上的幸存者好不容易上了岸：双脚踏上那古老而坚实的土地，终于惊奇地发现——一切不再左右颠簸了。

7. 抑制激情

当一个人不断抑制自己的激情时，就像世上有些东西是专属于那些普通人、粗人、中产阶级和农民的。当一个人不仅想抑制激情本身，还想抑制自己的言行举止时，那他就很清楚哪些不是自己想要的。因此，他就拼命地抑制自己的激情，或至少削弱和改变它们。

法国路易十四的宫廷可为此提供一个最具启发性的范例——一切都仰赖于对激情的压抑，而后来的一代人，受过抑制情感的训练，他们不再抒发激情，取而代之的是一种愉快的、肤浅的、戏谑的性情——这一代人是如此无能，甚至当别人辱骂他时，他也会欣然接受，并报之以谦恭。也许我们自己的时光是这一时期最显著的反例：在生活中，在剧院里，尤其是在所有的文学作品中，我到处都能看到人们对四溢的激情及其扮相的由衷满足。现在，人们需要的仅仅是某种激情的习俗，而不是激情本身！然而，最终，激情将会抵达，我们的子孙后代将会成为真正的野蛮人，而不仅仅是有一种形式上的野蛮和粗鄙。

8. 痛苦的知识

已经没有什么比人们对苦难，也即对灵魂的痛苦和肉体的痛苦之不同理解，更能将不同的人类和不同的时代区分开来的了。

关于肉体的痛苦，尽管我们也有自身的缺陷和不足，但与恐惧时代的人比起来，我们这些现代人由于缺乏足够的第一手经验，也许都是些耽于幻想的蠢货。在那个时代，当个人不得不面对暴力时，他必须挺身自保，奋力反抗，成为暴虐者。在那个时代，人们在经受了长期的肉体折磨和贫困的蹂躏之后，发现即便是某种程度上对自己的残忍，都可作为对痛苦耐受力的自觉锻造，是一种自我保护的必要手段；在那个时代，人们训练自己忍受环境造成的痛苦；在那个时代，人们乐于尝试痛苦，当看见最可怕的事情落到别人头上时，除了为自己的安全着想外，没有任何别的想法。

然而，关于灵魂的痛苦，我现在观察每个人，看他是通过个人的经验还是通过别人的描述来了解它；他是否仍然认为伪造这种灵魂痛苦的知识是必要的，也许这是一种更高雅文化的表征吧；或许在他的内心深处，他根本不相信灵魂的巨大痛苦，当有人说起此事时，他想到的是和牙痛、胃痛相似的肉体的痛苦，但这确实是目前大多数人给予我的一种印象。

由于人们对这两种痛苦都普遍没有经验，而且相对地，受苦者的惨状很少为人所目睹，因此我们可得出一个重要的结论：现在的人比以前的人更加憎恨痛苦，对痛苦的诋毁也更加恶毒；的确，现在的人连想象一下痛苦的滋味都表现得很难受，而认为它属于意识理解的范畴，是一种欺骗和对存在的一种谴责。

9. 恰好我生逢其时

悲观哲学的出现绝不是什么可怕苦难的征兆；确切地说，关于生命价值的疑问，正是在人们的灵魂和肉体习于舒适和安逸的背景下提出的。如今，寻常的蚊虫叮咬，甚至也被人们认为太血腥、太恶毒了；由于对痛苦缺少真实的体验，人们因此提出了"痛苦的普遍理念"，似乎这是诸多痛苦中最糟糕的一种。据说有一个偏方可治疗悲观哲学和过度敏感，对我来说，一切好像都是真实的"当下的痛苦"。但这种疗法听起来太过残忍了，它本身也被认为是目前人们得出"存在即邪恶"这一结论的标志之一。

好吧，对抗"痛苦"的偏方就是以毒攻毒。

10. 宽宏大量及其相关的事情

那些看似矛盾的现象，诸如一个感情充沛的人突然变得冷淡了，一个多愁善感的人突然变得幽默风趣了，尤其是一个人突然变得宽宏大量，突然放弃对他人的报复或嫉妒——不是出现在那些内心有强烈冲动的人身上，就是出现在那些突然满足或突然厌倦的人身上。

他们的满足是那么迅速和猛烈，以致饱足、厌烦，甚至反向的情绪也随之袭来。在这种反差中，感情的痉挛得到了解放——第一个人凭突然的冷淡，第二个人凭哈哈一乐，而第三个人凭眼泪和自我献祭。

在我看来，宽宏大量的人——至少是那种总是给人留下深刻印象的人——就像一个有着强烈复仇欲望的人，对他们来说，满足触手可及，他们已在想象里把这杯"满意的酒"尽情地彻底喝光，直到最后一滴。在快速放纵之后，随之而来的总是过度且快速的厌恶；此时此刻，他仿佛超越了自我，宽恕了他的敌人，并祝福和尊崇他。

然而，由于他对自己的凌虐，他对之前报复性冲动的嘲讽，现在即使他仍然强势，但也只是屈服于新的冲动和暴躁的、强烈的、放肆的厌恶感，就像不久前他曾遏制住这股冲动，耗尽幻想中复仇的喜悦似的。

宽宏大量其实与复仇一样，都是某种程度上的利己主义，只不过其性质有所不同。

11. 关于孤立的辩论

最有良心的人，也无力抵抗他人对其良心的谴责。当有人对你说"这个或那个违反了社会道德"，你的良心再强大，也很难冷眼以对或一笑置之，因为你是他们之中的一员，受过他们的教育！你真正担心的是什么呢？是自己的观点被孤立！我们常能看到这样的情形：为了某种动机，我们甚至可以推翻对某个人最有利的论据！

这就是我们的群居本能。

12. 真理

我赞成所有允许我回答的质疑："来，让我们检验一下吧！"但我不想再听到任何不能被检验的事情和问题了。这就是我对真理理解的极限。勇气，在这里已经失去了它的权力。

白日的梦游者

1. 别人对我们了解多少

当我们理解和回忆起生命中的幸福时，并不像我们所相信的那般坚定。总有一天，别人会利用对我们的了解，或者我们认为的他们对我们的了解，来指责我们。然后，我们就会意识到，这种了解才是最致命的。一个人做到问心无愧容易，而要改变恶劣的名声却很难。

2. 善的起始

在那里，邪恶的冲动升华了，视力有限者再也看不见邪恶的冲动，在那里，人们建立了"善"的王国；自从进入这个善的王国之后，人们便把诸如安全感、舒适感、仁慈之心等冲动付诸实践，而这些冲动曾受到邪恶的威胁和限制。因此，人的视力越迟钝，善的延伸面就越广阔！因此，庸众和孩子永远是快乐的！因此，伟大思想家才会有忧郁和悲伤（与败坏的良心相关）！

3. 表象意识

我觉得凭我的知识，置身于群体生存之中是多么可笑和新奇，同时又是多么令人厌恶和讽刺啊！我发现古老的人性和兽性，是的，群体的原始时代、一切有情物的过去，继续在我的体内冥想着，爱恨交加，争论不休。

当我突然从梦中醒来，意识到我刚刚只是做了个梦，为了不至于死，我必须继续做梦，就像梦游患者必须做梦以免跌倒一样。现在，"表象"对我来说意味着什么呢？的确，它不是任何本质的对立面——除了命名表象，我还能说出什么知识呢？它的确不是一个死面具，可以把它戴在某个人的头上再随意取下，对我来说，表象就是运转着的有生命的事物本身；这到目前为止的自嘲，使我觉得除了表象、幽灵和精神的舞蹈之外，整个世界别无他物。在所有这些梦想家之中，我这个思想者，也跳起了我的舞蹈，思想者是一种延续大地之舞的方法，到目前为止，思想者还是存在本体的司仪之一。所有知识分支之间崇高的一致性和关联性，也许是，也许将是保存所有梦的普遍性和完整性的最佳途径。所有梦想家之间的相互理解，也因此持久地活在梦中。

4. 高贵的品格

是什么使一个人"高贵"呢？当然不是他作出了牺牲，即便疯狂的浪子也要作出牺牲；当然也不是他追随自己的激情，有一些激情本是可鄙的；当然更不是他为别人无私地做事。也许在最高贵的人身上，自私的影响也最大。

但攥住高贵者的激情有一种连他自己都不知道的奇异性：这里运用的是一种罕见的、独特的标准，几近疯狂：唯有他才能在其中感受到热力，而别的人只觉着冷；这是不可衡量的价值的预言；这是摆列在祭坛上献给未知的神的祭品；这是不求荣耀的英特迈往；这是自给自足的过分丰盈，是赐予人和万物的。因此，到目前为止，正是这种稀有的激情以及人对这种稀有性的无意识，才成就了人类的高贵。

然而，在这里，如果我们以这种标准来衡量所有平常的、普通的、不可或缺的东西，简而言之，人类迄今为止最能保护人类种族、最符合人性的普遍规则，那么就能看到它们曾受到的不合理的评判，甚至是在整体上遭遇过的彻底的诋毁。

成为规则的倡导者，这也许是高贵的特质在大地上展示自身的最终形式和精华所在。

5. 对痛苦的渴望

当我有做事的欲望时，我就会想到这种欲望是如何持续不断地刺激和扰动着成千上万的欧洲青年的。这些欧洲青年，无法忍受自己和所有的厌倦——我猜想这些欧洲青年必定有一种受苦的欲望：他们想从受苦中获得有价值的行动理由，去做一些事情。对痛苦的欲望，是必要的！因此，有了政客们的大声疾呼，有了各种虚假的、捏造的、夸大的"痛苦状态"，而人们乐于盲信。

这个年轻的世界渴望的不是幸福，而是不幸；他们的想象力事先就很活跃了，他们将这一痛苦想象为一个怪物，并与之搏斗。如果这些痴迷痛苦的人感到内心有一种力量驱使他们去为自己做一些有益的事情，那么他们就知道如何在内心创造自己的痛苦，特别是创造他们最内在、最根本的痛苦。到那时，当世界充满了对痛苦的欢呼和各种痛苦的感受，他们的创造便会更加精巧，而他们满足的笑声听起来就像一首美妙的乐曲。此时，他们不知道如何自处，于是就将别人的不幸画在墙上。他们总是需要别人！——还有别人的别人。

请原谅，我的朋友们！我已经大胆地把我的幸福画在墙上了。

6. 现实主义者

你们这些头脑清醒的存在者，谁感觉自己在抵制激情和幻想，并乐意把你们的空虚转变成骄傲和荣耀？你们自称是现实主义者，并且按照世界实际展示给你们的结构去理解世界；当你们独自裸裎以对现实，你们也许就是其中最好的部分。哦，你们这些亲爱的幻影！和那些鱼比起来，即使你们揭开了神秘的面纱，你们不也仍是一个极其炽烈而晦暗的个体，不也仍是那个多情的艺术家吗？

对多情的艺术家来说，什么是"真实"？现在你们对几个世纪之前源于激情和爱恋的事物仍保持较高的估价！在你的清醒中，仍有一种隐秘的、难以抹去的醉意！比如，你对"真实"的热爱——哦，那是一种古老而原始的"爱"！在每一种体验、每一种感受中，都有这种古老的爱：同时，一些幻想、偏见、非理性、无知、恐惧，以及别的杂七杂八的东西，也都混在其中。

那座山就在那儿！那片云也在那儿！它们的"真实"又是什么呢？你们这些头脑清醒的存在者，把这幻象和整个人类的因素从那里移开吧！是的，如果你能做到！如果你能忘记你的出身、你的过去和你所受的教育，以及你作为人和兽的全部历史！

对我们而言，也许并没有所谓的"真实"，当然，对你们这些头脑清醒的存在者也没有，你们和我们，彼此之间并不像你们所想象的那般疏离。也许，我们摆脱醉酒的善意和你们相信自己完全不会醉酒的信念，一样值得敬佩。

7. 作为一名创造者

当认识到事物的名称竟然比事物的本身更不可言说时，这给我带来了最大的烦恼，而且永远是最大的烦恼。事物的声誉、名号、价值、通常的尺寸和重量——每一种存在体，在其根源上最常见的谬误和随意，就像披在其上的外衣，与其本质甚至表象都格格不入——逐渐地，借着其内在的信念及其世代相传的持续成长，它竟长在事物之上，进而长成为事物的躯体；最初的表象，几乎总是在最后成为本质，并作为本质而产生效用。

如若有人认为在这里提及事物的起源和这个朦胧的幻影的面纱，便足以毁灭这个真实的世界即所谓的"现实"，那他将是多么愚蠢啊！但我们也别忘了：在长期的创造中，作为创造者的我们，只要给某一"事物"创造出新的名称、表象和估值，便能创造出所谓的"新鲜事物"。

8. 我们是艺术家

当我们爱一个女人时，就很容易恼恨人类的天性，因为每一位女人都受到了人类罪恶天性的支配。我们宁可什么也不去想，然而，只要我们的灵魂一触及这些天性，就会不耐烦地抽动嘴角，正如我们所说，轻蔑地瞥一眼人类的天性——就像我们受到了伤害；天性似乎用亵渎的手侵占了我们的财物。在这种情形下，我们听不进任何生理机能的论调，而且还对自己秘密地宣示："我不再相信任何关于人是灵魂和形式之外的其他东西的理念了。"对所有恋人而言,"表皮之下的人类"是一种令人憎恶的怪物,是对上帝和爱情的一种亵渎。好吧,正如信徒崇拜上帝和他的"神圣全能"一样,恋人们对这些天性和自然的功能也仍然心存敬意。在天文学家、地质学家和生理学家对天性的种种议论中,他们看到的是对最心爱的财产的侵犯,最后成为一种攻击,这是多么无耻、多么野蛮的行径啊!

在恋人看来,"自然法则"也是对上帝的亵渎;事实上,他宁愿看到全部力学都是出于道德行为的专断意志。但是,因为没有人能给他提供这项服务,他就尽可能地掩藏起自己的天性和机能,生活在梦里。

哦,过去时代的人是懂得"做梦"的,他们"做梦"不需要先入睡。而我们今天的人虽然也精于此道,却总是期待着清醒和黎明!去爱、去恨、去追逐,不断地要求和感受,这样就够了!最终,梦的精神和强力彻底征服了我们,我们睁着眼睛向上攀登,无视任何危险。沿着最危险的小径,通往幻想的屋顶和塔尖,既不头昏也不眼花,因为我们注定为登顶而生——我们是白天的夜行者!我们是艺术家!我们是天性的隐匿者,是月亮,也是上帝的门徒、追随者。我们是死一般的静默,不知疲倦的漫游者,屹立在我们视之为平原我们睁着眼睛向上攀登,无视任何危险。沿着最危险的小径,通往幻想的屋顶和塔尖,既不头昏也不眼花,因为我们注定为登顶而生——我们是白天的夜行者!我们是艺术家!

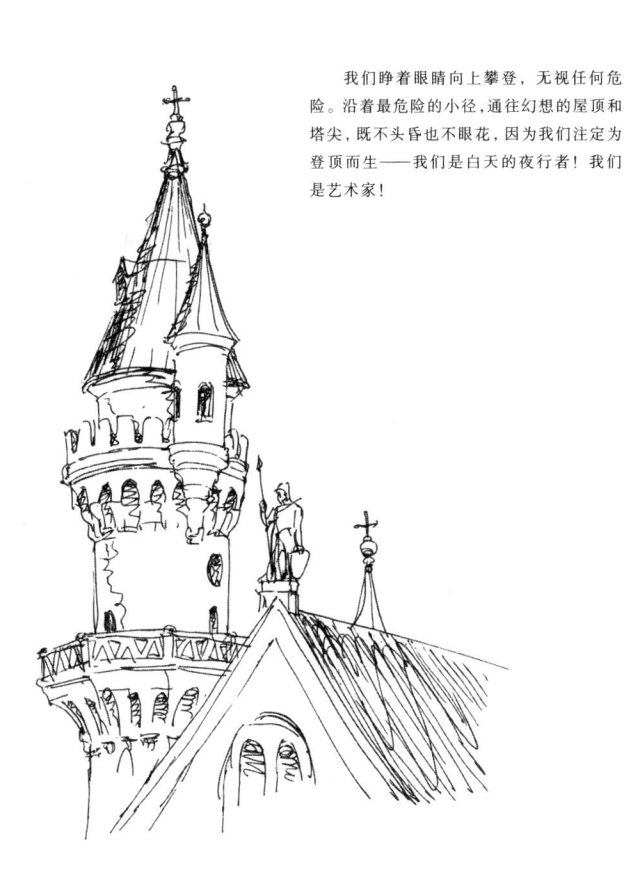

的山巅之上，也即我们的安全地带。

9. 隔着一段距离观察女性及其影响

我还有耳朵吗？难道我只有耳朵，没有别的吗？我站在汹涌的海浪中间，白色的火焰又起我的双脚——从四面八方向着我咆哮、恐吓、嚎哭和尖叫，就仿佛在大海的最深处，有一位古老的"地球的震动者"[1]正唱着他的咏叹曲，声音空洞如一头咆哮的公牛。他连续重击，发出震天动地的响声，连饱经风霜的岩石怪物，听了也会心惊肉跳。

然后，突然间，在这个地狱般的迷宫的入口前面，就在几英尺开外，凭空冒出了一艘巨大的帆船，正像幽灵一般悄无声息地滑行着！哦，这个幽灵般的美人！它靠近我时，就像用了什么魔法！什么？难道整个世界的安息与静默都在这里上船了吗？我的快乐本身，我的那个更快乐的自我和第二不朽的自我，是否也安坐于这个静谧的所在？虽然还没死

---

[1] "地球的震动者"为古希腊对海神的标准称谓，由于认为地震因他而生，故称此名。

去，但也没剩几口活气了吧！它是像幽灵一般镇定，注视着周围，不停滑翔、盘旋在头顶的中立存在物吗？像飞船张开白色的帆，在暗黑的海上飞速前进——一只巨型蝴蝶？是的！超越存在！就是它了！一定是这样！这里的喧闹声似乎使我成了一名梦想家。一切巨大的喧闹声都能迫使人把幸福寄托在宁静而遥远的地方。当一个人处于喧哗之中，处于他谋略和构想的碎浪之中，他或许也会看见宁静而迷人的尤物，从他的身旁一掠而过，而对方身上的那种喜悦和神秘感正是他长久渴望的——她们就是女人。

他几乎认为他的另一个更好的自我就存在于那些女人之中；这些宁静的所在，即使最暴烈的浪涛也会像死亡一般沉寂，而生命本身就是一场有关生命的美梦。但是！但是！我的高贵的狂热者，即使在最美丽的帆船上也有那么多的喧闹和忙乱。唉，多么可怜，多么忙乱！女人的魅力和最强大的影响——用哲学家的语言来说——一种远距离的效应，一种自奉为神的表演。然而，那首先要求的是——距离！

10. 为了纪念友谊

友情被古人视为一种最高级的情感,其地位甚至高于极为自负的智者最为重视的自尊心,的确,与自尊心相比,友情是一种神圣且独一无二的情感。这可以从麦西多尼国王的故事中获得最好的证明。这位国王送了一些钱给一位愤世嫉俗的雅典哲学家,结果被退回来了。"怎么回事?"国王说:"难道他没有朋友吗?"国王的意思是:"有智慧和见地的人,我敬重其自尊心,但他要是把友情看得比自尊心还高,我会更加敬重他的品性。那位哲学家降低了我对他的敬意,因为他并不知道友情和自尊心是人类最高级的两种情感,而友情较之自尊心,地位更高。"

征服男人的女人

1. 爱

爱即赦免,包括所爱者的情欲。

2. 音乐中的女人

温暖而湿润的风,是如何带给人们一种音乐的气氛,又是怎样创造出旋律感十足的愉悦?它和那充溢教堂并给女人带来情意的风,难道不一样吗?

3. 怀疑论者

女人恐怕年龄越大,在内心的隐秘角落比任何男人都更倾向于怀疑论。

她们相信:存在的表象即本质。对她们来说,所有的美德和奥妙只是对这个"真理"的伪装,一种性感撩人的对外生殖器的伪装,因此,这是一件端庄和正派的事情,仅此而已!

4. 奉献

有一些精神贫乏的贵妇，为了表达她们最深切的忠诚，除了奉献美德和谦逊，别无他法：这是她们自身所拥有的最值得珍视的财富。而且，受赠者往往不会像奉献者所想象的那样背负沉重的责任——这是一件多么悲哀的事啊！

5. 弱者的力量

女人都善于夸大自己的弱点。的确，在展示弱点方面，她们很会耍花样，似乎她们是相当脆弱的饰品，哪怕一粒微尘也会对她们造成伤害；似乎她们的存在就是为了使男人意识到自己的粗鄙，并背负起良心上的责任。她们抵抗强者和一切"强权法则"，正是靠这样的手段。

6. 自我掩饰

她现在爱上他了，从此以后，她带着崇拜，温顺地仰望着他，就像一头母牛。但可惜呀！他着迷的却是她的喜怒无常和神秘莫测。稳定的脾气，他自己拥有的已经太多了！她掩饰自己的老脾气，做得还不够好吗？她掩饰自己的冷漠，这不正是爱情对她的忠告吗？

7. 渴望与自愿

有人把一个年轻人领到智者面前，说道："看呐，这是一个被女人毁坏的男人！"

智者摇了摇头，微笑着。"明明是男人毁坏了女人，"他大声说道，"女人所缺失的一切，应由男人来弥补和改善，因为男人按照自己的形象造出了女人的模型，而女人就依据这种模型去塑造自己。""你对女人太仁慈了，"一个旁观者说道，"你不懂她们！"

智者回答说："男人的属性是意志，女人的属性是意愿，——这是性别法则，对女人来说，这的确是个冷酷的法则！"人类无辜于自身的存在，而女人则是双倍的无辜。谁能给予她们足够的慰藉和疼惜呢！"别提慰藉！别提疼惜了！"人群中另一个人喊道："我们必须更好地教育女人！""必须更好地教育男人！"智者一边说，一边示意年轻人跟着他走。然而，那个年轻人没有听从他的呼召。

8. 报复的能力

一个人不能也不愿自卫，这并不会使他在我们眼里蒙羞。但我们鄙视那些既没有报复能力也没有报复意志的人，无论他是男是女。如若我们对女人能否在某种特定的情境下熟练地使用任何一种匕首来对付我们不加考虑，那么，她还能迷惑我们吗？或者像人们说的那样，她还能"束缚我们"吗？在某种状态下，她们有可能拿着匕首对付自己，这将是最严厉的报复（中国式的报复）。

9. 征服男人的女人

一个强有力的女低音，正如我们偶尔在剧院里听到的一样，通常会在我们认为不可能的情况下，突然间为我们升起帘幕。

几乎同时，我们确信在世界的某个地方，也许存在一种女性，她们拥有高贵的、英勇的、庄严的灵魂。她们有能力并且已做好了迎接伟大的挑战的准备，她们果敢坚决，富于献身精神；她们有能力并且准备主宰男人，因为撇开性别不论，即使是世上最好的男性，也不过是某种理想的化身。可以肯定的是，剧院并非有意将这样的声音赋予一种女性的韵味。她们通常被用来代表男性的理想恋人，比如罗密欧。但以我的经验来判断，剧院在这一点上经常失算，如同作曲家也期望通过这样的声音达到的效果一样。人们不相信这些恋人，因为这些声音仍然含有一丝母性或家庭主妇的气味，尤其是当她们的音调里洋溢着爱时。

10. 论女性的贞节

在教养程度较高的女性身上，总有一些令人惊讶的非凡特质。也许真没有什么比这更为荒谬的了。全世界都同意应当教导她们在性爱上保持无知，在面对性事时抱有深切的耻感，使她们只要一想到这些，便极度烦躁和惊恐。

的确，在这方面，对女人来说，只有"荣誉"岌岌可危；在别的方面，有什么不能原谅她们的呢？但人们又希望她们在这个关键问题上保持深入骨髓的无知——希望她们对这一"罪恶"视而不见、听而不闻、三缄其口、毫不动心；事实上，知识在这里已构成了一种"罪恶"。

然后，与她们深深爱慕和敬重的男人进入婚姻，就像被一道可怕的霹雳抛进现实和知识的领地。她们被迫在爱欲和羞耻的撕扯中挣扎，是的，也被迫感知狂喜、放纵、责任和同情。神性和动物性出乎意料的降临，再无别的，几乎同时！一种无与伦比的精神交缠就此被触发了！

即使是最具洞察力的智者，富于同情心和好奇心的智者，也不能看出这个或那个女人是如何解决这些谜题的；这样一来，在这个可怜的精神错乱的灵魂中，一定会唤起许多可怕的、影响深远的猜疑；而且，疑心重重的女人该怎样才能变得安定，并找到自己的终极哲学啊！——和从前一样，随之而来的是如深渊一样的沉寂：甚至她自己也默不作声，闭上了眼睛。因此，年轻的妻子竭力使自己显得肤浅和轻率，她们中最伶俐的女人则装出一副冒失的样子。妻子们很容易使丈夫对自己的名节生出疑心，然后再将孩子视为一种亏欠或补偿。她们需要孩子，这种心理和丈夫希望有孩子是完全不同的。

总之，万万不可对女人太温柔！

第三性

1. 母亲

动物对雌性的看法与人不同;在动物眼中,雌性是有生产能力的同类。他们没有父爱,但对所爱的幼儿有一种近似于父爱的情感和习惯。

雌性在幼儿身上满足了她们的支配欲;对她们来说,幼儿是财产,是占有物,是她们容易理解、并可与之喋喋不休的对象:所有这一切结合起来就是母爱,堪与艺术家对其作品的爱相比。

怀孕使女性变得更温柔、更被动、更胆怯、更顺从。同样地,智慧的孕育也会催生出一种沉思者的性格。在性格上与女性类似的男人,是具有阳刚气质的母亲。而在动物中,却是雄性被视为更美丽的性别。

2. 圣人的残忍

某人手抱一个新生儿来到圣人面前。"我该拿这孩子怎么办呢？"他问："他是个可怜的畸形儿，甚至没有足够的生命力去死！""杀死他！"圣人用一种可怕的声音喊道，"杀死他，然后把他抱在你怀里三天三夜，在记忆里留下烙印——这样，你就不会在不该生孩子的时候，产下一名婴儿。"

那人听了这话，失望地走了。许多人指责这位建议杀死孩子的圣人是残忍的。"可是让他活着，岂不是更残忍吗？"圣人追问道。

3. 失败者

那些在恋人面前表现得焦躁不安、犹豫不决，且又喋喋不休的可怜女人，最终都以失败收场。因为男人最容易被某种稀薄而冷淡的柔情所诱惑。

4. 第三性

"身材矮小的男人是个悖论，但毕竟是个男人。不过，对我来说，矮小的女人与高挑的女人相比，就成了另一种性别。"一位老舞师这么说。"身材矮小的女人永远不美丽。"

老亚里士多德则是这么说的。

5. 最大的危险

一直都有许多人注重对自身心智也即理性的培育,并将其视为一种骄傲、责任和美德。当他们面对空幻的游戏和思想的放纵时,深感受伤和羞耻,于是人们就将他们视作"健全常识"的拥趸。若不是有这些理性的人存在,人类恐怕早就灭绝了!

始终盘旋在人类头上的最大危险就是潜在的情智失控——它正是在感觉、视觉和听觉上爆发的一种倾向:为意识的解禁而欢呼,为人类的非理性而雀跃。狂人世界的对立面,不是真实而确切的存在,而是全然强制且被普遍遵循的信念,简而言之,也即在下判断时不能随心所欲。迄今为止,人类最大的成就就是在诸多事情上达成协议,并通过立法,强制每一个人遵守——至于是否妥当,则无关紧要。

这是保护人类生存的心智的律令,但它的对立面依旧如此强大,以至于在谈到人类的未来时,人们几乎失去了信心。人们对事物的看法仍然在不断变迁,而且将来的变迁速度比以往可能还要迅猛。

那些最有辨别能力的头脑——这些真理至上的调查者，也不断对这些被普遍遵循的规则提出异议，公认的被大多数人接受的信仰，在这些更精妙的头脑看来，是多么令人恶心！他们需要的是新的憧憬。而这种慢节奏的智力活动，如同效仿乌龟爬行，竟被视为一种普遍的准则，足以使艺术家和诗人临阵脱逃。——正是这些躁动的灵魂，才会对突然爆发的疯狂生出一种近乎谵妄的率真的喜悦，因为谵妄带有如此欢快的节奏！因此，我需要高尚的知性——啊！我想用最明确的措辞——高尚的愚笨是必需的；行动坚定、精神迟钝的秩序维护者是必需的，以便那些伟大的集体信仰的忠实者们可以同歌共舞；这是维护人类秩序最迫切的命令和要求。我们其他人是例外分子和危险分子——我们永远需要保护！——好吧，确实也可以说几句支持例外分子的话，以此来证明他们永远没有成为规则的想法。

6. 拥有良知的动物

我并不是不知道，令南欧人满意的任何东西都含有粗鄙的元素，无论是意大利歌剧（罗西尼和贝里尼[1]）还是西班牙的冒险小说（我们最容易接受的就是法国人翻译的吉尔·布拉斯[2]的作品），但它们并没有冒犯到我，或者因此使我反感，这就像在穿过庞贝[3]的古城，甚至是在阅读每一本古书时，难免会遇到一些粗鄙的东西。

这是什么原因呢？是因为人们没有羞耻心吗？还是因为在同一种音乐或小说中，这些粗鄙的东西总是像任何高贵的、可爱的和热烈的事物一样，表现出十足的自信和坚定？

"和人一样，动物也有它的权利，让它自由奔跑吧；而你，我亲爱的追随者，仍然是个动物，不管怎样！"在我看来，你似乎就是这个故事的寓意所在，也是南欧人的特性所在。坏品味和好品味一样，也有它的权利；甚至当坏品味是一种重大得多的需求，一种实实在在的满足，一种普世通用的语言，一种明白易懂的面具和扮相时，坏品味甚至具有优先权。

---

[1] 贝里尼（1801—1835年），意大利歌剧作曲家。
[2] 吉尔·布拉斯（1715—1735年），西班牙小说家。
[3] 庞贝，意大利古城，遗址在今那不勒斯附近，公元79年，维苏威火山爆发，全城被埋没。

另一方面，高尚、优雅的品味总是带有某种寻求和试探的性质，总之，不能完全被人理解，因此它从来不曾，也永远不会流行！能够一直流行的则是那个所谓的面具！

所以，就让这一切假面舞会踏着歌剧的步点继续吧！在它的旋律和节奏、跳跃和嬉戏中，伴随这古老的生活！

如果一个人不懂面具带来的乐趣，不懂一切面具似的东西背后的良知，那么他还能弄懂这些粗鄙的东西什么呢？这里有为古代精神准备的洗澡水和茶点——也许那些仍旧活在古代世界中的少数高尚人士，比庸夫俗子更需要这盆洗澡水。另一方面，北方作品出现了媚俗的转向，比如德国音乐，令我难以言表的反感。那些作品令人羞耻，艺术家降低了他的眼光和水准，令人不由得为之羞愧。

我们为他感到难过，伤害是如此之深。因为我们猜测，他这么做，一定是为了我们才不得不降低自己的格调。

7. 我们应该感激什么

唯有艺术家，尤其是戏剧艺术家，才能使我们长出眼睛和耳朵，怀着愉悦的心情去观察和聆听每一个人的内在。

也唯有他们，才教会了我们如何正确评判那些隐匿在庸夫俗子中的英雄，以及如何向我们的英雄致以遥远的敬意。这是他们的切身体验，也是他们的志向所在。简而言之，往抽象里说，这门艺术就是"把我们自己摆在我们之前的舞台上"的艺术。也只有这样，我们才能超越我们自身的卑微和渺小。

如若没有这门艺术，除了眼前的大地，我们可能什么也看不见，并将完全生活在一种透视法的魔力之下，这种透视法使最亲近和最平凡的事物本身，看起来无比巨大和真实。

也许，宗教也有某种近乎于此的优点，它命令我们用放大镜来观察个体的罪恶，从而使罪人成为伟大的、不朽的罪人。

因为它把永恒的视角摆放在人类的四周，教会人类从远处观察自己，把自己看成某种过去的东西，某种完整的东西。

叔本华的信徒

1. 留心

众所周知，当阿尔菲利[1]在向震惊的同时代人讲述自己的生平时，编造了许多谎言。从他对自我的专制上，可以看出他在撒谎。他用一种自己独创的话语方式，逼迫自己成为一名诗人；最终，他找到了一种能使自己的生活和记忆得到崇高表达的严格文体；毫无疑问，他在这个过程中，一定吃了不少苦头。同样地，我既不相信柏拉图的自传，也不相信卢梭[2]和但丁[3]的自传。

---

[1] 阿尔菲利（1749—1803年），印度戏剧家。
[2] 卢梭（1712—1778年），法国伟大的启蒙思想家、文学家、教育家、民主政论家和浪漫主义文学流派的开创者。
[3] 但丁（1265—1321年），中世纪诗人，现代意大利语的奠基人，欧洲文艺复兴时代的开拓者，著有史诗《神曲》。

2. 散文和诗歌

值得留意的是,散文大师几乎总是诗人,无论是公开的,还是隐秘的,为密室而写的。确实,要写出好散文,得有诗的视角。因为散文和诗之间,是一场持续的优雅交锋。它的全部魅力在于这样一个事实:诗歌总是被认为是一种逃避和自相矛盾;任何一种抽象概念,都企图以一种玩笑的形式和嘲讽的口吻来反驳诗歌;一切干瘪、冷酷的事物,都是为了把和蔼可亲的诗歌女神拖入楚楚可怜的绝望之中。事实上,常常也会有这种暂时的似曾相识和浮想联翩,然后是突然的后退和随之而起的高声嘲笑。

窗帘时常被拉起,而微弱的光亮刚好能照进来,就好像诗歌女神正在享受她的黄昏和轻柔的色调,当她举起纤纤玉手放在她那雅致的小小的耳朵旁边时,动听的语句就会和着美妙的曲调吟唱起来。

所以,在这场交锋中,欢乐不计其数,哪怕是失败,其中也包含着快乐。而非诗人和所谓的"散文家"对这一切根本不懂,这就是为什么他们只能写出坏散文的原因。

战斗,世间一切好事的爹!战斗,也是一切好散文的爹！在本世纪，有四位真正天赋异禀的诗人作家，他们在散文上已达到大师的境界。如我所说的，如果他们缺乏诗情，那么这些散文根本就不可能面世。不过，这可不包括歌德，因为歌德是应时代的需要而生的作家。

在我看来，只有利奥帕尔迪[1]、梅里美、拉尔夫·沃尔多·爱默生[2]和《想象对话》的作者沃尔特·萨维奇·兰多尔[3]才是当之无愧的散文大师。

3. 那么，你为什么还要写作呢？

A：我不是那种只有手里拿着蘸了墨水的笔才能运思的人；更不是那种对着打开的墨水瓶、坐在椅子上盯着稿纸发

---

[1] 利奥帕尔迪（1798—1837年），意大利抒情诗人。
[2] 拉尔夫·沃尔多·爱默生（1803—1882年），美国思想家、文学家、诗人。
[3] 沃尔特·萨维奇·兰多尔（1775—1864年），英国诗人、散文家。

呆的人。我总是为写作而烦恼和窘迫；写作对我来说是一种情感的自然流露；我甚至反感用明喻的手法来描述它。

B：那么，你为什么还要写作呢？

A：好吧，我亲爱的先生，坦率地告诉你，迄今为止，我还没有找到别的办法来摆脱我的思想。

B：那么你为什么要摆脱它呢？

A：我为什么要摆脱它？我真的想摆脱它吗？我是不得不如此啊！

B：够了、够了！

4. 死后的成长

在《与死者对话》这本不朽的著作中，丰特奈尔在谈论道德问题时所用的一些大胆措辞，在他那个时代被认为是一种肆无忌惮的机智悖论和笑谈；即使是最有品位和才智的头脑，也看不出它们有什么别的意义——事实上，就连丰特奈尔本人也看不出来。

然后，不可思议的事情发生了：这些想法变成了真理！科学证实了它们，笑谈变得严肃起来！当我们带着一种不同于伏尔泰[1]和艾尔维修[2]的感受来读这些对话时，就会不由自主地将作者的思维拔高到一种不同凡俗、更高级别的行列中。这究竟是对的，还是错的呢？

5. 尚福尔[3]

那些和尚福尔一样对人性和大众有深刻理解的人们，倘若加入乌合之众的行列，而不是服膺于哲学并为自己辩护，那么我只能作如下解释——他的本能强于他的智慧，而这一本能却从未得到满足。他敌视所有高贵的血统；也许这源于他母亲那古老又无法解释的仇恨。由于他爱他的母亲，所以童年时的一种复仇本能已在他的内里被圣化了，这种本能一直伺机为母亲复仇。

然而，他的生命历程，他的天赋，唉！也许，最重要的

---

[1] 伏尔泰（1694—1778年），原名弗朗索瓦-马利·阿鲁埃，18世纪法国启蒙思想家、文学家、哲学家。
[2] 艾尔维修（1715—1771年），出身上层社会，与伏尔泰、狄德罗同为巴黎大路易学校的毕业生。
[3] 尚福尔（1741—1794年），法国剧作家、杂文家，作品以风趣著称，其所写格言在法国大革命期间成为民间流行的俗语。

是，他的血管里流淌着的父系血统诱使他跻身贵族之列，并使他自认为可以与贵族平起平坐——好多好多年了！然而，最终，他再也无法忍受他自己的形象，那个在"老旧的自我"之下的"老人"；他陷入了一种强烈的悔罪情绪，并因此把平民的衣服穿在身上，当作他特殊的贴身衬衫！似乎他良心的败坏是因为忽略了复仇。倘若那时尚福尔稍微像个哲学家，那么，革命就不会造成这种不幸的闹剧和最尖锐的刺痛了，而会被视为是一件愚蠢至极的事情，也不会诱惑这么多的人了。但是，尚福尔的仇恨和复仇观念却教育了整整一代人，即使是最杰出的人也是被他教育出来的。我们只须想一想，米拉波[1]在仰望尚福尔时，就像在仰望那个更高大、更年长的自我一样，他期待并忍受着尚福尔的冲动、警告和裁决——与古往今来第一流的政治家相比，米拉波属于一个完全不同的伟大等级，是法国最重要的人物——昨日和今日的天才。奇怪的是，尽管尚福尔有这样一位朋友和支持者——我们以米拉波写给尚福尔的信为证——这位最机智的道德家对法国人来说，仍然是个异邦人，这一点和司汤达很像。在

---

[1] 米拉波：法国大革命早期的重要政治人物。

本世纪的法国人中，司汤达也许拥有最灵敏的耳朵和眼睛。是因为司汤达骨子里真的太像荷兰人和英国人了，所以巴黎人忍受不了他吗？但是，尚福尔，对灵魂的深奥知识和秘密动机认识那么丰富——阴郁的、受苦的、炙热的——一位思想家发现笑声是生命必需的一味良药，如果生命失去了笑声，就几乎等同于放弃了自我，会迷失在每一个日子里——这种形象似乎更像个意大利人，与但丁和利奥帕尔迪血脉相连，却不像个法国人。我们知道尚福尔的临终遗言："啊，我的朋友，我终于要离开这个世界了，在所有世人中，我们的一颗心要么被摔得支离破碎，要么就必须用铜盘来盛装……"这当然不像个垂死的法国人所说的话。

6. 两位演说家

这两位演说家中，其中一位只有当他完全臣服于激情时，才能对其论点展开充分的阐释；也就是说，只有向他的大脑输送充足的血液和热量，才能迫使他显露高贵的内在气质。事实上，另一位也不时地试图这样做：借助激情的力量，声音洪亮地、感情充沛地、精神健旺地陈述自己的论点，但通常都是徒劳的。然后很快，他慌不择言，含含糊糊地说了起来，夸大其辞，漏洞百出，使人怀疑其论证是否正当；说实在的，连他自己也怀疑自己。因此，他的语调突然变得冰冷，令人厌恶，使听众怀疑他的全部热情是否源于真诚，就很好理解了。

他的激情总是淹没他的理智，也许是因为他的激情比第一位演说家来得更为强烈吧。但是，当他抵制激情的狂风骤雨并对之加以嘲讽时，他便达到了力量的顶峰；只有在那时，他的精神才会从隐匿之中完全显露出来，一种富于逻辑的、爱嘲讽和调侃的精神，但无论如何都令人敬畏。

7. 作家的喋喋不休

路德身上有一种出于愤怒的喋喋不休，叔本华身上也有。

喋喋不休有时来自卖弄概念形式，像开商店一样，譬如康德的著作。

喋喋不休有时来自对同一理念不断作修改的嗜好，从蒙田的文章中不难发现这一点。

喋喋不休有时出于恶毒的天性：谁只要读过我们这个时

代的作品，必定想得起两位与此有关的作者。

喋喋不休有时也来自对精美措辞和排比句式的嗜好，这在歌德的散文中并不少见。

喋喋不休有时也来自对嘈杂而混乱的感情的纯粹满足，例如卡莱尔。

8. 为纪念莎士比亚

为了向莎士比亚致敬，我能说的就是：他相信布鲁图[1]，而且对布鲁图所代表的美德没有丝毫怀疑！莎士比亚把他最好的悲剧——到现在还被叫错剧名——献给了他，献给了崇高道德的最可怕的化身。

灵魂的独立！这是至关重要的问题！再也没有比这更大的牺牲了：如若一个人真的热爱自由，可作为伟大灵魂的自由却因他而濒临险境，这个人就必须做出牺牲，哪怕牺牲最亲密的朋友——即使他是最伟大的人物，是世界的光彩，是

---

[1] 布鲁图（公元前85年—公元前42年），罗马共和国晚期的元老院议员。作为一名坚定的共和派，他联合部分元老参与了刺杀凯撒的行动。

无与伦比的天才；莎士比亚一定也是这么想的！他给予凯撒崇高地位，这也是他能给予布鲁图的最高荣耀；只有这样，他才能将他的英雄的内在问题提升至浩瀚无穷的境界。同样地，他的灵魂力量也才能割断他的心结——难道说，强迫诗人同情布鲁图，并使他成为布鲁图的同谋，真的是一种政治自由吗？抑或政治自由仅仅是某种不可言传的符号象征？也许我们正在面临的是某种阴暗事件，或者诗人自身灵魂的冒险，究竟是哪一种情形尚不为人所知，而他对此只愿意作一些象征性的叙说。

哈姆雷特的忧郁跟布鲁图的忧郁相比，又算得了什么呢？也许莎士比亚也懂这一位，就像他懂另一位（凭他的经验）！也许他也有他的黑暗时刻和邪恶天使，就像布鲁图一样！但是，不管他们之间有什么相似之处或者秘密关联，在布鲁图的整体形象和美德面前，莎士比亚真是卑微到了尘埃里，自觉无足轻重和格格不入——他的悲剧就是见证。

莎士比亚两次在作品中提及一位诗人，并两次把这样一种急躁且过分的蔑视强加于这位诗人，听起来像号啕，一种自卑的号啕。布鲁图，甚至布鲁图也失去了耐心，当这位诗人出现时——妄自尊大、令人同情、冒失鲁莽，就像诗人通常所表现出来的那样——这些人，似乎充满了伟大的可能性，甚至是道德上的伟大。然而，在实践和生命哲学中，他可能连基本的正直也未曾达到。"他可能懂他自己的时代，但我懂他的脾气——让这些摇摆不定的蠢货滚蛋吧！"布鲁图喊道。我们可以把这句话奉送给写作此剧的诗人之灵魂。

9. 叔本华的信徒

从文明人与野蛮人的接触中可以看出，低等文明通常首先会接受高等文明的种种陋习、缺点和暴行。接着，在此基础上，感受到了某种使人陶醉的魔力，最后，通过将那些陋习和缺点据为己有，也允许高等文明中一些有价值的影响发酵：在这种情形下，可以就近观察到，不必远赴野蛮之地。确实，有那么一点点雅致和理智化的韵味了，只是不那么容易被察觉。

叔本华的那些德国跟班仍然习惯于首先从他们的主人那里接受什么呢？那些人，当他们面对叔本华更优越的文化时，必定会认为自己真是够野蛮的，一开始就露出下流的本相，被他深深地吸引和诱惑吧？是叔本华冷酷无情的求实观念,清晰理性的倾向,使他经常更像英国人,而不是德国人吗?或是他的智识和良知的力量,使他终生都在忍受"存在"和"意识"的矛盾,并逼他不停地反驳自己,甚至对其作品中的每一个观点都不放过吗?或是他在与教会及其基督教上帝有关的事情上所表现出来的那份纯洁?——在这里,他的纯洁是迄今为止德国哲学家中前所未有的,所以他活得像个"伏尔泰之徒",死得也像个"伏尔泰之徒"。或是他的知性直觉、因果律的先验性、智力的工具性和意志的非自由的不朽学说吗?不,所有这些都不能使人像着了魔一样心醉神驰;但是叔本华表现出了一种神秘的窘迫和混乱,使妄图解开世界之谜的求实的思想家受到了诱惑和腐蚀:他无法证明的"单一意志"的学说("所有原因仅仅是意志表象在此时此地的偶然原因";"生存的意志,完整而不可分割地展现在每一个存在中,即使最小的存在,就像所有过去、现在和将来的总和一样完美");他对个体的否定("所有的狮子实际上都只是一只狮子""个体的多样性只是一种表象",正如发展也只是一种表象一样——他称拉马克[1]的观点是"一个巧妙的、

---

[1] 拉马克(1744—1829年),法国博物学、生物学奠基人之一。

荒谬的错误")；他对天才的幻想（"在审美的沉思中，个体不再是个体，而是纯粹的、无意志的、无痛感的、永恒的知识主体"，"主体，完全融入被观照的客体，最终变成了客体本身"）；他关于怜悯的荒谬言论，作为一切道德的源头，上述这些都能使人突破个性化原理；同时，也包括这样的断言，"死亡确实是存在的目的"，"不应该完全否认，一个死去的人也可能产生神奇的影响"——哲学家诸如此类的佟言和陋习，总是最先被接受，并成为一种信念——因为佟言和陋习最容易被模仿，而且不需要长期提前练习。不过，我们还是来谈谈尚在世的叔本华学派中最著名的理查德·瓦格纳吧。——在他身上所发生的事情，也发生在许多艺术家身上：他误解了他所创造的角色，也误解了他的独特艺术所蕴含的哲学。直到中年，瓦格纳还甘受黑格尔影响的误导；后来，当他在字里行间读到叔本华的学说时，他又犯了同样的错误，并开始用诸如"意志""天才"和"怜悯"这些字眼来表达自己。然而，说真的，没有什么能比瓦格纳作品中那些具有瓦格纳风格的英雄人物，更违背叔本华精神的了。我的意思是极端自私中的纯真，视强烈的激情为善的信念，一言以蔽之，他的英雄谱系里的齐格弗里德式的人物特征。

"这一切看上去更像斯宾诺莎[1]，而不像我。"叔本华可能会这样说。因此，瓦格纳可能不得不奉行叔本华以外的其他哲学家的观点，尽管他被叔本华的魅力所征服，使得他再也看不见其他哲学家，甚至对科学本身也是如此。他的整个艺术，越来越倾向于成为叔本华哲学的副本和补充，越来越断然地舍弃了成为人类知识和科学之副本和补充的这一崇高抱负。他不仅被叔本华哲学神秘的浮夸所吸引，（这也会吸引卡利奥斯特罗[2]），也被哲学家身上那种特殊的气场和情感所吸引！例如，瓦格纳对德语腐败的愤慨也是叔本华式的；如若有人意欲彰显瓦格纳在这一点上效法的是叔本华，也不能否认臃肿和浑浊对瓦格纳的风格本身为害不浅，这种景象是如此令叔本华愤怒。而且，对于使用德语的瓦格纳们而言，瓦格纳主义已开始变得和黑格尔主义一样危险。

受叔本华憎恨犹太人的影响，瓦格纳也不能对犹太人的杰出贡献给出公正的评判，难道犹太人不是基督教的发明

---

[1] 斯宾诺莎（1632—1677年），荷兰哲学家，与笛卡尔和莱布尼茨齐名。
[2] 卡利奥斯特罗，18世纪臭名昭著的骗子。

者吗？不仅如此，同样也是受叔本华的影响，瓦格纳试图在欧洲开创一个佛教的新纪元，将基督教解释为从佛教吹来的一粒种子，这使天主教和基督教的原则和情感得以暂时地协调起来。瓦格纳口口声声要怜悯动物的说教，这也是叔本华式的。众所周知，叔本华的前辈伏尔泰，也和他的继任者一样，知道如何掩饰他对某些人和事的仇恨，把自己伪装成怜悯动物的人。至少瓦格纳在他的布道文中，对科学的憎恨，肯定不是出于慈悲和友善的精神，也不是出于"怜悯"，这是显而易见的。

最后，如果一位艺术家的哲学仅仅是别人思想的一种补充，并且对他的艺术本身没有任何损害，那么它也就毫无意义可言了。

我们免不了会厌烦某位艺术家，因为一次偶然的，也许是非常不幸和傲慢的自我伪装。但别忘了，亲爱的艺术家们都是某种意义上的演员——而且毫无例外，如果没有舞台供他们表演，他们是很难长期坚持下去的。让我们忠于瓦格纳，忠于他真实和原始的一面吧。作为他的追随者，我们尤其要忠实于我们自身的真实和原始。

让我们容忍他智力上的玩闹和痉挛吧，平心而论，我们是否应该考虑考虑到底得做点什么，才能使像他这样的艺术——一种奇怪的营养品和必需品——能够生存和发展下去呢！作为一名思想家，他常常犯错，但这无关紧要；公正和耐心都不是对他的要求。只要他的生命在他自己眼中是正确的，并且保持它的正确，这就够了。生命呼唤我们每一个人："做一个人吧，不要追随我——而是追随你自己！你自己！"我们的生命，也应该维护它在我们自己眼中的权利！我们也将生长和开放，自由而无所畏惧！出于无罪的自私！今天，当我想到这样一个人时，这些想法仍一如往昔，在我的耳边回响："情欲好过斯多葛哲学的恬淡寡欲或假冒伪善；罪恶的坦诚也好过因勉力遵守道德传统而迷失自我；自由的人既能为善，也能为恶，而不自由的人则是对人之天性的一种贬黜，无法与人分享神圣的或世俗的喜悦；最后，所有想要获得自由的人，都必须通过他们自己成为自由的人，自由不会像一件天堂的赠品一样降临到任何人的生命中。

10. 学习如何表达敬畏

人们必须学会表达敬畏，就如同必须学会表达蔑视一样。任何带领大众踏上新征程的人，都会惊讶地发现多数人在表达感激时，是多么笨拙和无能啊。说实在的，能够尽情表达的感激实在太少了。每当人们想要说出心中的感激时，他们的喉咙就像被什么东西堵住似的，以至于只有代之以哼哼唧唧，而后一切又重归于沉默。

一位思想家探究自己思想的影响力及其引发震撼和蜕变的方式，几乎都是一部喜剧：有时，他们好像因思想产生的影响而深受伤害，从而只能以种种粗俗的行为来维护其思想的独立自主。

实际上，仅仅为了设计出一种表达感激的恭敬传统，就需要好几代人，若是要等到某种感恩的精神和天赋自然到来，则为时太晚。通常，还有一些人是伟大的感恩的接受者，不只是由于他自己所做的善举，而更多的还是由于他的前辈们所逐渐积累起来的那些价值最高和品质最佳的"宝藏"。

道德讲座

人们向查拉图斯特拉称赞一位智者，因为他善于论说睡眠与道德。据说，智者因此受到极大的尊崇和赞颂，众多的年轻人坐在他的讲坛前受教。查拉图斯特拉也走向智者，和众多的年轻人一样在他的讲坛前坐下。智者如是说道：

"须怀着敬意和羞耻对待睡眠！这是头等要事！"避开那些睡眠不好或夜不成寐的人吧！

即便是夜间悄然行窃的小偷，也总是羞于惊醒入睡者。但是，守夜人却不知羞耻地高举起他的号角。

睡眠决非一门简单的艺术：必须有整个白天的清醒，才会有夜间的安然入睡。

每日你须克制自己十次：那会带来美妙的疲惫，这是灵魂的鸦片。

每日你须调解自己十次：因为克制是苦差，而不安就会睡不好。

每日你须发现十条真理：否则你会在夜晚忙于寻求，以使你的灵魂免于饥渴。

每日你须开怀大笑十次；否则，你的胃会在夜间骚扰你，这个懊悔的生父。

很少人知道这一点：可是要想睡得安稳，必须具备一切道德。我会去作伪证么？我会去通奸么？

我会垂涎邻人的侍婢[1]么？这一切都与优质的睡眠不相和谐。

此外，即使具备了一切道德，还须明白一件事：在恰当的时候送道德入眠。

这些美德的小女子！别让她们为你争执不休，你这不幸的人！

与上帝和邻人保持和睦：良好的睡眠也是这样。即使与魔鬼为邻，也要与之和睦相处！否则，他会在夜晚潜入你的房间并缠住你。

尊敬并服从权威，即使对跛足的权威也当如此！这是睡好觉的条件。当权者喜欢用跛足走路，我能有什么办法呢？

---

[1] 此处化用自"十诫"之一，《出埃及记》第20章第17节："不可贪恋人的房屋；也不可贪恋人的妻子、侍婢、牛驴，及他一切所有的。"

对我来说，最好的牧人永远是那个能把羊群带往肥沃草原的人：这样才能睡得最安稳。

我不需要太多的赞誉，也不需要太多的财富，那会时常使脾脏处于激动之中。但如若没有一点好名声和适量的财富，也会睡不踏实。

少数几个人的团体比邪恶的组织更中我的意。不过，朋友交往亦需恰逢其时。只有这样，才有益于最合理的睡眠。

我对灵里贫乏的人[1]满心愉悦，因为他们促进睡眠。他们有福了，特别是当他们总是对自己给予肯定的时候。

对于正直的人，一天的光阴就这样过去了。当夜晚来临时，我小心翼翼，不召唤睡眠！它也不愿受召。深沉的睡意，可是一切美德的主宰！

取而代之的是，我琢磨白天的所行所思，我审问我自己，像母牛一样耐心反刍："那么，你的十次自我克制是什么呢？那十次自我调解、十条真理和十次开怀大笑是什么呢？"

权衡着这些事项，摇摆在四十种念想织成的摇篮中，我

---

[1] "灵里贫乏的人"出自《马太福音》第5章第1至第3节："灵里贫乏的人有福了，因为天国是他们的。"

突然被睡意淹没，这个未被召唤的美德之主！

睡意轻叩我的眼，我的眼就渐渐变得沉重。睡意轻触我的嘴：我的嘴就一直张开着。

真的，它轻手轻脚走向我，这最亲爱的小偷，它偷走了我的思绪。我傻站在那儿，像这讲桌。

但像这样我站不了多久："我早已躺下。"

当查拉图斯特拉听了智者如是说，他在心里暗笑，恍然大悟。他这样对自己说：

这位智者有四十种念想，真是个傻瓜，不过我相信他谙熟睡眠之道。

若是谁住在这位智者附近，那是幸运的！这样的睡眠具有传染性，即便穿过一堵厚墙也可有传染性。

甚至在他的讲座上也暗藏着某种魔力。让这些年轻人坐在美德的传道者面前，并非无用。

他的智慧是：保持道德上的清醒，才能睡得香甜。确实，如果生命没有意义，而我不得不选择废话，这对我来说也是最值得选择的废话。

现在我清楚地明白，人们在寻找美德的导师时，首先要寻找的是什么。为自己睡个好觉，并跟着鸦片般的美德走！

于这些高踞讲坛、备受称颂的智者而言,智慧不过是无梦的睡眠;他们不知道对生命还有什么更好的理解。

即使在今天,仍有一些人像这位美德的传道者一样,但并不总是那么诚实,不过他们的时代已经结束了。他们站不了多久了:他们早已躺下。

这些瞌睡虫有福了,他们很快就会睡去。

肉体的轻蔑者

我对蔑视肉体的人有话说。我并不是要他们以不同的方式学习和传教，我只是要他们和自己的肉体告别——这样他们就成哑巴了。

"肉体是我，灵魂是我。"——小孩子这样说。为何他们不能像孩子一样说话呢？

但觉醒的人和知道的人说："我整个是肉体，其他什么也不是；灵魂仅仅是肉体的某一部分的名称罢了。"

肉体是一个大理智，一个杂于一体的感觉复合体，是战争与和平，是羊群与牧人。

我的兄弟，你的小小理智，被你称之为"精神"的，是你肉体的工具，你的大理智的小工具与小玩物。

你常说"我"，并为这个字眼而自豪。但比这更伟大的，你却不愿相信——是你的肉体和它的大理智：它不言说"我"，而是践行"我"。

感官的感受，精神的认知，都谈不上有什么目的。只是感官和精神会说服你，使你相信他们是万物的终局：他们是何等虚妄。

感官和精神乃工具和玩物：它们的背后还有"自我"，这个"自我"也用感官之眼探寻，也用精神之耳倾听。

这个"自我"总是在倾听和探寻：它比较，强迫，征服，摧毁。它统治一切，也是"我"的统治者。

我的弟兄，在你的思想和感觉后面，站着一个强大的主宰，一个不知名的哲人——那就是"自我"，它住在你的肉体里，它就是你的肉体。

你的肉体的理智远高于你的最高智慧的理智。谁又知道，你的肉体缘何非得需要你的最高智慧呢？

你的"自我"嘲笑着你的"我"以及它高傲的跳跃。"这种思想的跳跃和飞升对'我'来说有什么意义呢？"你的"自我"自语道。"这只是达到我之目的的歧途罢了。"我"是"我"的缰绳，也是"我"之各种观念的提示者。

你的"自我"对"我"说："在此感受痛苦吧！"于是"我"就痛苦起来，并思考怎样才能不再遭受痛苦——这就是思考之于它的意味。

你的"自我"对"我"说："在此感受快乐吧！"于是"我"就快乐起来，并思考怎样保持快乐——这就是思考之于它的意味。

我对蔑视肉体的人有话要说。让他们蔑视肉体吧，这正是他们对肉体的尊重。是什么创造了尊重和蔑视、价值和意志呢？

这创造性的"自我"为它自己创造出尊重和蔑视、欢乐和痛苦。这创造性的肉体为它自己创造出精神，作为其意志的帮手。

你们这些藐视肉体的人，即使你们的愚蠢和藐视，也是在为你们的"自我"效力。我告诉你们：你们的"自我"本身想要死亡，这与生命背道而驰。

它再也不能做它想做的事——超越自身去创造。那是它最强烈的愿望，那是它全部的热情。

但现在为时已晚——因为你们的"自我"想要沉沦，你们这些蔑视肉体的人。

你们的"自我"想要沉沦，所以你们成了肉体的蔑视者！因为你们再也不能超越"自我"去创造。

因此，你们现在抱怨生命和土地。一种无意识的嫉妒潜伏在你们轻蔑的斜视中。

你们这些蔑视肉体的人！我绝不会重蹈你们的覆辙。对我而言，你们也绝不是我通往超人的桥梁！

快乐与热情

我的弟兄，如果你拥有一种道德，而且她独属于你，那么你所拥有的，就是不同于他人的道德。

你当然想以她的名字招呼她并爱抚她；你当然想揪揪她的耳朵，和她嬉戏。

但是，看呐！现在你给她取了名字，和众人共用，那么，你的道德就将使你成为众人和羊群中的一员！

你最好这样说："那不可名状的和难以形容的，是我灵魂的痛苦与欢乐，甚至也是我内脏的饥饿。"

但愿你的道德高尚，容不得烂熟的命名。如果你必须提到她，也不必羞于谈论。

因此你要吞吞吐吐地说："这是我的善道，这是我所珍爱的；这样，我就满心喜悦，这样，我就一心向善了。"

我不愿让它成为神的律法，我不愿让它成为人类的法令和日常所需；不要让它成为指向彼岸世界和天堂的路标。

我喜爱的是一种地上的道德，它没有多少聪明之处，也极少有每个人都有的理性。

但是，这只鸟和我一起筑巢，因此我呵护怜惜它——现在它坐在这里，孵它的金蛋。

你应当这样结结巴巴地赞美你的道德。

从前，你拥有过许多种激情，并将其统称为邪恶。但现在你拥有的，只剩下你的道德了，它们诞生自你的激情。

你在这些激情的核心里设定了你的最高目标：然后它们就变成了你的道德和快乐的源泉。

无论你是来自脾气暴躁的，还是沉迷色情的，抑或是狂信宗教的，甚或是寻求复仇的部族：

最后，你所有的热情都变成了道德，你所有的魔鬼都变成了天使。

从前，你在地窖里饲养野狗：但最后它们变成了鸟儿和娱人的歌手。

你从你的毒药里酿制了你的香膏；你榨干了你的悲伤的母牛——现在你喝她乳房里甜蜜的乳汁。

除了那因你的道德相争而生的恶，就再没有恶从你身上出来了。

我的弟兄，如果你够幸运，你将只拥有一种道德，而不再拥有其他道德，这样你就可以一身轻地过河了。

拥有许多道德是一种荣誉，但也是一种重负；许多人进入荒漠自杀，因为他已厌倦了道德的争战和道德的战场。

我的弟兄，争战是邪恶的吗？但这种邪恶是必要的，在你的道德中，嫉妒、猜疑和诽谤也是必要的。

看呐，你的每一种德性，都贪恋至高之处。它要你全部的精神供它驱遣。它要你把全部的力量用于愤怒、仇恨和爱。

每一种道德都互相嫉妒，而嫉妒是一种可怕的东西。道德也会因嫉妒而趋于毁灭。

谁若被嫉妒的火焰包围，谁最后就会像蝎子一样，把毒针刺向自己。

啊，我的弟兄，你难道没见过道德自相诽谤、自相残杀吗？

人是必须被超越的：因此，你应珍惜你的道德——因为你最终会因之毁灭。

阅读与写作

凡写出来的,我只钟情于用血写就的。用血写,你将会发现,血就是精神。

要理解别人的血,一点也不容易:我讨厌那些读者,以阅读为消遣。

任何了解读者的人,不会为读者作更多的事情。再过一个世纪,读者及其精神本身就会发臭。

让人人都学会阅读,从长远来看不仅败坏写作,也败坏思想。

从前,精神是上帝,后来变成了人,而现在它甚至变成了暴民。

用血写箴言的人,并不是要被人读,而是要被人用心领悟。

在山里,最短的路是从峰顶到峰顶;但是你必须要有长腿。箴言应当是峰顶,而说出箴言的人,必是高大魁梧之人。

山顶空气稀薄而纯净,危险近在咫尺,精神充盈着欢快的邪恶:这一切竟是如此融洽。

我不怕被半兽半人的妖魔环绕，因为我勇敢，有能吓走妖魔的勇气，本身也能创造妖魔——勇气想笑。

我的感觉迥异于你们：我看到我下面的这片云，黑暗而沉重地悬浮着，我笑它——这却是你们头顶的雷雨云。

当你们渴望高升时，你们会向上仰望。而我会向下俯视，因为我已在高处。

你们当中谁能同时欢笑和被举起呢？

登上最高峰的人，嘲笑一切"扮演的悲剧"和"真实的悲剧"。

勇敢、不受困扰、蔑视、强力——这正是智慧要求我们要具备的：作为一名女人，她永远只爱战士。

你们对我说："生命是难以承受的重负。"但为何你们早上朝气蓬勃，晚上却泄气了呢？

生命是难以承受的重负：但不要做出一副风吹即倒的样子！我们都是非常强壮的驴。

我们与因为身上有一滴露珠而颤抖的玫瑰花蕾，有何共同之处？

这是真的：我们热爱生命，并非因为我们惯于生，而是因为我们惯于爱。

爱总有那么一点疯狂。但在这疯狂中也总有那么一点理智。

即使对我这样一个热爱生命的人来说，蝴蝶和肥皂泡，以及人类中与它们相似的任何东西，似乎也是最懂幸福的。

看见这些光明的、愚蠢的、纤弱的、灵动的小生灵在周围飘舞——诱使查拉图斯特拉又哭又歌。

我应该只信仰一位会舞蹈的上帝。

当我见到我的恶魔时，我发现他是严肃的、周密的、深沉的、郑重的。那是重压之魔的邪灵——万有都因他而跌倒。

施行杀戮，不是用愤怒，而是用笑声。来吧，让我们杀了这重压之魔的邪灵！

当我学会走路时，我就开始让自己奔跑。当我已学会了飞翔时：我就再也不愿被人推着离开我的所在之处了。

现在我一身轻，现在我飞翔，现在我看到自己在自己的下面，现在有一个上帝在我的身体里舞蹈。

山上的树

查拉图斯特拉曾经瞧见一位年轻人总是回避他。一天傍晚，他独自走在群山中，路过一个叫"花斑牛"的小镇。看到这位年轻人倚坐在一棵树旁，用疲倦的目光凝望着深谷。查拉图斯特拉手扶着年轻人倚靠着的那棵树，这样说："如果我想用手摇这棵树，我是摇不动的。但是我们看不见的风，却可以任意肆虐和摧折它。我们也被无形的手肆虐、摧折，以最坏的方式。"

这年轻人惊立起，他说："我听到查拉图斯特拉说话了，我正想着他！"查拉图斯特拉答：

"你为什么害怕？"——人和树是一样的。越是向往光明和高处，根就越强烈地向地下伸展，向黑暗，向邪恶的深处掘进。

"是的，伸向邪恶！"年轻人叫喊着。"你扒光了我的灵魂，你是怎么做到的？"

查拉图斯特拉微笑着说："有些灵魂永远无法被扒光，除非你首先发明了它们。"

人和树是一样的。越是向往光明和高处,根就越强烈地向地下伸展,向黑暗,向邪恶的深处掘进。

"是的,伸向邪恶!"年轻人又喊了一声。

你说的是真话,查拉图斯特拉。自从我渴望登向高处,我便不再相信自己,也没有人再相信我——怎么会这样呢?

我自己的转变来得太快,我的今天否定了我的昨天。当我攀登时,我常常飞跨阶梯——任何阶梯都不会原谅我。

当我登上顶峰,我发现自己是孤家寡人一个。没有人和我说话,孤独的霜冻令我颤抖。那么我登上高处又有何意义呢?

我的蔑视和我的渴望同时增添;我登得越高,就越鄙视登得高的人。他在高处想要什么呢?

我为自己的攀爬和跌倒而羞愧!我是怎样地讥笑我剧烈的喘息呀!我是怎样地憎恶那一步登天的人呀!当我上到高处,我又是怎样地倦乏!

说到这里,年轻人沉默了。查拉图斯特拉凝视着他们身旁的树,如是说道:

这棵树孤零零地伫立在群山之中;它高高地向上生长,超过人和兽。

如果它想说话,谁也听不懂它。因为它长得如此高!

现在它等待着,等待着——可是它到底等待着什么呢?

它已高居云端，或许它在等待第一道闪电吧？

当查拉图斯特拉说完这番话，年轻人甩出无比不屑的手势，喊道："是的，查拉图斯特拉，你说出了事实。我之所以渴望高处，是渴望我自己的毁灭，而你就是我所等待的闪电！你瞧，自从你出现在我们中间，我现在成什么了？是对你的嫉妒毁了我！——那少年这样说着，痛哭起来。但查拉图斯特拉用手臂搂住他，带他一起走。

他们一起走了一会儿，查拉图斯特拉如是说：我的心已经碎裂，你的眼睛更诚实，胜过你所说的一切，它告诉了我你的全部危险。

你还没有自由，你还在追求自由。你的追求使你过度劳累、过度清醒。

你渴望自由的高地，你的灵魂渴慕星空。但你邪恶的秉性，也渴望自由。

你的野狗想要自由；当你的灵魂努力冲破一切牢狱，它们在地牢里欢快地狂吠。

在我看来，你仍然是一个图谋自由的囚徒：唉，这种囚徒的灵魂变机敏了，但也变得诡诈和卑劣。

精神自由的人仍须净化自己。在他的体内仍残留着许多禁锢和污垢：他的眼神仍须荡涤得更为澄澈。

是的，我了解你的危险。但是，我凭着我的爱与希望恳请你：不要抛弃你的爱与希望！

你仍然觉着自己高贵，即使那些对你愤愤不平，恶狠狠地瞪着你的人也仍觉着你高贵。要知道，一个高贵的人对任何人都是障碍。

一个高贵的人于良善之人也是一种障碍：即使他们把高贵的人称为善人，他们仍要借机排挤他。

高贵的人想要创造新事物和新道德。良善之人则需要旧事物，需要旧事物得到妥善的保留。

但是高贵者的危险，并不在于他会变成良善之人，而在于他会变成傲慢者、嘲讽者，或是一个毁灭者。

唉，我曾认识一些丧失了最高希望的高贵之人。而今，他们却诋毁一切崇高的希望。

于是他们沉迷在下流的小小乐趣里，百无聊赖地消磨着时光。

他们是这样说的："精神也是一种性欲。"然后，他们精神的翅膀破裂了：现在精神四处爬行，玷污它所啄咬的事物。

从前他们想成为英雄，而今，他们成了荒淫之人。曾经想成为英雄的抱负，现在令他们悲伤和恐惧。

可是我凭我的爱和希望恳求你：不要抛弃你灵魂中的英雄！永远地把你的最高希望奉为神圣吧！

论禁欲

我爱森林。城市不宜居住：城市有太多性欲强烈者。

落入杀人犯之手，是否比落入性欲强的女人的梦中好些呢？

瞧瞧这些男人：他们的眼睛在说——除了睡在女人的身边，他们不知道这世上还有什么比这更好的事。

他们的灵魂深处满是污秽；糟糕的是，在他们的污秽里竟然还有思想！

但愿你们至少能像野兽一样完美！可是，若真要做野兽，尚需天真无邪。

我是在劝你们麻木自己的本能吗？我只是劝你们纯净自己的本能。

我是在劝你们禁欲吗？禁欲对少数人来说是一种美德，对多数人来说却是一种罪恶。

当然，这些禁欲的多数人能抑制自己的性欲：可是从贱人的淫荡表现中，却可看出有母狗的情欲满眼嫉妒地向外窥视。

这动物和动物的烦躁，追随着他们，直至他们的道德高峰和冷酷的思想深处。

拒绝给母狗一块肉，母狗就会彬彬有礼地乞讨一点精神的满足。

你们喜爱悲剧和一切令人心碎的事物吗？我对你们内心的母狗并不信任。

你们的眼睛太过于残酷，你们的目光里满是对受难者的淫欲，难道你们的淫欲不是假借怜悯之名而行吗？

我给你们打个比方：譬如，有不少人想驱逐他们心中的恶魔，却不慎失足，坠入猪圈。

如若贞洁难守，可建议他放弃，以免他跌向地狱——通向灵魂的污秽和燥热[1]。

我在说污秽的事吗？但我不以为这是最坏的事。

求知者不愿走进真理的水中，不是因为真理污秽，而是因为它太过清浅。

诚然，存在着天性贞洁的人：他们的心比你们柔和，比

---

[1] 此处化用自《哥林多前书》第7章第9节："倘若自己禁止不住，就可以嫁娶。与其欲火攻心，倒不如嫁娶为妙。"

你们爱笑，比你们笑得多。

他们甚至嘲笑禁欲，问：什么是禁欲？

禁欲不就是蠢行吗？但要让这蠢行迁就我们，而不是让我们去迁就它。

我们为这位客人提供避难所，也为我们的心灵提供：现在他与我们同住——愿它想住多久便住多久！

朋友

"在我身上总有一个多余者。"隐士如是说道:"最先是一个人,时间一久,就成了两个人!"

我同自己总是热烈交谈:如果没有一个朋友,那怎么熬得住?

对隐士而言,朋友总是第三者:第三者是阻止二人谈话陷入深渊的一块软木塞。

唉,对于所有隐士来说,有太多的深渊。因此他们渴望有一个朋友,有一个站在高处的朋友。

当我们相信别人时,就会暴露出内心有个什么可供我们信奉的东西。我们渴望有一个朋友,这种渴望就是我们的自我暴露。

我们对朋友的喜爱不过是想借此来掩饰对朋友的嫉妒。我们为了隐藏我们自己容易被攻击的弱点,常常利用攻击制造敌人。

"至少做我的敌人吧!"这是想要友谊而却没有胆量去乞求的、真正的敬畏之语。

倘若某人想有个朋友，就必须为朋友而战：为了战斗，一个人必须有资格成为其敌人。

你应当以你朋友身上的敌人为荣耀。你能走近你的朋友而不至痛责他吗？

在朋友的身上应有最棒的敌对者，在你和他对抗时，你的心离他最近。

你想在你的朋友面前赤身露体吗？你向他展示你的真实面目，以此证明你对朋友的尊敬么？倘若这样，他倒希望你见鬼去！

谁要是毫不掩饰地暴露自己，谁就会令人气愤：因此你们有充分的理由，避免赤身露体！是的，倘若你们是神，你们便有资格羞于穿上你们的衣服！

对于你的朋友，无论你打扮得怎样漂亮，总是不够的：因为，对你的朋友而言，你应当是一支射向超人的箭镞和憧憬。

你可曾为了看清朋友的真面目而偷看过他熟睡时的样子？他面貌如何？那就是你自己的脸，投映在一面粗糙且有瑕疵的镜子里的，你的脸。

你可曾见过朋友熟睡时的样子？你有没有因此而感到错

愕？你的朋友就是那样的吗？哦，我的朋友，人是必须被超越的。

做一个人的朋友：在猜度和沉默中，你不应当看透一切。你的朋友清醒时的所作所为，应当由你的梦来告诉你。

你的怜悯应该由揣度来决定：你首先要知道，你的朋友是否需要你的怜悯，或许他喜爱的是你坚定的眼神和澄澈的眸光。

把对朋友的怜悯隐藏在一个坚硬的壳里，当你咬它时，能咬断你的一颗牙。这样，你的怜悯才具有它的微妙和甘甜。

对你的朋友而言，你是新鲜的空气、孤独、面包和药物吗？一些人无法挣脱自己的锁链，却能救赎他的朋友。

你是一个奴隶吗？那你就不配作朋友。你是一个暴君吗？那你就不配拥有朋友。

奴隶和暴君在女人的体内藏匿得太久。因此，女人还不能胜任友情，因为她们只知道爱情。

爱情中的女人，对不爱的一切，存有偏见和盲区。即便是在女人清醒的爱情里，与光明相伴的，总是突然袭击、闪电和黑夜。

女人还不能胜任友情：至今，女人还是猫咪，是小鸟。

或者，充其量是头奶牛。

女人还不能胜任友情。可是，朋友们，请告诉我，在你们之中到底有谁能胜任友情呢！

唉，你们这些男人，你们的灵魂是贫乏的、吝啬的！我甚至愿意给予我的敌人，像你们给予你们的朋友那样多，而不会因此变得更贫乏。

有同志之谊，但愿也有朋友之情。

睦邻

你们挤在邻人的周围,送上你们的甜言蜜语。可是,我要对你们说:你们爱邻人,是在以错误的方式自爱。

你们避开自己,逃到邻人那里,企图把睦邻树立为一种美德,但是我看透了你们的这种"无私"。

"汝"这个字眼比"我"更古老;"汝"已被圣化,而"我"还未曾:所以世人都这样挤向邻人。

我可曾劝你们爱邻人?我宁愿劝你们远离最邻近的,热爱最遥远的!

爱远人,爱未来人,高于爱邻人;爱初始,爱幽灵,高于爱人类。

我的弟兄,这个跑在你前头的幽灵,比你还要漂亮,为什么你不把你的肉和骨给他呢?但是你害怕了,你逃到邻人那里去了。

你们受不了自己,也不够爱自己:现在你们拿爱去引诱邻人,用他的错误来为自己镀金。

我愿你们不能忍受任何邻人以及邻人的邻人;这样,你们就不得不创造出一个朋友和他那丰盈满溢的心。

当你们想自夸时,你们就找来证人;当你们成功地诱使他对你们产生好感时,你们也因此自我感觉良好。

说谎的人不仅有明明知道而故意反着说的人,也有浑然不知自己说反了的人。你们也是这样,在交际中说谎,欺骗你们自己和你们的邻人。

愚人如是说:"人际交往败坏人的品格,尤其是对全无品格者。"

这人跑到邻人那里,是为了寻找自我;而别人跑到邻人那里,是为了遗失自我。你们对自己的错爱,使孤独成为你们的牢狱。

远人因你们爱邻人而付出代价。一旦你们五个人聚在一起,就会有第六个人被牺牲。

我也不喜欢你们的节庆:我发现有太多的倡优在那种场合出没,甚至观众也经常表现得像倡优一样。

对你们有所教益的不是邻人,而是朋友。愿朋友成为你们大地的节日和超人的预兆吧。

我把如何结交朋友和他丰盈的内心教给你们,倘若你们想被丰盈满溢的心所爱,你们应当知晓如何成为一块海绵。

我要教你们结交这样的朋友：世界在他心中是完满的，他是良善的器皿——这具有创造性的朋友，他总是将一个完满的世界奉赠给你们。

世界曾为他打开，而又由他卷合。就像善因恶而生，目的因偶然而成。

愿远人和未来人成为你们今天的动力：你们应当爱你们朋友身上的超人，并以此作为你们的标杆。

我的弟兄，我劝你们不要爱邻人，我劝你们要爱远人和未来人。

创造者的道路

我的弟兄,你要自我隔绝吗?你要寻求属于自己的道路吗?请稍候片刻,听我说。

"寻求者容易误入迷途。一切孤立皆是罪。"众人如是说道。你属于众人已经很久了。

可众人的声音仍然在你的心灵深处回荡。倘若你说,"我与你们不再有同一种良心。"那也将是一种透着苦涩的悲吟。

瞧,这种苦涩本身就从这同一种良心里诞生,而这同一种良心的最后一抹微光仍在你的悲苦之上闪烁。

但你想走你的悲苦之路,哪一条路将是通向你自己的呢?那就展示你的权利和力量吧!

你是新的力量和新的权利吗?第一动因?自转之轮?你能迫使星辰围着你转动吗?

唉!登上巅峰的渴念是如此之盛!痉挛的野心是如此之多!让我看看你是不是一个欲望炽盛的野心家!

唉,那么多伟大的思想,并不比一只风箱高明:它们只会使人膨胀，让人变得空虚。

你说自己是自由的？那我倒要听听是什么思想在主导你，而不仅仅是你已经挣脱了你的枷锁。

你是那种有资格挣脱枷锁的人吗？有一些人，在其脱离奴役的同时也丧失了自己最后一点略胜于无的价值。

挣脱什么来换取自由？这对查拉图斯特拉而言有什么要紧！可是，你明亮如灯火的眼睛理应告诉我：你要自由做什么？

你能将你自己的恶、自己的善、自己的意志像律法一样高悬于头顶吗？你能做自己的审判官和复仇者吗？

集审判官和复仇者于一身是可怕的。这就如同一粒悬置在寥廓太空的星辰，被孤独凛冽的大气所浸没。

今天，你这个个体仍承受着多重的苦难，今天，你仍拥有全部的勇气和希望。

可是，终有一天，孤独会令你厌烦。终有一天，你的骄傲会崩溃，你的勇气会咬牙切齿。终有一天，你会喊道："我孤独！"

终有一天，你将再也见不到你的崇高，而卑贱则会向你靠近；即便你心中崇高的事物也会像幽灵一样吓着你。终有一天，你会喊道："一切都是假的！"

有许多情感想要杀死孤独，要是它们不能得手，那么，它们自己必死！可是你能做一个杀死情感的凶手吗？

我的弟兄，你体会过"蔑视"这个词吗？对藐视你的人，给予公正的评价是何等的痛苦，你也有所体会吗？

你迫使许多人重新认同你：他们为此对你颇为反感。你靠近他们，却视若无睹地从他们的身旁走过：他们永远不原谅你。

你远远地超出了他们：但在嫉妒者的眼中，你爬得越高，就显得你越渺小。而在所有人中，最招人忌恨的是那个会飞的人。

"你们怎么可能公正待我呢？"你必须这样说。我已把你们的不公正当作是我该接受的一部分。

他们把不义和污秽泼向孤独者，但是，我的弟兄，如果你想成为恒星，你就必须同等地照耀他们！

你要当心那些所谓的善人和义人。他们喜欢把那些自立道德法则的人钉上十字架——他们憎恨孤独者。

也要当心那种"神圣的合一"！于它而言，一切不合一的就是邪恶的，它们还喜欢玩火——尤其是在火刑柱[1]上。

也要当心被你的爱意所袭击！太快了，孤独的人向他遇见的任何人伸出手。

对有些人，你不可向他们伸手，只需用巴掌拍一拍他们。我愿你的巴掌似爪。

但你遇到的最坏的敌人永远是你自己，你埋伏在洞穴和森林里，等着为自己收尸。

你这孤独的人，你正走在寻求自我的路上！而这条路会引领你经过你自己，经过你的七个魔鬼。

你将成为自己的异教徒、巫师、占卜者、蠢货、怀疑论者、罪人和恶棍。

你必须准备好在你自己的烈焰中耗尽你自己：除非你先化成灰烬，否则你又怎么可能换得新生呢？

你这孤独的人，你走上了造物主的道路：从这七个魔鬼

---

[1] 火刑柱，将人高高绑起，在脚下堆柴烧火，法国的圣女贞德便是这样被处死的。据说，火刑有净化的作用。是故，火刑总是和消灭异端邪恶联系在一起。在这里，尼采借此暗讽罗马教廷喜用火刑惩罚被他们视为异端的人。

中，你将为自己创造一个新上帝！

你这孤独的人，你走上了爱者的道路：你爱你自己，因此你也蔑视你自己，因为只有爱者才有资格蔑视。

爱者因为蔑视而渴望创造！他如若不蔑视他所爱的，他又怎能懂得什么是爱呢？

我的弟兄，带着你的爱和你的创造力进入你的孤独吧。这样，公义才会在你身后跛脚前行。

我的弟兄，带着我的眼泪进入你的孤独吧，我爱那些想要超越自我并因此而失去生命的人。

自愿的死亡

许多人死得太晚，而有些人死得又太早。"死在恰当的时刻！"这句话听起来有点奇怪。

死在恰当的时刻：查拉图斯特拉如是说。

当然，如果一个人并未生在恰当的时刻，那么他又如何能在恰当的时刻死去呢？但愿这样一个人从未出生！——我如此建议多余的人。

但即令是多余的人，也将他们的死当作一件了不起的事情。即令是最空心的坚果，也愿被夹碎。

人人都认为死是一件要事：但是死并不是一件喜庆的事，人类还没有学会如何去献祭这最壮丽的节日。

我向你们展示完美的死亡，对生者而言，这是一种激励和应许。

使生命圆满的人，死于他自己的死亡，如同凯旋一般，被期待者和立约人所簇拥。

一个人应该这样学习死亡：如若他没有把自己献祭给生命的誓言，那他就不配享有死亡的节庆！最好是这样死去，而稍次一点的死法是：死于战斗，死于对杰出灵魂之挥霍。

但是，令战士和胜利者厌恶的是你那咧着嘴笑的死神，它像贼一样鬼鬼祟祟上来，却以主的面目降临。

我要向你颂扬我的死亡，这自由的死，我愿意。

我什么时候才能得偿所愿呢？——任何有目标和继承者的人，无不希望死于恰当的时刻，为了他的目标和继承人。

出于对其目标和继承人的尊重，他将不再顶戴着枯萎的花环在生命的圣所执掌权柄。

我实在不愿像那些制绳者一样：他们把线搓得老长，而他们自己总是倒着走。

许多人活得太久了，为了他的真理和胜利；一张没有牙齿的嘴，不再有权宣示一切真理。

每一个想要名望的人，都必须适时地放弃荣誉，并操练这门难度较高的技艺：在恰当的时刻死去。

当一个人的胃口棒极了时，他必须停止进食，以免成为吃掉自个儿的老饕：那些想要被长久爱戴的人应知晓这一点。

不消说，多数酸苹果得等到秋末，才会成熟、变黄，并一下子就干瘪了。

有些人是心灵先老去，而另一些人则是精神先萎。有些人年轻时就老了,但那些晚熟的年轻人则青春常驻。

对许多人来说,其生命变得败劣,如同有毒虫在其心中咬噬。设法让他们明白,他们的死倒是一件更好的事。

许多果实永远不会变甜,到夏天就烂掉了,是怯懦让其赖在枝头。

许多人,太多的人,他们也像果子一样,悬在枝头太久了。但愿一场暴风雨来摇撼这树上所有被虫蛀空的烂东西!

但愿有人来宣示速死的方法!对我来说,他们就是摇撼生命之树的暴风雨!但我听到的只是关于缓慢死亡的说教和对世间万事的忍耐。

唉,你们的说教是要人们忍耐一切俗世之物吗?是俗世对你们太有耐心了,你们这些散布流言蜚语的人!

那些宣讲慢死的布道者所敬仰的那位希伯来人,的确死得太早了,对许多人来说,他死得太早,不啻为一场灾难。

他所知道的,只有希伯来人的眼泪和忧伤,只有善人和义人的敌意。然后,这希伯来人的耶稣被一种对死亡的渴念所战胜。

他要是一直住在旷野就好了,远离所谓的善人和义人。也许他将学会生活,学会热爱大地——也学会开怀大笑!

相信我，我的弟兄们！他死得太早了；如果他活到我这个年龄，他自己就会收回他的教诲！他够高贵，足以收回！

但事实不是这样的，他还没有成熟起来。这位青年，他不成熟地爱着，也不成熟地恨着人类和大地。他的性情和精神的翅膀，仍然笨拙而拘谨。

但是，与年轻人相比，成年人拥有更多的孩子气，心事也不那么沉重：因为他们对死亡和生命有更棒的理解。

自由地面对死，自由地奔赴死。说"是"的时代已过去了，那个神圣的怀疑论者就是这样理解死和生的。

我的朋友们：但愿你们的死不是对人类和大地的亵渎，这是我从你们的灵魂之蜜中所要求的，仅此而已。

在你的死亡中，你的精神和美德还应像笼罩大地的落日余晖一样闪耀，否则，你的死就太糟糕了。

我情愿这样死去，而你们，我的朋友，将会因为我而更爱大地；我将重新融入大地，在那生我的地头安息。

是的，查拉图斯特拉有一个球门，他抛出他的球：现在，你们，我的朋友，是我的球门的继承人，我要把这金球抛给你们。

我的朋友们，我最乐见的是你们抛掷金球的情景！为此，我将在这世上再多徘徊一阵，请原谅我！

赠予的美德

1

当查拉图斯特拉离开那座他倾心向往的名叫"花斑牛"的市镇时,有许多自称是其门徒的追随者,护送他前行。就这样,他们来到了十字路口:查拉图斯特拉告诉他们,从现在开始,他想独自行走,因为他喜欢独自行走。他的门徒在告别时递给他一根手杖,在手杖的金柄上雕刻着一条盘绕太阳的蛇。查拉图斯特拉十分喜欢这根手杖并靠着它,随即对众位门徒这样说:

现在告诉我:金子是如何承负最高价值的?因为它难得、无用,光泽明亮而柔和,总是付出自己。

只有作为最高道德的写照,金子才具有最高价值。那赠予者的目光像金子般闪烁。金子的光泽缔结和平,一如日月同辉。

最高道德不同寻常,且不实用,它是明亮而柔和的。赠予的道德,就是最高道德。

众位门徒,说真的,我可看透了你们,你们同我一样,努力追寻赠予的道德。你们同猫、狼有何共同之处?

你们渴望成为祭物,同时想要得到预备的赏赐:并因此渴望在你们的灵魂里积攒一切的财富。

你们的灵魂永不餍足地追求奇珍异宝,因为你们渴望恩典的道德也是永不餍足的。

你们强迫一切事物趋向你们,为你们所吸纳,以便它们再次从你们的泉源里流出,作为你们爱的馈赠。

是的,一切价值的捕食者,一定会得到这样一种赠予之爱;但是,我把这种利己主义称为健全而神圣的。

另有一种利己主义,贫穷的、饥饿的,老是想盗窃的,病态的利己主义。

那种利己主义用贼眼巡睃一切闪光的东西,用饥饿的、贪婪的目光衡量谁拥有足够的食物;它总是鬼鬼祟祟地围着那些赠予者的桌腿打转。

病相是从这种欲望和无形的退化中表达出来的;这种利己主义的窃贼的贪婪乃是孱弱病体的表征。

告诉我,我的弟兄:对于我们来说,什么是败劣?什么是一切败劣中最败劣的?不就是退化吗?——而当赠予的灵魂匮乏之时，我们就疑心定是人退化了。

引领我们上升的路，是从人到超人。但令我们恐惧的是一种退化的意识，它说："一切为我自己。"

我们的意识向上飞翔，这是对我们肉身的比喻，也是对高举的比喻。这种高举的比喻就是各种道德的名号。

肉身就这样贯穿历史，不断成形，不断争战。而精神对肉身来说，有何意义呢？是肉身的战斗及其胜利的先驱，抑或是肉身的同伴与回声。

所有善与恶的名号，皆为比喻，它们不直说，它们只暗示。傻子才按图索骥！

现在请注意了，我的弟兄们，当你们的精神随时以比喻的方式说话：那里即是你们道德的起源。

然后你们的肉身被高举并复活，以其狂喜；你们的精神也因其狂喜而踊跃，以致成为万物的创造者、评判者、爱人和恩人。

当你们的心汹涌、辽阔，像河流一样满涨，对住在附近的人既是福又是祸：那里即是你们道德的起源。

当你们超越了应许和责罚，你们的意志就会像爱人的意志那样主宰万物：那里即是你们道德的起源。

当你们藐视舒适柔软的眠床,而唯恐你们的眠床不能和心灵柔弱者保持距离时:那里即是你们道德的起源。

当你们合众意志为一,而所有必需的转变对你们来说皆为急务:那里即是你们道德的起源。

是的,这是一种崭新的善恶!是的,这是一种崭新的更深的激流,一种崭新的泉源的声响!

这崭新的道德是一道强力;它是统治的思想,围绕它的是一个聪明的灵魂,如同一轮金色的太阳,以智巧之蛇为环饰。

2

说到这里,查拉图斯特拉沉默了一阵子,慈爱地望着他的门徒,然后继续如是宣讲,声音也变了。

为了我的缘故,我的弟兄们,用你们道德的强力保持对大地的忠诚吧!愿你们的赠予之爱和你们的知识具有服务于大地的敏感!我如是呼告并恳求你们。

不要让它飞离地面,不要让它的双翅扑打永恒的墙壁!噢,总是有那么多飞走的道德!

像我一样，把那飞走的道德带回大地吧——是的，带回肉体和生命：让它赋予大地它的意义，一种人类的意义！

时至今日，精神和道德已逃逸和出错千百次。唉，在我们的肉身里，所有这些错觉和错误仍然存在：它们已化为肉身和意志。

时至今日，精神和道德已试验和迷误千百次。是的，人类的存在一直是场试验。啊，多少无知和谬误已变成我们自身的血肉！

不仅是千年的理性——也包括它的疯狂——毁掉了我们。成为这样的继承人是危险的。

我们仍在步步为营，争取巨大的机会。而过去统治整个人类的，只有荒谬的一派胡言。

我的弟兄们，愿你们的精神和道德有奉献给大地的意义，愿由你们来重估万物的价值！为此，你们将成为战士！为此，你们将成为创造者！

肉身经由认知净化自己，并以体验式的认知高举自己；对知道的人而言，一切冲动都将使自己分别为圣；而对被高举的人而言，其灵魂唯有喜乐。

医生，医治你自己吧：这样你也可以医治你的病人。但愿这是他最好的补救措施,叫人亲眼看见他使自己成为健全人。

还有上千条路尚未被踩踏;还有上千种拯救和隐蔽的生命岛尚未被发现。直至今日,人和大地尚未枯竭,尚待发现。

孤独的你,醒来听我说!有风正挥着隐形的翅膀,从未来飞来,给耳聪之人传递好消息。

今天你们这些孤独者,离群索居的隐士,你们终有一日会成为一个民族。你们这自我拣选的人,必有选民从你们当中兴起。而在选民当中必有超人诞生。

是的,大地将会变成一个使人康复的地方!一种新的清香已在大地的四周弥漫,带来拯救——一个新的希望!

3

查拉图斯特拉说完这些话,沉默了,像一个没把最后一句话说完的人;很长一段时间,他犹豫不决地把弄着手中的那根手杖。最后,他以变了的声音如是说道:

我现在要独自走了,我的门徒们!你们也各走各的吧,这是我所希望的。

是的，我奉劝你们：离我而去，防备查拉图斯特拉！最好是以他为羞耻！也许他欺骗了你们。

智慧的人不仅要爱他的敌人，而且要恨他的朋友。

如果一个人永远只做学生，那么他对老师的回报就会极稀少。你们为什么不扯下我的光环呢？

你们敬畏我；但如果你们的敬畏有一天崩塌了呢？小心，以免塑像掉下来砸死你们！

你们说，你们信奉查拉图斯特拉？可是查拉图斯特拉算什么呢？你们是我的信徒，可信徒又算得了什么呢？

你们还没有寻找过自己，于是你们就发现了我。一切信徒都如此：这就是为什么所有的信仰都毫无价值。

现在我请求你们丢开我，去找回你们自己；只有当你们都拒绝了我，我才会再度现身在你们的跟前。

说真的，我的弟兄们，到那时，我将用异样的目光去寻找我丧失的亲人；我也将用异样的爱来爱你们。

有朝一日，你们将会再一次成为我的朋友和一个希望之子：然后我将第三次同你们在一起，和你们共同庆祝那伟大的正午。

伟大的正午就是：人站在兽与人之间的道路中央，把黄昏当作最高的希望来庆祝,因为这是通往崭新黎明的路。

那时,走到尽头的人必将祝福自己,因为他必将超越自己。那时,他智慧的太阳,必在午间为他立起。

"诸神已死:现在我们祝愿超人诞生"——希望这句话成为我们伟大正午的最终意志!

持镜的小孩

查拉图斯特拉又回到深山中,回到他那孤独的洞穴,远离人类:像一个播完种的人一样等待着。但他的灵魂因渴念他所爱的人,变得越发焦躁了,因为他还有一个伟大的约定要赐予他们。这确实是最难的:出于爱,把张开的手合上,并保持赐予者的谦逊。

就这样,月复一月、年复一年的时光从这位孤独者的身旁流过;而他的智慧也在增长,日渐丰盈,给他带来了痛苦。

然而,有一天早晨,天还没亮他就醒了。他躺在床上沉思了许久,最后对着自己的心说:

"我为什么在梦里惊吓着醒来呢?不是一个持镜的小孩走向我吗?"

孩子对我说:"查拉图斯特拉——照照镜子看看你自己吧!"

当我拿起镜子时,我不由得叫了起来,我的心为之震颤不已:因为我在镜子里看到的不是我自己,而是一个魔鬼,它正在扮着鬼脸嘲弄我呢。

真的,我太了解这个梦的预兆和警示了:我的教诲处于危险之中,稗子将被称为麦穗[1]!

"我的敌人势力强大,他们歪曲我的教育形象,以至于我最亲爱的人也必定为我给予他们的馈赠而羞愧。"

"我失去了我的朋友;寻回失丧之人的时候到了!"

查拉图斯特拉说着,跳了起来,但不像一个焦急气喘的人,而像一个充满圣灵的先知和歌者。他的鹰和蛇都惊奇地看着他,因为有一种即将来临的犹如黎明曙光的福乐,涌现在他的脸上。

"我这是怎么了,我的动物们?"——查拉图斯特拉说:"我是不是变样了?是不是有暴风一样的狂喜向我席卷而来?"

"我的幸福真蠢,它尽说些蠢话:它还太年轻——对它多点忍耐吧!"

我的幸福使我受伤,所有的受难者都是我的医生!

我现在得再次下山,去会会我的朋友,也会会我的敌

---

[1] 稗子和麦穗,出自马太福音第13章第24至30节的比喻。稗子比喻"恶者之子",麦穗比喻"天国之子"。此处为尼采借用。

人。查拉图斯特拉还能说,还能赠予,还能给他亲爱的人做点最可亲爱的事!

我迫切的爱如洪流奔涌,倾泻而下,向着日出和日落,从寂静的山岭和痛苦的雷雨中,将我的灵魂冲进山谷。

我望着远方已经憧憬太久,我已被孤独统索太久,因为我还没有学会沉默。

我的嘴里像是有溪水从高耸的悬崖上咆哮而出:我要将我的言语倾泻进山谷。

愿我爱的河流骤然冲过不可逾越的地方!一条河流最终总能找到它的入海之路。

的确,我心中有一片湖,孤绝静默而丰沛自足;但我爱的河流领着它奔向大海!现在,我走新的道路,有一种新的话语向我袭来:像所有的创造者一样,我已厌倦了老调重弹。我的灵魂不想再穿上破旧的鞋底徘徊。

一切言说对我来说都太缓慢了——风暴啊,我要跃进你的战车,即便是你,我也要狠狠地鞭笞!

我要像一阵呐喊和欢呼一样扬帆远航,直至找到我的朋友们寓居的幸福之岛:

我的敌人就在他们中间!现在我是多么热爱每一个和我

简短交谈的人！即便是我的敌人，也令我满怀福乐。

每当我想骑上我最狂野的战马，最能助我骑上去的总是我的长矛：它是随时听命于我的双腿的仆从。

我这向敌人投去的长矛啊！现在我是多么感谢我的敌人，因为我终于可以向他投掷我的长矛了！

我的阴云如此紧张、如此凝重，在闪电般的哄笑声里，我要把阵雨似的冰雹泼向大地深处。

我的胸部猛烈地翻腾，猛烈地把它的暴风骤雨喷向山岭。这样，我才能得到释放。

真的，我的幸福和自由像风暴一样来了！但我的仇敌必以为那是恶魔在他们的头顶上怒吼。

是的，我的朋友们，你们也会被我狂野的智慧吓坏的；或许你们将会和我的仇敌一同逃逸。

唉，要是我知道怎样用牧人的笛子把你们吸引回来就好了！唉，要是我有母狮般的智慧能学会温顺地咆哮就好了！我们已经在一起彼此学到了许多！

我狂野的智慧在孤寂的群山里怀孕了；它在最粗糙的岩石上诞下了它的幼狮中最小的幼崽。

现在它傻里傻气地跑过荒芜的沙漠，寻找一片柔软的绿

305

地——我这老迈狂野的智慧!

我的朋友们,它想在你们内心柔软的草地上——在你们的爱意里为它至爱的小狮子搭一个安乐窝!

在幸福岛

从树上落下的无花果,又好又甜;当它们往下落时,红色的果皮就迸开了。我就是将所有成熟的无花果吹落的北风。

我的朋友们,这些教诲就像无花果一样,也这样落向你们;现在请吸啜它们的汁水,品尝它们香甜的果肉吧,在这个晴空旷远的秋日午后!

看呐!我们的周围是何等丰饶。从这样的满溢之中眺望远处的大海,又是何等心旷神怡。

从前,当一个人望向远方的大海时,他会说"上帝";但是现在,我要教你们说:"超人。"

上帝是一种臆想;但我希望你们的臆想不要超出你们创造的意志。

你们能造出一位上帝吗?——如果不能,那就别向我称道什么诸神!但你们肯定能造出超人。

我的弟兄们,也许你们自身不能成为超人!但你们能把自身改造成超人的父亲和祖先:愿这是你们最杰出的创造!

上帝是一种臆想；但我希望你们的臆想被限制在可想象的范围内。

你们能幻想出一位上帝吗？——不能。但你们有追求真理的意志，这意味着你们可将一切转化为人类的所思、所见、所感！你们要穷尽自己的感知，直到终点！

你们所称道的世界，应当由你们来创造：因着你们的理性、你们的形象、你们的意志、你们的爱，世界将把它自己托付给你们。而这才是为你们的幸福着想，你们这些求知者呐！

假如没有此等希望，你们这些求知者又怎能忍受希望渺无的人生呢？你们不可能生在一个既不可理解，也毫无理性的世界。

可是，我亲爱的朋友，我却要将我的心全然地显现给你们。如果有上帝，我怎么受得了自己不是上帝呢。因此，没有上帝。

是的，这就是我得出的结论；而今它牵引着我。

上帝是一种臆想，而谁能饮尽这臆想的苦杯而不死呢？造物主会失去他的信仰吗？不停振翅高翔的雄鹰会进入它的天际吗？

上帝是一个念头，它拨正为邪，弄直为曲。什么？时间总是在流逝，而所有无常不过是一个谎言？

想到这个，人就像被裹进旋风中一样，骨头发软，头昏目眩，连胃都得呕出来：真的，臆想上帝这玩意，我称之为发羊角风。

所有宣讲唯一、完全、静止、充沛、永恒的教义，我都称之为邪恶的、仇视人类的。

一切皆永恒——那只不过是一种比喻！而诗人说谎太多了。

但最棒的比喻是对时间及其流变说的：它是对一切无常易逝事物的赞美和辩护！

创造——使生命脱离苦难，趋向轻盈的伟大救赎。但成为创造者，它本身需要承受痛苦和经历许多转变。

是的，你们这些创造者，一生中必定有许多濒临死亡的苦痛！这样，你们才能成为无常的鼓吹者和辩护者。

为了使创造者自己成为新生的婴孩，他也必须甘愿做产妇，忍受分娩带来的阵痛。

是的，我在我的旅途中曾穿透一百个灵魂、一百个摇篮和一百次出生的阵痛。我已多次告别：我深谙那令人心碎的最后时刻。

但我创造的意志、我的命运，它希望这么做。或者，更诚实地说：这样的命运，正是由我的意志意欲造就的。

我的一切情感都被关进我自身的监狱里；但我的意志总是作为我的解放者和安慰者降临到我。

意志解放人：这是意志和自由的真义——查拉图斯特拉就是这样教导你们的。

没有意志，没有估值，没有创造！啊，但愿这种巨大的倦怠能永久远离我！

即便是在认知世界的过程中，我也只感觉到我的意志有在诞生和成形中的喜悦；如若我的认知天真尚存，那是因为有意志诞生在其中。

远离上帝和诸神，是这样的意志吸引着我；如若诸神存在，还有什么可创造的呢？

我炽热的创造意志驱使我一次又一次地走向人类；这就如同铁锤的意志是砸向石头。

啊，你们这些人类，那石头上沉睡着一个形象，是我诸多想象中的一个形象！啊，它居然沉睡在最硬、最丑的石头里！

现在，我的锤子猛烈地击打着监狱。碎石从石头上飞溅而出：那与我有什么关系？

我要使之完美，因为有一个影子在靠近我——在一切事物中最静谧最轻盈的一个影子降临到我了！

超人之美曾像影子一样降临到我。啊，我的弟兄！现在诸神和我有什么干系！

怜悯者

我的朋友们，嘲讽的话已传到你们朋友的耳朵里了："看看查拉图斯特拉吧！他游荡在我们中间，岂不是像在野兽中一样吗？"

但说得更好一些，这话应该这么说："一个明白的人游荡在人类中间，就像处在野兽中一样。"

但对一个明白的人来说，人本身就是红颊的野兽。

人怎么会是红颊的野兽呢？难道不是因为它常常不得不为自己感到羞愧吗？

哦，我的朋友！一个懂得羞耻的人这样说：羞耻，羞耻，羞耻——这就是人类的历史！

因此，高贵者不愿使他人蒙羞：在一切受苦的人面前，他自认羞愧，无处可躲。

真的，我不喜欢那些慈悲者，那些在怜悯之中自觉蒙福的人：他们太缺乏羞愧之心了。

如果我一定要表达怜悯，那么我不希望别人这样称呼我；如果我真的有怜悯之心，我宁愿站得远远的。

在我可能被认出来之前，我甚至乐意捂着头逃走，因而我要求你们也这样做，我的朋友们！

愿我的命运永远引领像你们一样无忧无患的人踏上我的道路，一同分享希望、佳肴和蜜饯。

是的，我可能为受难者做过这样那样的事情。可是，当我学会更好地享受自我时，我所做的事情才会看起来更加美妙。

自人类诞生以来，他们享受自我就太少：弟兄们，这是我们仅有的原罪！

如果我们学会更好地享受自我，我们就能把伤害他人和制造痛苦彻底忘却。

因此，我洗净我帮助过受难者的双手；因此，我也擦净了我的灵魂。

看见受难者受难，我会因为他的蒙羞而羞愧。当我帮助他时，我就残忍地伤害了他的自尊。

伟大的善举不会使人感恩，反而会招来报复；如果这个小小的恩惠尚未被忘记，它就会变成总在啃噬的蠕虫。

"矜持地接受赠予吧！以颁赐勋章的方式接受赠予吧！"——我如此奉劝那些无所赠予的人。

但我是一个赠予者，我乐于赠予，以朋友对朋友的方式。但要任凭外邦人和穷人去摘取我树上的果子，好叫他们少受一点羞辱。

然而，乞丐应该被彻底清除！真的，给他们令人烦恼，不给也令人烦恼。

同样还有罪人和恶人！相信我，我的朋友们：良心的折磨会使他们牙尖嘴利。

但最坏的是卑鄙的想法，真的，行恶也比卑鄙的想法好得多！

当然你会说：以小恶为乐可使我们免于犯下诸多大恶。但大恶休想以此幸免。

恶行就像脓疮：它会发痒，像针刺一般的痛，然后崩裂溃烂——它说到做到。

"看呐，我有病。"——恶行如此说道，好像很诚实。

但是这种卑鄙的思想就像一种真菌：它匍匐前进，猥琐发育，又无处不在——直至遍及全身，使你腐烂枯萎。

但对魔鬼上身的人，我这话要附在他的耳边说："最好把你的魔鬼养大！对你而言，这也是一条通向伟大的路！"

啊，我的弟兄们！有人对每个人都懂得太多了！他已经向我们显明，我们却不能借着他得救。

和人类一起生活是艰难的，因为要保持沉默是如此艰难。

我们对之不公的，不是干犯我们的人，而是与我们毫无干系的人。

但如若你有一个朋友在受苦，那你就当为他的受苦作安息之所，如一张硬床、一张行军床，这样你才能最好地服务于他。

如若有朋友亏待你，那么你就说："我原谅你对我所做的；但你对自己也做了这样的事——我怎么能原谅你！"

所有伟大的爱都是这样说的：它甚至克服了宽恕和怜悯。

一个人应该把控好自己的心，因为如果放任它，它很快就会失去自己的理智！

唉，世界上哪里还有比怜悯更蠢的蠢行呢？世界上哪里还有比愚蠢的怜悯者造成的苦难更多的呢？

一切爱人者有祸了，如若其高度未曾超越其怜悯。

魔鬼曾经对我如是说："上帝也有他的地狱，那就是他对世人的爱。"

最近我又听到他提及这个说法："上帝已死，死于他对人类的怜悯。"

当心怜悯！它那里还会有沉重的乌云降临到人类的头

上。真的,我懂这天气的预兆!

但也请记住这句话:所有伟大的爱都高于怜悯:因为它要创造被他所爱的一切!

"我为爱而奉献自己,也为像我一样的邻人奉献自己——这是所有创造者的话语。"

然而,所有的创造者都是严酷的。

有道德的人

人们需要雷霆和天国的闪电来对慵懒而昏睡的心灵说话。

可是美的声音很轻：它只会潜入最清醒的灵魂。

今天，轻轻地，我的盾牌颤抖着，大笑着，面对我；那是美的神圣的笑声和颤抖。

今天，你们这些有德之人，我的美在笑你们。它的声音如是我闻："他们想要更多——想要回报！"

你们还想要更多的回报，你们这些有德之人！为道德索取报酬，为尘世索取天国，为你们的今天索取永恒吗？

而现在你们要冲我发怒吗？因为我教导人们世上从来就没有赏赐者和付薪者？是的，我也没有说过美德本身就是酬报。

唉，这是我的悲哀：起初，人们播下了赏赐和惩罚的种子——现在，赏罚甚至已扎根于你们这些有德之人的灵魂深处！

但我的话就像野猪的鼻子一样，拱开了你们灵魂的地面；我愿你们称我为犁铧。

你们灵魂深处的一切秘密，都必显露。当你们的谎言在日光之下被粗暴地击碎，你们的虚假也必将与你们的真实分得清清楚楚。

因为这才是你们的真相：你们的思想太过纯正，不能被诸如复仇、惩罚、奖赏、报应之类的脏词玷污。

你们爱你们的道德，就像母亲爱她的孩子；可是你们中有谁听说过，母亲向她的孩子索要回报？

你们最亲爱的自身，就是你们的道德。你们的心中怀有魔戒的渴望：每一枚魔戒之所以争相转动，不过是为了重新回到自身。

你们道德的每一项作为，就像一粒垂死的星星：它的光芒总是在静静地闪耀和偏移——而它将消逝在何方呢？

这样，即便你们道德的工作已经完成，而你们的道德之光仍在闪耀。虽然现在道德的工作可能已被遗忘，已经消逝，道德的光束却仍在偏移。

你们的道德就是你们自身，而不是外来之物，一层皮肤或一件外套：那是来自你们灵魂深处的真相，你们这些有德之人！

可是，竟然有人确信道德不过是鞭笞之下的一阵抽搐！而他们的呼喊，你们已听得太多！

也另有人称他们的道德即恶习成长为怠惰；好似他们的

怨恨和嫉妒一旦摊开四肢休息，他们的"公义"就会醒来，揉着惺忪的睡眼。

也另有人是被他们的恶魔拖下地狱的。但他们越是向下沉沦，他们的眼睛就越炯炯有神，满是对上帝的强烈渴望。

唉，你们这些有德之人，想必他们的呼号已传入你们的耳朵："我不是什么人，那个，那个于我来说就是上帝和道德！"

也另有人像载着石头下山的破车，步履沉重缓慢，吱吱嘎嘎地移动着。他们高谈尊严和道德——他们是把刹车当作道德了！

也另有人就像上紧发条的常见时钟，嘀嗒嘀嗒地转动着，并妄想别人把这种嘀嗒嘀嗒的响声称为他们的道德。

是的，我对这种人有自己的取乐方式：当我发现这样的时钟，我就用我的嘲讽给它们上发条，然后它们就会为我咕噜作声！

也另有人为他们那少得可怜的正义感自豪，并对一切事物大干其罪恶勾当：使尘世溺死在他们的不义之中。

唉，"道德"这个词从他们嘴里说出来是多么可怕啊。当他们说，"我只是主持正义，"听起来好像是，"我总算出了口气！"。

他们想用他们的道德把敌人的眼睛挖出来；他们抬高自己只是为了贬低别人。

然后，又有这样一些人端坐在他们的沼泽里，透过随风晃动的芦苇这样说："道德——就是安安静静地坐在自己的沼泽里。"

我们谁也不咬，谁咬我们，我们就躲开。在任何事情上，我们奉行的都是别人给我们提的意见。

还有一些人，他们热衷于摆出各式花哨的姿态，并认为道德就是一种姿态。

他们的双膝总是礼拜上帝，他们的双手就是道德唱诗班的指挥，可他们的内心却对道德一无所知。

又有些人说起道德，认为"道德是必要的"；但基本上他们只相信警察是必要的。

也有许多人看不见人的高贵，却对人的卑鄙看得一清二楚，他们便称这个为道德。从而，他们那邪恶的目光就是道德的了。

有些人想要被造就，被提升，便把这称之为道德；而另一些人则想被飞速击垮——他们也把这称之为道德。

凡此种种，几乎所有人都认为他们在道德上是有份的；

至少每个人都想以分辨善恶的权威自居。

但查拉图斯特拉此行,并不是为了来对这些骗子和傻子说:"对于道德你们知道些什么?你们对道德又了解多少呢!"

而是你们,我的朋友们,查拉图斯特拉是要令你们对那些傻子和骗子的老调感到厌烦:

厌烦"奖赏""报应""惩罚""公义的复仇"这些字眼。

厌烦说什么:慷慨无私成就善行。

啊,我的朋友们!要在你们的行动中体现出自我,就像在孩子的身上看得见母亲,以此作为你们关于道德的承诺吧!

说实在的,我确实从你们那里拿走了千百句道德的箴言和你们最喜爱的道德玩具;现在你们就像孩子一样冲我发火。

孩子们在海边玩耍——这时海浪袭来,把他们的玩具一下子卷到海里去了。他们为此而哭闹。

但同样的海浪也给他们带来了新的玩具,它在他们面前撒下了新的五颜六色的贝壳!

他们必因此得到安慰。我的朋友们,你们也会像孩子们一样,得到你们的安慰——新的五颜六色的贝壳!

夜之歌

已是夜晚,此时所有踊跃的喷泉更喧腾了。而我的灵魂也是一注踊跃的喷泉。

已是夜晚,此时所有恋人的歌声终于苏醒。而我的灵魂也是一支恋人的歌曲。

在我的心底,有一种未曾止息,也无法止息的事物,想要大声地说出来。在我的心底,存有对爱的渴望,它自己絮叨着爱的语言。

我是光:唉,我宁愿是夜!可我就是这腌制品,被光带束紧了。

唉,我宁愿是暗和夜,我是怎样吸吮光的乳汁的啊!

而你们本身将对此予以福佑,你们这些天上微微闪烁的星火啊!——你们赐予的光照可是盈溢着幸福的。

但唯独我以我自己的光为生,我豪饮从我的内心喷薄而出的火焰。

我不知道索取者的幸福;我常常梦想着:偷盗一定比索取来得幸福。

我的手从未停止过赠予，这就是我的贫乏；我看见期待的眼睛和满是渴望的明亮的夜色，这就是我的嫉妒。

哦，一切赠予者的不幸！哦，我的太阳的黯淡！哦，对渴望的渴望！哦，贪婪的饥饿者的餍足！

他们从我手里领取，但我可曾触摸到他们的灵魂？在施和受之间，横亘着一道鸿沟；而最小的鸿沟，最难跨越。

一种饥饿感从我的丰赡中生起：我想伤害我曾照亮的，我想劫掠我曾赠予的——我是如此渴望邪恶。

当别人向我伸手致意，我却将手收回：我犹疑着，就像奔泻的瀑布还有所犹疑一样——我是如此渴望邪恶。

这样的复仇是我圆满的谋划；现在这样的恶意从我的孤独中涌出。我赠予的快乐在赠予中死去，我的道德厌倦了它自己的泛滥！

总是赠予的人，有丧失羞耻感的危险；总是发放的人，手和心都自纯粹的发放中起了老茧。

我的眼睛不再为乞讨者的愧怍而泪光闪烁。我的手已经变得过于坚硬，再也感受不到乞讨者双手满握着它时，那一份乞讨者的战栗。

我眼中的泪水，我心中的柔情，都去了哪里？哦，一切赠予者的孤独！哦，一切发光者的哑默！

许多太阳运转在荒远的太空：它们用光对一切黑暗说话——对我，它们一言不发。

哦，这是光对发光体的敌意：它殊少顾忌地依循它的轨迹。

在内心的最深处，对别的发光体都持有偏见，对别的太阳都满怀冷酷——每一轮太阳都是如此运行。

太阳们如一阵风暴，沿着它们的轨道飞驰，那是它们的运行。它们依循着它们坚不可摧的意志，那就是它们的冷酷。

哦，只有你们，黑沉如夜的你们，从闪耀的发光体那儿取暖！哦，只有你们，从光的奶子上吸吮乳汁和慰藉！

哦，寒冰围裹我，我的手被冰灼伤！哦，我的心中有一种焦渴，渴求着你们的焦渴。

已是夜晚：唉，我为何必须是光！我渴望夜晚的一切！也包括孤独！

已是夜晚：此时我的欲望踊跃如喷泉——我渴望说话。

已是夜晚：此时所有踊跃的喷泉更喧腾了。而我的灵魂也是一注踊跃的喷泉。

已是夜晚：此时所有恋人的歌声终于苏醒。而我的灵魂也是一支恋人的歌曲。

舞之歌

一日黄昏，查拉图斯特拉与门徒们一同穿过森林；当他为一眼清泉而四处逡巡时，瞧，他来到了一片葱绿的草地，四周是静谧的树木和灌木丛，少女们正在那上面你呼我应地舞蹈。当少女们认出查拉图斯特拉，她们便停了下来；但查拉图斯特拉一边走近她们，一边友好地向她们挥手示意，并如是说道：

"你们这些可爱的少女，不要停止你们的舞蹈！向你们走来的，绝非眼露凶光的败兴之徒，也绝非少女的仇敌。

"我在魔鬼面前为上帝辩护：但我所说的魔鬼，是精神的重负。你们这些身轻如燕的姑娘，我怎么会是神一般的舞蹈和处女美丽脚踝的仇敌呢？

"是的，我的确是一座黑暗幽深的森林：但谁不怕我的黑暗，谁就会发现在我的柏树下也有玫瑰的凉亭。

"也会找到处女们最喜爱的小精灵，闭着眼睛，静静地躺卧在泉水边。

"真的，他公然在大白天睡着了，这个懒骨头！他许是追逐的蝴蝶太多了?

"别生气! 美丽的舞者,容我稍稍管教一下这个小爱神! 他准会一边嚎哭,一边淌眼抹泪——但即便他哭闹,也是逗人开心的!

"他会泪眼婆娑地请求你们和他一同起舞;而我本人,也要为他的舞蹈唱一首歌:这是一支嘲讽精神重负的舞曲。我的至高无上的、最强大的恶魔,人们称他是'世界的主'。"

这就是查拉图斯特拉在丘比特和少女们一同起舞时所唱的歌:

哦,生命! 我近来凝视你的眼睛,那时,我似乎正在直直坠向深不可测的深渊。

"可是,你用一根金黄的钩子把我拉了上来;当我说你深不可测时,你对我报以嘲笑。"

这是所有鱼类的言语。"你说道:"它们测度不了的事物,它们就说它深不可测。"

"但我只是在所有事情上善变且狂放的一名妇人,绝非一名贞妇;尽管你们这些男子称我为'老于城府者''忠心耿耿者''永生不朽者''神秘莫测者'。"

"你们这些男子总是把自己的道德赋予我们——啊,你们这些有德之人!"

她就这样爆笑起来,真是不可思议。

但我从来不相信她和她的爆笑,当她居心叵测地说起自己时。

当我和我狂野的智慧眼对眼地交谈时,它愤怒地对我说:"你欲求,你渴望,你热爱,你仅仅因此而赞美生命吗?"

我几乎是不怀好意地给了她一个答复,把真相告诉这位愤怒者。没有比对自己的智慧"说出真相"更恶毒的了。

在我们三者之间,情状就是如此僵持。起初,我只爱生命——真的,恨她时我最爱她!

但是我喜欢智慧,而且往往是过分的喜欢,那是因为她常常使我联想到生命。

智慧也有同生命一样的眼神,同生命一样的笑声,甚至也有一根金色的小钓竿。她俩如此相像,我该怎么办呢?

有一次,生命问我:"这智慧是谁呢?"

我急切地答道:"啊,是这样的!智慧!"

有人永不满足地追求她,有人透过面纱打量她,有人试图用网捕获她。

她漂亮吗？我怎么知道！但是最老练的鲤鱼，也会被她的钓饵所引诱。

她是善变的，又是固执的。我经常看见她咬着嘴唇，用梳子反着梳弄她的头发。

她也许邪恶诡诈，全然是个妇人。但当她诋毁自己时，恰恰是她最妩媚的时刻。

当我说完这番话，生命闭上眼睛，恶毒地大笑起来。"你到底说谁呢？"她说。"也许是我吧！"

即便你是对的——你怎么能当着我的面这样说！现在也请你谈谈你的智慧吧！

啊，亲爱的生命！后来你又睁开了眼睛，我似乎又在往深不可测的深渊里直坠。

查拉图斯特拉如是歌唱。但是当舞蹈休止，少女们散去时，他不禁悲从中来。

"太阳早就落下去了。"他终于说道，"草地潮湿，有凉意从森林里袭来。"

"某个关乎我的不可知的事物，思虑重重地注视着我。什么？查拉图斯特拉，你还活着？"

"为什么？有何目的？凭什么？去向哪里？止于哪里？

如何自处？继续活着，不是很愚蠢么？"

"啊，我的朋友们，这是黑夜从我的内心里发出的诘问。请原谅我的悲伤！"

黄昏已至，请原谅我，已是黄昏。

墓之歌

"那里是坟墓之岛,一片寂静;那里也是埋葬我青春的坟墓。我要带着常青的生命花环到那里去。"

我心中这样打算着,航行在海上。

哦,你们,我青春的幻象和幻影!哦,你们,所有爱的一瞥,神圣的瞬间!你们如此转瞬即逝!如今我怀念你们,如同怀念我已故的亲人。

从你们那里,我亲爱的逝者,飘来一股甜蜜的清香,使人心旷神怡,热泪盈眶。的确,它使孤独的航海者心情激动而舒畅。

直到今天,我还是最富有、最令人羡慕的人——我,也是最孤独的人!因为我曾经拥有过你们,而你们现在还拥有我:告诉我,可曾有谁,这树上的金苹果,像为我一样为他掉落?

直到今天,我依然是你们爱的继承人和肥沃的土地,为纪念你们,盛开着绚烂的野生的道德,哦,我最亲爱的。

啊,我们生来就是为了彼此亲近,你们这些受祝福的温柔的奇迹;你们走向我和我渴望的目光,不像胆怯的鸟儿,而像信任的生灵走向它信任的对象！

是的，像我一样，为忠诚而生，也为最温柔的永恒。但现在我必须以你们的不忠来称呼你们吗？你们神圣的一瞥和那一瞬间：我还不曾学会别的名称。

的确，你们这些转瞬即逝的生灵，死得太早了。然而你们没有逃离我，我也没有逃离你们。我们彼此不忠，这罪过并不归咎于我们。

为了杀我，他们掐死了你们，我的希望的鸣禽！是的，我最亲爱的，邪恶总是向你们射箭——为了贯穿我的心！

而箭已命中！因为你们始终是我最心爱的，我的所有和我的痴狂：所以你们不得不过早夭亡。

他们对准我最柔弱的地方射箭：正是射向你们，你们的皮肤像绒毛一样，更像在一瞥之间飞逝的微笑！

但我要对我的仇敌说：你们对人类的屠戮，与你们对我的所作所为相比，又算得了什么呢？

你们向我所行的恶，甚于任何谋杀。你们夺走了我无可挽回的一切——现在我这样对你们说，我的仇敌！

你们毁灭了我青春的幻象和我最钟爱的奇迹！你们带走了我的玩伴，那些受祝福的精灵！为了祭奠他们，我献上这个花环，并留下对你们的诅咒。

诅咒降临到你们了，我的仇敌！对我来说永恒的东西被你们剪短了，就像在最寒冷的夜晚乐曲被冻结了一样！那神圣的眼目瞥向我的一刹那，我几乎只捕捉到一丝微光！

在一个正好的时刻，我的纯洁曾这样对我说："一切存在都应是神圣的。"

那时，你们这些仇敌，驱使肮脏的幽灵攻击我；唉，那正好的时刻如今逃到哪里去了？

对我来说，所有的日子都将是神圣的。

我青春的智慧曾如是说：真的，这是快乐而智慧的语言！

但后来，你们这些仇敌偷走了我的黑夜，把它们卖给不眠的折磨：唉，那快乐的智慧如今逃到哪里去了？

从前，我渴望从鸟儿那里得到好兆头，后来你们领着一只可怕的猫头鹰从我的路上招摇而过，那是一只令人厌恶的猫头鹰。唉，我那温柔的欲望如今逃到哪里去了？

从前，我发誓要杜绝一切恶心之物：后来你们把离我最近的一切变成了烂疮。唉，我最高贵的誓言如今逃到哪里去了？

从前，我像个瞎子，走蒙福的路，后来你们把垃圾丢在瞎子的道上。如今，这条老盲道，令瞎子作呕。

当我完成最艰难的工作，为我的克服之功而欢庆时，你们却唆使那些爱我的人尖声嘶吼，说我给他们造成了至深的伤害。

真的，你们的所作所为一向如此：你们糟蹋了我最好的蜂蜜，也糟蹋了我如最好的工蜂似的辛勤付出。

你们总是打发最没皮没脸的乞丐来领受我的慈悲，唆使最不可救药的无耻之徒聚集在我同情心的四周。你们就是这样伤害我对道德的信仰的。

如若我把对我来说最神圣的东西作为祭品供献时：你们的"虔诚"会立刻在旁边加上更肥硕的祭物，你们油腻腻的烟熏火燎使对我来说最神圣的东西窒息。

我曾想跳我以前从未跳过的舞蹈：我想舞出苍穹。但是后来，你们俘获了我最亲爱的歌者。

于是他嘶声唱起令人毛骨悚然的低靡曲调；唉，就像对着我的耳朵吹奏挽歌！

杀人的歌者，邪恶的乐器，最无知的人！我站好了，正准备以最美妙的姿势起舞，你却用你的歌声扼杀了我最美妙的狂喜！

只有在舞蹈中，我才能说出最高事物的象征——而现在，我的最高象征还未被说出，还残留在我的四肢里！

未被说出，未被践行，遗迹尚存，我的最高希望呵！我青春的一切幻象和安慰都已消逝！

我怎么受得了它呢？我如何经受和克服这样的创伤？我的灵魂如何从这些坟墓里再次升起？

是的，在我的心中，有一种无坚不摧、无法埋没的力量，一种能爆破岩石的力量：那就是我的意志。它默默地飞越许多年岁，永不改变。

它借着我的脚迈步前行，我的古老的意志；它的性情坚硬如铁，无懈可击。

唯一无懈可击的，是我的脚后跟。直到今天，你仍活着，保持自我，我最坚韧的意志！直到今天，你仍继续爆破着所有的坟墓！

是的，在你那里仍然存着我年少时未被赎回的生命；你以生命和青春的姿态，满怀希望地坐在枯黄的破坟堆上。

是的，你们仍然是我一切坟墓的爆破专家：向你致敬，我的意志！凡是有坟墓的地方，就有复活。

自我超越

你们这些有大智慧的人呐，你们所说的那种驭使你们，使你们激情沸腾的意志是"真理的意志"吗？

我把你们的这一意志称为一切存在皆可思考之意志！

你们首先得使一切存在成为可思考的对象：因为你们有理由怀疑：一切存在是否真的可思考？

但是，一切存在必屈从于你们！你们的意志本该如此。它们将变得恭顺，并受精神的支配，成为精神的镜像。

你们这些有智慧的人呐，这就是你们的全部意志，一种强力的意志；即便在你们谈论善恶、评估价值之际也当如此。

你们仍然想创造一个你们可以向它跪下的世界：那是你们终极的希望和迷醉。

当然，愚者和庸众——他们就像河面上随波逐流的木船：木船里端坐着假装严肃的价值评判者。

你们任由自己的意志和价值漂转在永世流逝的河上；在庸众所信奉的善与恶里，我看出一种古老的强力意志的征兆。

愚者和庸众——他们就像河面上随波逐流的木船：木船里端坐着假装严肃的价值评判者。

你们这些有大智慧的人呐，是你们，是你们把这样的客人请进木船，给予他们华美的包装和浮夸的称号——是你们和你们那专横的意志！

如今河水载着你们的木船漂得更远了：它必须载着你们的木船。即便是破碎的波浪飞溅起泡沫，愤怒地反抗着船的龙骨，那又有什么要紧呢！

你们这些有大智慧的人呐，你们的危险和你们善与恶的终点不是这河流，而是那意志本身，那强力的意志——永不枯竭的能繁育的生命意志。

但为叫你们明白我所说的善与恶：为此，我要将我关于生命和一切存在者本质的言语，说与你们听。

我纠缠存在者，在大路小路上跟踪，以便理解其本质。

我在可折叠的百面镜中，捕捉它的目光。当它缄默不语时，它也许会用眼睛和我说话。而它的眼睛确实在和我说话。

但我发现，哪里有存在者，哪里就能听到关于顺服的布道。所有的存在者都得顺服。

而我听到的第二件事是：不能听令于自己者，就得受命于他人。这就是生存的法则。

而我听到的第三件事是：令比受命于人更难。这不仅是

因为号令者肩负着所有受命者的重担,而且这重担能够轻易将其压垮:

每次号令都是一次实验、一次冒险,我是看出来了;每当存在者发号施令时,它总是把自己置于危险的境地。

是的,即使它是在命令自己,它也必须为它的命令付出代价。根据它自己的律法,它必须成为审判者、惩罚者和献祭者。

但这是怎么发生的呢?于是我问自己。怎么才能说服存在者,使他们既号令又从命,并在发号施令的同时也操练顺从?

你们这些有大智慧的人呐,现在你们听我说。你们要仔细检验:我是否已经钻进生命的心脏,进入心脏的根的深处!

我发现,哪里有存在者,哪里就有权力的意志;甚至在侍者的意志中,我也发现了一种成为主人的意志。

弱者被自己的意志说服,弱者应该服侍强者,而这意志又将成为更弱者的主人:这是他唯一不愿放弃的乐趣。

正如弱小者屈服于强大者,以换取凌驾于更弱小者之上的快感和成就感;同样,最强大者也屈服于他的权力意志,不惜为了权力的收益拿生命本身去冒险。

这是最伟大的屈服,这是生命的冒险,这是与死亡对弈的孤注一掷。

哪里有献祭、服侍和爱的一瞥,哪里就有主宰的意志。弱者通过秘密通道潜入强者的城堡和心脏地带——在此窃取强力。

而这个秘密是生命本身告诉我的:"看呐,"它说,"我必须不断超越自我。"

的确,你称它为创生的意志,或者被更高、更远、更多样的目标所驱使的意志:但这一切,都是同一码事,同一种秘密。

我宁愿沦亡,也不愿放弃这件事;真的,哪里的树叶在凋败和飘零,瞧,哪里就有生命为了强力而把自己摆上祭坛!

我必须成为争战、演进、目标和目标之间的冲突:啊,谁能猜出我的意志,谁一定能猜出意志它走过怎样曲折坎坷的道路!

无论我创造什么,也不管我怎样爱它,——顷刻间,我就必须成为它的敌对者,成为我的爱的敌对者:我的意志意欲如此。

即便是你这觉悟者,也不过是我的意志的道路和脚踪:真的,我强力的意志甚至是踩在你们求真意志的脚上的!

他显然没有击中标靶,他用"生存的意志"来瞄准真理：这种意志——根本不存在！

因为不存在的，就不会有意志；而已经存在的，又何须意欲生存呢！

哪里有生命，哪里就有意志，仅此而已：然而不是生存的意志，而是——我这样教导你们——是强力的意志！

于活着的人而言，有许多东西被视为比生命本身的价值更高；但出于这一视角的评判，说的也就是强力的意志！

生命曾这样教导我：你们这些有大智慧的人呐，我将用这教导继续破解你们心中的谜题。

真的，我如实告诉你们：善与恶不是一蹴而就的——没有这样的事！因其秉性，善与恶也必须不断超越自己。

你们这些价值的评判者，用你们的价值评判和善恶准则来行使权力吧：那里有你们隐藏的爱的容光，有你们灵魂的战栗和满溢。

但是，从你们的价值评判里要诞育出一种更强大的力量，一种崭新的自我超越：它将破壳而出。

无论是谁，必须是善与恶的创造者：的确，他首先得是一个毁灭者，粉碎一切价值。

这样，最高的恶也属于最高的善：但后者具有创造性。

你们这些有智慧的人呐，尽管事情可能是严峻的，但，我们至少还是谈谈这件事吧。缄默不语更可怕；所有一声不响的真理都是毒药。

所以，粉碎一切可以粉碎的真理吧！要建的房屋还多着呢！

崇高的人们

我的海底是平静的,谁能猜到这里住着诙谐有趣的怪物!

我的深处不可动摇:但闪烁着谜题和笑声。

我今天见到了一位崇高的、极其严肃的、精神的忏悔者。啊,我的灵魂是怎样嘲笑他的丑陋!

他昂首挺胸,像屏住呼吸一样,静静地站着,这位崇高的人。

从猎获的赃物中,选用丑陋的真理来装扮自己,并且穿着华丽的破衣烂衫,上面还挂着许多尖刺——我却看不见一朵玫瑰。

他仍然未曾学会笑与美。这个猎人沮丧地从知识的森林中返回。

他回到家中,刚刚与野兽搏斗过,但他严肃的表情,好似仍盯着一头野兽——一头未被制服的野兽!

他一动不动地站在那里,像一只即将扑出的老虎;但我不喜欢他那紧张的灵魂,我对所有这些沉默寡言的孤僻人士都怀有敌意。

朋友们，你们会对我说，别去争论什么品味和志趣吗？但是，所有的生命都是关于品味和志趣的争论啊！

趣味即砝码，同时又是秤盘和验秤者。

凡是想存在下去的任何存在者，如若不愿为砝码、秤盘和验秤者争论，他就有祸了！

这位崇高的人，如果他开始厌倦他的崇高，那时，他的美才会显现——也只有那时，我才会欣赏他，并觉着他合我的口味。

只有当他背弃自己时，他才能跳出自己的阴影——真的！他才能走进自己的阳光里。

他在阴暗里已坐得太久，双颊因精神的忏悔而变得苍白；他几乎要饿死在他的盼望中。

他的眼睛里仍残留着轻蔑的神情；他的双唇间满是厌恶。他现在确实得休息了，但是他还没有躺卧在阳光下。

他应该效法一头公牛；他的幸福应当焕发出大地的气息，而非对大地发出轻蔑。

我希望看到它像一头白色的公牛，在犁地时喷着鼻息，咆哮着：它的咆哮应该是对一切世俗事物的颂歌！

他的脸还是阴暗的，手的影子映射在脸上。他眼睛的意识仍然被阴影笼罩着。

他的行为本身仍如阴影一般遮蔽着他：手使其行为蒙上阴影。他至今还没有超越他的行为。

虽然我爱他的公牛脖子，但我现在也会看到他天使似的眼睛。

他也必须忘却他的英雄意志：让他被提升，而不仅仅只是崇高的：以太[1]本身也应该高举他，这个丧失意志的人！

他制服过怪物，破解过谜题：但是他仍应当救赎他自己的怪物和谜题，使之成为天堂的孩子。

他还没有学会微笑，也没有学会丢掉嫉妒；他那奔放的激情也还没有在美里安静下来。

真的，他的欲望不应在餍足时黯然消失，而应在美里消隐！温文尔雅属于心胸恢弘的慷慨之士。

---

[1] 以太：古希腊人用其泛指青天或上层大气。在亚里士多德看来，物质元素除了水、火、气、土之外，还有一种居于天空上层的以太。在科学史上，它起初带有一种神秘色彩，后来其内涵逐渐增加，成为一些历史时期中物理学家赖以思考的假想物质。

枕臂高卧：英雄应当如此休息，他也应当如此超越他的休息。

但美之于英雄，恰恰是万事中最难的事。一切激烈的意志，无法赢得美。

多一点，少一点：于美而言，这正是大问题，最大的问题。

放松肌肉，卸下意志的套具：崇高的人呐，这对你们来说是极难的事！

当强力变得亲切，下降到可见的地方：美，我把这种俯就称之为美。

强力者啊，向你们要求的美远远超过其他人：愿你们的良善成为你们最终的自我超越。

我相信你们能行一切的恶，因此，我想要你们行善。

真的，我常常嘲笑那些弱者，他们仅仅因为自身的手脚残疾而自以为良善。

你们应该效法柱子的道德：它变得越高，就越发窈窕和优雅，而它越往上攀，它所承受负重的抓力就越强悍。

是的，你们这些崇高的人呐，有一天你们变得美丽，会举起镜子来欣赏自己的美。

那时，你们的灵魂必将因神圣的渴望而战战兢兢，你们的虚荣心也要受到敬拜。

　　这就是灵魂的秘密：只有当英雄抛弃灵魂时，超英雄才会在梦中走近她。

醉歌

1

这时，人们接二连三地走到外面的空气中，走到凉爽而深沉的夜色里，而查拉图斯特拉则牵着最丑陋者的手，以便可以向他展示自己的夜晚世界，那一轮又大又圆的月亮和他洞穴旁的银色瀑布。最后，他们静静地站在一起，虽然都是老人，却都有一颗充满安慰和勇气的心。他们自己也感到惊奇，原来他们在世间竟如此舒适；可是夜晚的神秘越来越契合他们的心了。查拉图斯特拉暗自思索：哦，这些高等人，现在他们是多么令我欣喜啊！——然而他并没有大声说出来，因为他尊重他们的幸福和沉默。

但这时，发生了一件在这个漫长而令人惊奇的一天中最令人惊奇的事：那个最丑陋的男人又一次，也是最后一次发出咕噜声和喘息声，当他终于说上话来时，看呐，一个问题竟从他的嘴里蹦出来，一个深刻而清晰的好问题，打动了所有倾听者的心灵。

"我的朋友们啊，"那个最丑陋的男人说，"你们是怎么想的？感谢这一天——这是我第一次感到不虚此生。"

"我声明，虽然我见识如此之多，但还是不够。生活在大地上是值得的：与查拉图斯特拉待一天，如同过节一样，是他教我要学会热爱大地。"

"这就是——人生吗？"我要对死神说："棒极了！再来一次！"

"我亲爱的朋友们，你们怎么看呢？"难道你们不会像我一样，对死神说："这就是——人生吗？看在查拉图斯特拉的份上，棒极了！再来一次！"

最丑陋的男人这样说着，而这时离午夜不远了。你们认为在那之后发生了什么？那些高等人一听到他的问题，就立刻意识到他们自己的转变和康复，以及是谁给了他们这些。

于是他们急忙跑到查拉图斯特拉面前，以各自的方式表示感谢、尊敬，拥抱并亲吻他的手，有的在笑，有的在哭。而这位老预言家则高兴得手舞足蹈。即便是像一些转述者所相信的那样，如果说，他当时正灌着满是甜蜜的美酒，那么，他的生命则更是灌满了蜜汁，并卸除了一切疲惫。甚至还有人说，当时有头驴也在起舞：先前那个最丑陋的男人曾递酒给驴子喝，这并非徒劳。这么说或许真有其事，也或许另有隐情；如果那天晚上驴子真的没有起舞，那就会发生比驴子起舞更大更令人惊奇的事。总之，正如查拉图斯特拉所说："这有什么关系呢！"

2

当这件事发生在那个最丑陋的男人身上时，查拉图斯特拉却站在那里，像个醉汉一样：目光黯淡，喋喋不休，双腿摇晃。谁能猜到当时查拉图斯特拉在其灵魂里闪过的是什么想法？但显然，他的精神隐退了，飞走了，飞到很远的地方，就如书上记载的那样，"在两片海洋之间的一座高高的山脊上。——如同一片沉重的乌云，在过去和未来之间徘徊。"然而，渐渐地，当高等人把他抱在怀里时，他多少回过点神来，用手挡开了这群崇拜者和担忧他的人。但他没有说话。突然，他把头转过去，好像听到了什么声音，然后他把一根手指竖在嘴唇上说："来了！"

于是周围的一切都变得寂静而神秘了；钟声悠缓地从深谷中升起。查拉图斯特拉听到了，就像高等人所听到的一样,随后他第二次把手指竖在嘴唇上,又说:"来了!来了!午夜临近了!"——他的声音完全变了。但他仍未离开原地。四周变得更加寂静和神秘了,都在聆听着,甚至驴也在聆听着——查拉图斯特拉的尊贵宠物:那鹰和蛇,以及查拉图斯特拉的洞穴,巨大的清凉的月亮和夜晚本身。于是查拉图斯特拉第三次把手指竖在嘴唇上说:来了!来了!来了!现在让我们漫步吧!时辰到了,我们到夜色里去吧!

3

你们这些高等人呀,午夜临近,现在我要告诉你们一些事,一如那座古钟在我耳边所说。

那样神秘、那样恐怖、那样诚挚,就像那午夜之钟对我所说,它比任何人的经历都丰富:

它已经数算过你们祖宗的痛苦的心跳——唉!唉!那古老的深沉的午夜!它是怎样叹息!又是怎样在梦中发笑!

静!静!许多白天听不见的声音,现在却能听到;现在,在清凉的夜气中,当你们心中一切的喧嚣都归于沉寂时。

现在,它说话了,时而听得见,时而溜进夜深人静的极度清醒的灵魂：唉！唉！它在怎样叹息！它又是怎样在梦中发笑！

你没有听见它是怎样神秘地、恐怖地、诚挚地对你说话，那古老的深沉、深沉的午夜？

哦，人类，保重啊！

4

我痛苦啊！时间去哪儿了？我不是坠入深井了吗？世界沉睡着。

唉！唉！鬣狗狂吠，明月照耀。我宁愿死，宁愿死也不告诉你们我午夜的心在想些什么。

现在我已经死了。完了，蜘蛛啊，你为何围着我结网呢？你想要喝血吗？唉！唉！露水降落，时辰近了。

那一刻，我打着寒颤，浑身僵硬，它问了又问，问了又问：谁有足够的勇气来承受它？

谁能主宰世界呢？谁会说："大大小小的河流啊，你们要这样奔流！"

时间近了，人类，你们这些高等人，当心呦！这话是对你们灵敏的耳朵说的,是对你们的耳朵说的——如今幽深的午夜在宣示什么呢?

5

我被带走了,我的灵魂在起舞。白天的工作!白天的工作!谁能主宰世界呢。

月亮冷却了,风也静了。唉!唉!你们都飞得够高了吗?你们在起舞,但是一条腿仍然没有翅膀呀。

你们这些最棒的舞者,现在所有的欢乐都消失了:酒变成了渣滓,每个高脚酒杯都哑了,坟墓在窃窃私语。

你们飞得还不够高,现在坟墓在窃窃私语,说要赎回所有的死者!黑夜为何如此漫长?不是月亮使我们沉醉吗?

你们这些高等人啊,现在赎回坟墓,唤醒所有的尸体!啊,蛀虫还在掘什么洞呢?时间近了,时间近了。

现在钟声隆重地响起,心还在忽上忽下,那蛀虫,那心虫还在掘洞。唉!唉!世界是深沉的!

6

悦耳的七弦琴！悦耳的七弦琴！我喜欢你的声音，你那醉醺醺的、蟾蜍嘶哑般的腔调！——多么悠扬、多么遥远，你的声音向我传来，远远地来自爱的池塘！

你这古老的钟，你这悦耳的七弦琴！每一种痛苦都撕裂着你的心，父辈的痛苦、祖辈的痛苦、祖先的痛苦；你的语言成熟了：

成熟得像金秋和午后，成熟得像我孤独的心——现在你说话了：世界本身也成熟了，葡萄变成了褐色。

现在它想要去死，死于幸福。你们这些高等人，难道你们没有闻到吗？有一种气味暗自四溢。

有一种永恒的芬芳和香气，一种来自古老幸福的玫瑰般金色葡萄酒的香气。

来自沉醉的午夜之死的幸福香气，它吟唱道：世界是深沉的，比白昼所意识到的更深沉！

7

离开我！离开我！对你来说，我太纯洁了。别碰我！我的世界不是刚刚变得完美了吗？

我的皮肤对你的双手来说太纯洁了。离开我吧，你这愚蠢笨拙而沉闷的白昼！午夜不应该更明亮吗？

最纯洁的人将是地球上最不可辨认的主人。最不为人知者，最强大者，那些午夜的灵魂，比任何白昼都更明亮，更深沉。

白昼呵！你在摸索我吗？你在触摸我的幸福吗？在你看来，我是富有的、孤独的，是个宝库，一个金库吗？

哦，世界，你需要我吗？对你来说，我是世俗的？对你来说，我是精神的？对你来说，我是神性的吗？但是白昼啊，世界啊，你们都太蠢笨了。

拥有着聪明的双手，去追求更深沉的幸福，去追求更深沉的不幸，去追求某个上帝，而不是我。

我的不幸，我的幸福是深沉的，你奇怪的白昼，但我不是上帝，不是上帝的地狱：它的痛苦是深沉的。

8

上帝的痛苦是深沉的,你这奇怪的世界啊!为上帝的痛苦而努力,而不是为我!我是什么!一把醉醺醺甜蜜的七弦琴。

一把午夜的七弦琴,一口发出蟾蜍叫声的钟,没人能听懂,但必须在聋子面前说话,你们这些高等人!因为你们不懂我!

不见了!不见了!哦,青春呵,正午呵!下午呵!现在到了黄昏,夜晚和午夜都来了——鬣狗在狂吠,风在咆哮:

难道风不是一只鬣狗吗?它在哀鸣,它在狂吠,它在咆哮。唉!唉!午夜在怎样叹息!又在怎样发笑!怎样呼噜和喘息!

这是午夜!这个醉醺醺的女诗人,刚才是怎样清醒地说话!也许她是过度沉醉?喝得太多了?使她变得过度清醒?她在反思吗?

反思痛苦的往事,在梦中,这古老而深沉的午夜,更在回味自己的欢乐,因为尽管痛苦是深沉的,但欢乐:欢乐比痛苦更深沉。

9

你这葡萄树呀！你为何称赞我？我终究把你割伤了！我是残忍的，你在流血——你赞扬我醉酒后的残忍是什么意思？

"凡是完美的，一切成熟的东西——都想要死去！"你是这样说的。祝福吧，祝福葡萄的剪刀！但所有未成熟的东西都想活下去：苦呀！

痛苦说：你走吧！去吧，你这痛苦！但是一切受苦者都想活下去，好让自己成熟、欢乐、充满渴望。

向往更远、更高、更光明的未来。一切受苦者说，我要继承人，我要孩子，我不要我自己。

但是欢乐不需要继承人，也不需要孩子——它需要它自己，需要永恒，需要轮回，需要永恒的自我。

痛苦说：心灵啊，破碎吧，流血吧；腿啊，走吧！翅膀啊，飞翔吧！痛苦啊，前进吧！向上吧，那好吧！我苍老的心灵：痛苦说，消逝吧！

10

你们这些高等人,你们怎么看呢?我是预言家吗?一个梦想家?一个酒鬼吗?一个解梦者吗?一口午夜的钟吗?

一滴露水吗?一种永恒的阴霾和芬芳吗?你们没有听见吗?你们没有闻到吗?我的世界现在变得完美了,半夜也是正午。

痛苦也是欢乐,诅咒也是一种祝福——夜晚也是一轮太阳——去吧,否则你就学会明白:智者即愚人。

你们向来对一种欢乐表示肯定吗?哦,我的朋友,那么,你们也一定对所有的不幸表示肯定。万物都被爱锁在一起,缠在一起。

如果你们总是想着事情一再重现,如果你们说:"你使我开心,幸福!快!随时!"

那么,你们是想要一切回归吗!

一切重新开始,一切永恒,一切皆被爱锁在一起,缠在一起。哦,那你们就是爱这个世界。

你们这些永恒的人,请永远爱它,甚至要痛苦地说:去吧,但要回来!为了一切的欢乐都想要——永恒!

11

所有的欢乐都想要永恒，想要蜂蜜，想要酵母，想要沉醉的午夜，想要坟墓，想要坟墓的眼泪的安慰，想要镀金的晚霞。

有什么是欢乐不需要的呢？它比一切痛苦都更饥渴，更诚挚，更恐怖，更神秘，她想要自己，她咬自己，戒指的意志在她身上挣扎。

它想要爱，想要恨，它过于富有，总是有所馈赠、扔弃，乞求某人来接受它，并致以感激，它享受被人憎恨。

喜悦是如此富裕，以至于它渴求痛苦、地狱、憎恨、耻辱、残缺、世界——因为这个世界，你们是知道的呀！

你们这些高等人，这种快乐、坚强、幸福，它渴望你们——渴望着你们的痛苦，你们这些失败者！因为失败使人向往永恒的欢乐。

因为一切的欢乐都想要自己，所以也想要心灵痛苦！哦，幸福，哦，痛苦！哦，心灵，破碎吧！你们这些高等人，一定要知道：若企图永恒。

欢乐想要万物的永恒，想要深而又深的永恒！

12

你们现在学会我唱的歌了吗?你们猜到它的意思了吗?好吧!来吧!你们这些高等人,现在就来唱我的轮唱曲!

现在你们自己来唱这首歌,歌名是"再来一次",意思是"万古永恒"!唱吧,你们这些高等人,来唱查拉图斯特拉的轮唱曲!

呵,人类!保重啊!
深沉的午夜说了些什么?
我睡着了,我睡着了——
我从深沉的梦中惊醒
世界是深沉的
比白昼想象的还要深沉
世界的痛苦是深沉的——
欢乐——比心中的忧伤更深:
痛苦说:消逝吧!
然而一切的欢乐都想要永恒——
想要深而又深的永恒!

尼采年谱

1844年　10月15日，出生于普鲁士萨克森州的洛肯镇。祖父与父亲均为路德教派牧师。

1849年　7月30日，父亲去世。

1850年　举家迁往塞勒河畔的瑙姆堡。

1858年　10月起，入读舒尔普福塔高级中学。

1864年　10月，入读波恩大学，修习神学与古典文献学。

1865年　10月，转入莱比锡大学。初次涉读叔本华的著作《作为意志与表象的世界》。

1866年　与欧文·罗德交往，建立友谊。

1867年　10月，征召入瑙姆堡炮兵联队。

1868年　4月，退伍。11月8日初识瓦格纳。

1869年　2月，受聘巴塞尔大学，任古典文献学教授。4月，脱离普鲁士国籍，入籍瑞士。5月17日初次到访琉森近郊特里普森的瓦格纳家。5月28日在巴塞尔大学发表演讲，题为《荷马与古典文学》。与布克哈特结交。

1870年　3月，转为正教授。8月，普法战争爆发，志愿从军担任卫生兵。罹患赤痢与白喉。10月退伍，返巴塞尔大学。与神学家奥维贝克交往。

1871年　撰写《悲剧的诞生》。

1872年　1月，《悲剧的诞生》出版。2月—3月，在巴塞尔大学演讲，题为《论我们教育机构的未来》。4月，瓦格纳离开特里普森。5月，在拜罗伊特节日剧院的开工典礼上与瓦格纳重晤。

1873年　《不合时宜的沉思》第一篇出版。发表《希腊悲剧时代的哲学》部分文字。

1874年　《不合时宜的沉思》第二篇、第三篇出版。

1875年　10月，初识音乐家彼得·加斯特。

1876年　7月，《不合时宜的沉思》第四篇出版。9月，与心理学家保罗·瑞缔交，同期病况恶化，向巴塞尔大学请假休讲。10月，在苏莲托与瓦格纳最后晤谈。撰写《人性的，太人性的》的最初笔记。

1877年　9月，返巴塞尔，再次开始在大学授课。

1878年　与瓦格纳的友谊终结。1月3日瓦格纳赠送《帕西法尔》一书。5月《人性的，太人性的》第一篇出版；给瓦格纳写了最后一封信，并附赠《人性的，太人性的》一册。

1879年　重病。辞去巴塞尔大学教席。《人性的，太人性的》第二篇上半部出版。

1880年　发表《漂泊者及其影子》（后来作为《人性的，太人性的》第二篇下半部分出版）。春天，初抵日内瓦。10月，在日内瓦过冬。

1881年　1月完成《曙光》，6月出版。7月到锡尔斯玛利亚度夏。8月，构思"永恒轮回"。11月27日，在日内瓦初次聆赏比才的《卡门》。

1882年　3月，至西西里旅行。4月，开始与露·莎乐美交往。5月，完成《快乐的科学》的撰写，并出版。

1883年　2月，瓦格纳病逝。撰写《查拉图斯特拉如是说》第一部；6月出版。7月，撰写《查拉图斯特拉如是说》第二部。12月，到威尼斯过冬。

1884年　1月，在威尼斯，撰写《查拉图斯特拉如是说》第三部。8月，海因里希·冯·施泰因访尼采。11月起，撰写《查拉图斯特拉如是说》第四部。

1885年　撰写《善与恶的彼岸》。

1886年　5—6月，与欧文·罗德在莱比锡最后一次晤面。7月，《善与恶的彼岸》出版。

1887年　7月，完成《道德的谱系》的撰写，11月出版。11月11日，写了致欧文·罗德的最后一封信。

1888年　1月，因布兰德斯的介绍始知有克尔凯郭尔其人；4月，第一次前往都灵，布兰德斯在哥本哈根大学开始"德国哲学家弗里德里希·尼采系列讲座"；5—8月，撰写《瓦格纳事件》；9月出版，同时《狄奥尼索斯颂歌》脱稿；8—9月撰写《偶像的黄昏》；9月，《敌基督者》脱稿；10—11月，撰写《瞧！这个人》；12月，撰写《尼采反瓦格纳：心理学家的公文书》等。

1889年　1月初，出现精神分裂症状，入耶拿大学医院精神科医治，母亲前

　　　　　来照顾。

1897年　　复活节，母亲病逝。移居魏玛，由其妹伊丽莎白·尼采看护。

1900年　　8月25日在魏玛逝世，28日落葬故乡洛肯镇。